천기소 예언자

國師堂 손도사 著

BG 북갤러리

천기소설
예언자

초판 1쇄 인쇄일	2018년 10월 5일
초판 1쇄 발행일	2018년 10월 12일

지은이	손도사
펴낸이	최길주

펴낸곳	도서출판 BG북갤러리
등록일자	2003년 11월 5일(제318-2003-000130호)
주소	서울시 영등포구 국회대로72길 6, 405호(여의도동, 아크로폴리스)
전화	02)761-7005(代)
팩스	02)761-7995
홈페이지	http://www.bookgallery.co.kr
E-mail	cgjpower@hanmail.net

ⓒ 손도사, 2018

ISBN 978-89-6495-125-5 03810

이 도서의 국립중앙도서관 출판시도서목록(CIP)은 e-CIP홈페이지(http://www.nl.go.kr/ecip)
와 국가자료공동목록시스템(http://www.nl.go.kr/kolisnet)에서 이용하실 수 있습니다.
(CIP제어번호 : CIP2018031091)

책 소개 글

"세상의 모든 일과 개인의 앞날은 '예언'이 가능하다!!"

세상의 모든 일은 상관관계 및 인과법칙과 대운법을 적용하고, 개인의 앞날은 전생 및 영혼과 운명작용법칙을 적용하면 정확하게 '예언'이 가능합니다.

이 책은 시간·공간·나이·성별·직업·종교 등을 모두 초월합니다. 이 책은 기존의 다른 책들에서는 결코 가르쳐 줄 수도 없고, 또한 배울 수도 없는 신(神)들의 실제 존재와 영혼 및 전생과 기운(氣運)작용 등을 '세계 최초'로 밝혀줍니다.

이 책은 지구상에서 100년에 한 사람쯤 확률로 태어나는 '특별운명'을 타고난 작가 자신의 기구한 운명과 특별한 초능력 등을 대서사적 논픽션 이야기 형식으로 펼치면서 중간 중간에 알박기로 신(神)들의 실제 존재와 하늘의 비밀 천기(天氣)작용 및 진실과 진리 등을 모두 밝혀줍니다. 그러면서 현생의 사람들에게 생존 및 삶의 성공기술과 영혼진화까지 흥미로운 이야기와 함께 많은 삶의 지혜도 가르쳐줍니다.

또한 이 책의 본문 내용에는 이 세상 최고의 '신통술기도법'을 가르쳐주면서 누구나 자기 스스로 많은 깨우침을 얻도록 안내를 해줍니다.

이 책은 이야기 형식으로 펼치는 엄청난 내용의 '천기소설' 책입니다.

정말로 흥미로운 천기소설《예언자》를 진심으로 추천합니다.

초월명상가 國師堂 손도사 글씀.

차례

제1장
나는 누구인가?로부터 이 책을 시작한다

"나는 전생에 무엇이었고, 현생을 어떻게 살다가 몇 살에 어떻게 죽을 것이며, 죽어서는 또다시 무엇이 되어 또 어디로 가게 될 것인가? 나는 누구인가??????"

이곳은 태양이 가장 먼저 뜨는 동방의 나라 대한민국 가장 남쪽에 위치한 남해안 바닷가의 작은 시골마을이다.

마을 뒷쪽은 높은 산(山)들이 둘러 있고, 앞에는 푸른 바다가 펼쳐지고 농부와 어부가 함께 평화롭고 행복하게 살아가고 있는 곳이다.

이곳 시골마을에서 가장 논밭이 많은 손부자집 장자로 태어난 어린 아이는 굉장히 총명하여 항상 공부는 일등을 하고, 부모님 말씀을 잘 듣고, 형제와 친구들과도 사이도 좋고, 잘 자라고 있었다.

총명한 아이는 나이가 7살이 될 무렵부터 몸이 이상해지면서 불쑥불쑥 이상한 말들이 튀어나오고 또한 이상한 환청현상과 환시현상들이 나타나기 시작했다.

아이의 부모님께서는 아이가 태몽처럼 칠성줄로 특별하게 태어났는데 이제 그 현상이 나타나는가 싶어서 영적기운을 가라앉히는 굿을 하고 퇴마사를 찾아가 퇴마의식도 하였다.

그러나 아이는 갈수록 더욱 심하게 불쑥불쑥 이상한 말과 방언들을 내어뱉고 또한 환청현상과 환시현상들이 더욱 심해졌다.

아이는 점점 외톨이가 되면서 홀로 들판을 돌아다니고, 뒷동산을 오르고, 앞 바닷가를 거닐면서 나무와 바위와 동물들과 대화를 하고, 정령들과 대화를 하고, 신(神)들과도 대화를 하였다.

아이가 이상하다는 얘기를 전해 듣고 시골 교회의 목사님이 집으로 찾아와 자세히 살펴보더니 "아이는 신통력과 예시력의 특별한 능력을 타고 났고 하늘말로 방언을 한다" 하고 하면서 교회에 나오라고 하였다. 이때부터 아이는 교회에 다니기 시작했다.

아이의 나이가 15살로 소년이 되었을 무렵에는 "아들아! 하늘산으로 들어가거라." 또는 "아들아! 영혼들을 구원하거라." 또는 "아들아! 사람들을 인도하거라." 등등 별의별 음성들이 하늘에서 들려오고 또한 사람들의 앞일과 전생이 보이고, 영혼이 보이고, 아픈 곳이 보이고, 앞날의 사고들이 보이고 또는 앞날의 재앙들이 자꾸 보였다.

어떤 날은 큰 바다 한 가운데에서 커다란 비바람 태풍이 불어와 섬들과 해안들을 휩쓸고, 많은 생명들이 죽고 폐허만 남은 모습이 보였다.

어떤날은 엄청난 큰 파도가 해안과 항구도시를 덮쳐서 수많은 사람과 생명들이 죽는 모습이 보였다.

어떤 날은 안개가 자욱한 고속도로에서 대형버스가 앞차들을 들이받아 20중 충돌사고와 차량폭발로 많은 사람들이 죽어가는 모습이 보였다.

어떤 날은 하늘이 뚫린 듯 폭우가 쏟아져 강물이 넘치고, 홍수가 되어 수많은 집들이 휩쓸리고 흙탕물에 잠기고, 많은 생명들과 사람들이 죽는 모습이 보였다.

어떤 날은 높은 빌딩이 검은 연기와 함께 불에 타면서 사람들이 뛰어내리고 옥상에서 아우성치는 모습이 보였다.

어떤 날은 넓은 바다에서 커다란 큰 배가 갑자기 기울더니 점점 물속으로 가라앉으며 침몰하는 모습이 보였다.

어떤 날은 농촌에서 수많은 소와 돼지 등 가축들이 모두 죽어가고 사람까지도 감염이 되어 죽어가는 모습이 보였다.

어떤 날은 수많은 사람들이 코를 감싸고 또는 흰 마스크를 쓰고 나뒹굴고, 팔다리 경련을 일으키면서 죽어가고, 하얀 우주복 같은 옷을 입을 사람들이 죽은 시체들을 계속 옮겨가는 모습이 보였다.

소년은 하늘에서 들려오는 음성을 듣지 않으려고 귀를 틀어막아도, 사람들의 앞일과 앞날의 재앙들을 보지 않으려고 눈을 감아도, 이불속으로 숨어들어도 소용이 없었다.

소년의 나이가 17살 무렵에는 흰 구름처럼 떠돌아다니는 남루한 차림의 눈빛이 범상치 않은 스님이 경상도에서 전라도까지 하늘의 계시를 받고 발걸음 했노라고 하면서 소년을 찾아왔다.

하늘의 계시로 찾아온 노스님은 소년의 집에 열흘 동안 머물면서 소년의 부모님의 진심어린 간청으로 소년에게 여러 가지 특별의식을 해주었다. 그리고 소년의 양쪽 팔뚝에 몸을 수호해 주는 하늘부적의 특수문신을 새겨주었다.

그러자 소년에게는 하늘의 음성도 안 들리고, 예시력도 없어지고, 가끔 꿈으로만 나타날 뿐 보통사람이 되었다.

이윽고 소년은 나이가 20살 청년이 되었고, 대학을 졸업하고, 군대를 다녀오고, 그리고 성인 어른이 되고, 사회인이 되었다.

맨 처음의 직업은 풍년압력솥이 처음 나올 때 풍년압력솥을 봉고차에 싣고 팔러 다니는 세일즈맨이었다. 초창기 풍년압력솥 세일즈맨으로 수

년간 장사를 하면서 영업과 사업을 배우고, 사업의 종자돈을 마련하려 부산에서 프로스포츠 운동화 신발공장을 창업하고, 신발사업으로 돈을 벌어 사업 확장을 너무 크게 하다가 그만 실패를 당했다.

맨 몸으로 서울로 올라와 시대의 흐름에 따라 부동산이 잘되는 때 이어서 부동산 공부를 하고, 부동산 중개와 투자를 하면서 부동산사업으로 돈을 벌고, 주식공부와 주식투자를 하면서 돈을 벌고, 금융공부와 자산운용으로 돈을 벌어서 그 당시 1,000억 원 쯤의 서울 동대문시장 의류 도매상가의 회장이 되고 '패션의류사업'을 하였다. 그리고 새로 지은 그 당시 2,000억 원쯤의 서울 한복판 종로 3가 국일관에 큰 투자를 해서 국일관의 회장이 되어 '국일관 나이트클럽'을 경영하고, 또한 서울 중심 종로통에서 가장 큰 오락게임장 국일관 3개 층에 투자자산 약 300억 원쯤의 '(주)국일관게임랜드'를 직접 경영, 대한민국 정치 1번지겸 오락게임장 1번지 '서울 한복판 종로통'에서 여러 개 사업을 크게 하다가 대형사건이 터지면서 또다시 망해버렸다.

어릴적 IQ190 정도로 두뇌가 좋았고, 또한 야망이 커서 한때는 크게 자수성가를 하였고, 남자들 세계에서 서울 중심가 종로통의 '큰형님' 생활도 해보았지만, 지나친 욕심의 초대형 게임장사업 때문에 가장 크게 사업실패를 하면서 쓸쓸하게 나홀로 떠나야 했다.

국일관의 '대주주' 소유권만 유지하고, 회장직에서 사퇴를 하면서 대장부답게 깨끗이 정리와 정산으로 마무리를 하고, 권력 무상함과 인생 무상함을 뼈저리게 느끼면서 삶의 가치관과 목표를 바꾸어 도(道)나 닦으려고 산(山)으로 들어갔고, 그리고 유서로까지 남길 각오로 후인들을 위해 인생나이 환갑을 넘겨서 이 글을 쓰고 있다.

필자가 직접 이 글을 쓰는 동기와 목적은 필자가 환갑을 훌쩍 넘긴 나이까지 인생을 살아오면서 여러 가지 공부와 여러 가지 사업경험 및 여러 가지 종교경험들을 통해서 실제로 체득하고 터득한 평생의 '경험지식'과 세계 최초로 하늘과 신(神)들의 비밀 '천기누설'을 하여 사람들에게 가르침을 주고자 함이다.

인생살이는 연습을 할 수 없기 때문에 '경험자의 말'은 중요하다.

젊은 날 한때 수십억과 수백억을 투자하고, 한국 최고의 나이트클럽과 오락게임장 등 사업이 잘 될 때에는 하루에 1억 원씩 벌어보는 등 여러 가지 사업을 직접 경험해본 사람의 '실제이야기'와 또한 10년 동안 산(山)속에서 '신통술기도명상'으로 천기를 통달한 도인(道人)이 세계 최초로 공개하는 하늘과 신(神)들의 비밀 천기누설과 진리의 가르침은 매우 중요하는 바, 금생에 사람으로 태어나 너무나도 귀중한 삶을 살아가는 중에 어떻게든 이 책을 접한 모든 사람들에게 성공하는 '삶의 기술'을 가르쳐 주고자 함이고, 이 책을 통하여 많은 깨우침을 얻어 '영혼진화'가 되어지길 진심으로 바라면서 또한 이 책을 접한 모든 사람들에게 하늘의 '메시지'를 전하고자 함이다.

이 책은 저자의 실제 자전이야기를 실황적으로 펼쳐가면서 정말로 중요한 생존과 삶의 기술을 가르쳐주는 이야기 '보물책'임을 밝혀둔다.

(다음 제2장부터 이 책의 본문이 시작된다.)

제2장
신통과 도통을 위해 산(山)으로 들어간다

신통과 도통으로 모든 존재를 알기 위하여⋯⋯⋯

우리 지구는 광활한 우주 약 3,000억 개 항성과 은하수의 변두리 태양계에 속해있고, 지구별 탄생은 약 50억 년이 되었다고 합니다.

광활한 우주 속에서 오늘도 태양은 떠오르고 또다시 지고, 내일도 태양은 또다시 떠오르고 또다시 지고, 태양은 억만 년 동안을 떠오르고 또다시 지기를 반복하고, 밤하늘의 저 달도 점점 커지고 다시 작아지고 없어지고, 또다시 생겨나기를 억만 년 동안이나 반복을 하고, 낮과 밤이 억만년 동안이나 반복을 하니 우리는 이러한 것을 우주자연변화의 '운(運) 작용법칙'이라 합니다.

이러한 '운의 법칙'에 따라서 우주자연의 존재물인 우리 사람에게도 약 10년마다 주기적으로 크게 운이 변화하니 100살 시대에는 아주 어릴 때와 아주 늙은 때를 빼면 일곱(7)번은 '큰 기회'가 있다는데, 사람은 부모님이 만든 제품이니 부모와 자식간의 유전인자적 '핏줄운내림'이 있다는데, 사람의 몸속에는 전생의 존재가 현생의 내 영혼으로 들어와 있으니 각자 '전생업'이 있다는데, 부처님이 오시기 전과 예수님이 오시기 전의 아주 먼 옛날의 과거에도 지금의 현재도 먼 훗날의 미래에도 그리고 모든 민족과 모든 나라에도 일·월·화·수·목·금·토가 있으니, 즉 해(日)·달(月)·별(星) 그리고 산(山)·물(水) 등등의 근원적 천기(天氣)의 기운이 음양(陰陽)·오행(五行)·오성(五性)의 운(運)으로 끝임 없이 작용하여 항상 우리들에게 영향을 미치고 있다는 데, 이러한 것들의 운(運)작용들 때문에 모든 사람은 태어날 때 각자의 사주팔자에 따른 운명(運命)을 타고나고 그리고 타고난 사주의 예정된 프로그램에 따라 살아간다는데, 도대체 현생의 나는 "어디로부터 와서 어떻게 살다가 몇 살에 어떻게 죽을 것이며, 죽어서는 또다시 무엇이 되어 또 어디로 가게 될 것인가?……"

이 엄청난 우주하늘자연의 오묘한 섭리와 진리 그리고 삶의 큰 의문의 '화두'를 가지고 지금까지 정말로 파란만장한 인생길을 걸어온 필자의 특별한 '대서사적 실제이야기'를 펼치면서 삶의 절대가치 하늘의 비밀법칙 진리탐구와 깨달음을 위해 여행을 떠나고자 합니다.

독자분들은 이제부터 지금까지의 알고 있는 지식이나·사상·이념·종교적 편견과 고정관념 등을 잠시 내려놓으시길 바랍니다.

먼저, 필자는 이 글을 읽고 있는 독자분들의 가슴을 향하여 진심으로 한마디씩 물어보면서 공감의 그 답을 들어보고 싶습니다.

『왜 사는가?에 대해 한 번쯤은 생각을 해본 경험이 있습니까?
신(神)은 존재하는가?에 의문을 가져본 경험이 있습니까?
전생과 영혼을 생각 또는 의문을 가져본 경험이 있습니까?
죽으면 어떻게 될까?에 생각 또는 의문을 가져본 경험이 있습니까?
눈물을 흘리면서 눈물밥을 먹어본 경험이 있습니까?
투자 손해와 사업 실패로 고민과 절망을 해본 경험이 있습니까?

정말로 억울하게 구속되어 감옥살이를 해본 경험이 있습니까?

아무도 보지 않는 곳에서 대성통곡을 해본 경험이 있습니까?

종교와 신앙 때문에 오히려 가정불화가 생긴 경험이 있습니까?

종교와 신앙 때문에 평생 동안 돈을 빼앗겨 본 경험이 있습니까?

지금도 종교와 신앙 때문에 이용만 당하고 있지는 않습니까?

천국행 및 극락왕생은 10명 중 1명이란 진실을 알고 있습니까?

그리고 앞날에 어떻게 살아갈 것인지 고민을 해 보십니까?

남들은 기도응답을 잘 받는데 왜 자기는 못 받는지 알고는 있습니까?

남들은 성공을 잘 하는데 왜 자기는 실패만 하는지 알고는 있습니까?

남들은 건강한데 왜 자기는 평생 동안 아픈지 알고는 있습니까?

남들은 사랑을 잘 하는데 왜 자기는 고독한지 알고는 있습니까?

부자들이 많은데 왜 자기와 자기집은 가난한지 알고는 있습니까?

과거 및 전생과 핏줄내림 업(業)작용의 진실을 알고는 있습니까?

자기 자신의 타고난 사주팔자 운명을 알고는 살아가고 있습니까?

하늘자연의 섭리에 대한 진실과 진리 등을 알고는 있습니까?……」

이렇게 살아도 보고, 저렇게 살아도 보고, 노력도 해보고, 막살아도 보고 하다가 결국 자살까지 시도하였건만, 마음대로 죽지도 못하고 다시 깨어나 종합병원이 쩌렁쩌렁 울리도록 하늘을 향해 눈깔을 치뜨고 주먹질을 하면서 울부짖는 사람이 있습니다.

"나 좀 죽여주세요! 나 좀 죽여주세요! 나 좀 죽여주세요!……"

목이 쉬도록 울부짖으며 또 울부짖으며 하늘을 원망하고, 부모를 원망하고, 사주팔자 운명을 원망해 본 사람이 지금 여기 있습니다.

복(福)을 잘 타고나거나, 운(運)이 좋아서 고생을 안 해본 사람이나 또는 부모를 잘 만나서 고생을 안 해본 사람은 정말로 그러한 사람들의 심정을 모를 겁니다. 삶의 벼랑 끝에 서 보지 않은 사람은 정말로 그러한 사람들의 심정을 모를 겁니다.

어릴적 IQ190 정도의 천재두뇌를 타고 났지만, 전라도 땅끝 시골농부의 아들로 태어났기 때문에 뒷백도 없고, 동아줄도 없어 사내 대장부의 큰 꿈 한 번 제대로 못 펴보고 올라가다 내려오고, 일어서다 넘어지고, 또 올라가다 또 내려오고, 인생 엎어치기로 큰 욕심으로 고위험의 고수익 사업을 벌이다가 더 크게 사업실패를 당하고, 그리고는 고향땅으로 하향을 하고, 남해안 소록도·거금도 앞바다에서 바다낚시나 하면서 나 홀로 빈둥거리며 바보 아닌 바보가 되어 부모 형제 친척 친구의 눈치를 살피는 등등 자격지심으로 인한 대인기피증까지 생기면서 어두운 뒷방의 구석방에 문 걸어 잠그고, 구들장을 짊어지고, 천장을 바라보며 몇 날 며칠이 지나도록 고뇌의 고뇌를 계속하다가 방문을 열고 기어 나와 하늘을 올려다보며 중얼거립니다.

"그래 산(山)으로 들어가는 거야. 산으로……."

내 삶의 마지막 방법으로 일생일대의 모험을 걸고 도(道)나 닦으려고 산으로 길을 떠납니다. 내 자신을 알기 위해서, 나의 운명을 내 스스로 알아보기 위해서, 왜 나는 그렇게도 큰 운이 열리지 않는 것인지를 알고 싶어서 또한 더 이상 살고 싶지 않아서 그리고 아무도 없는 곳에서 스스로 죽을 생각까지도 각오하고 입산(入山)을 선택합니다.

도(道)닦는 것까지도 실패하면 아무도 안보는 깊은 산속 그곳에서 정말 죽음까지도 각오를 하고 산으로 길을 떠납니다.

평생 동안 고생만 하시고 이제 80살 넘으신 어머님의 눈물의 전송을 뒤로하고 고향 집 생가를 나섭니다.

산중턱까지만이라도 짐을 옮겨주겠다면서 어머님을 모시고 고향 시골에서 농사를 지으며 오순도순 열심히 잘 살아가고 있는 동생 '손재성'이 형의 산(山)생활을 위한 무거운 짐을 짊어지고 뒤따라 나섭니다. 못난 형의 처지를 늘 걱정해주는 동생이 정말로 고맙고 또한 한편으로는 형으로서 부끄럽기도 하고 미안하기도 합니다.

나는 도(道)를 닦으러 산(山)으로 길을 떠납니다.

옛날 어릴 적에는 진달래 참꽃을 따먹고, 산머루를 따먹고, 산다래와 으름열매를 따먹고, 양지바른 곳에 자기 홀로 자생하는 춘란의 꽃대를 뽑아 까먹기도 하면서 뒤뜰 삼아 자주 올라 놀던 뒷동산이었건만, 지금은 산(山)기도공부를 하러 산을 오릅니다. 어릴 적 추억이 서린 그 산을 지금은 경건한 마음으로 오르고 있습니다.

"하늘의 명기(明氣)는 산을 통하여 땅에 내린다"라고 하니, 나는 지금 하늘의 명기와 산의 기운을 받아 신통력을 얻어서 내가 누구이고 나의 전생이 어떠했는지? 나의 조상님은 어땠는지? 나의 운명은 어떻게 타고 났는지? 왜 나에게는 그렇게도 큰 운이 열리지 않는지? 이렇게 살다가 언제 어디서 어떻게 죽을 것인지? 죽은 후에는 또다시 무엇이 되어 또 어디로 가게 될 것인지? 등등을 내 스스로 알아내기 위해서 나는 복잡한 심경으로 산을 오르고 있습니다.

낮은 산 고개를 넘고 산 능선을 타면서 더 높은 곳을 향하여 계속 산을 오르고 있습니다. 이곳 산중턱쯤의 마당바위까지 올라왔으니 이제 짐을 옮겨다 주는 동생과는 헤어져야 합니다.

나는 돌아올 수 없는 저승길을 떠나는 심정으로 동생과 또다시 유언을 남기는 다짐의 약속을 합니다.

한 달에 한 번씩 이곳 산중턱쯤에 위치한 넓은 마당바위 위에다 비닐로 싸서 식량을 갖다놓고, 식량을 갖다놓을 때에 먼저 갖다 놓았던 식량이 없어졌으면 산속에서 형이 살아있는 것으로 알고, 그러나 만약 식량이 그대로 남아있으면 아무도 없는 산속에서 형이 도를 닦다가 죽은 것으로 판단해서 죽은 형의 시신이라도 찾아 그곳에서 불태워 화장을 시켜주고, 그래도 우리가 이승에서 형제의 인연으로 만났으니 형의 혼백이 좋은 곳으로 잘 가라고 꼭 한 번 '해원천도재'라도 해주어 죽은 형의 원혼이라도 달래주기로 약속을 합니다.

눈물을 글썽거리는 이 세상의 친형제를 마지막으로 보면서 동생의 등을 떠밀다시피 해서 산을 내려 보냅니다.

이제부터는 내가 짐을 짊어지고 산을 오릅니다. 오랜 세월 동안 산속에서 혼자 살려고 옮기는 짐이다 보니 엄청나게 양도 많고 무게도 무겁습니다.

커다란 배낭을 등에 짊어지고, 작은 가방을 목에 걸어 메고 고달픈 삶의 짐을 짊어지듯 더 높은 곳을 향하여 산을 오릅니다. 다른 사람들은 운동 삼아 소풍 삼아 그리고 건강을 위해 산을 오르건만 이놈의 신세는 중년쯤의 나이에 죽음을 각오하고 도를 닦으러 산을 오른다고 생각하니 제 설움에 복받쳐 울면서 산을 오릅니다. 아무도 보는 사람이 없으니 큰소리로 엉~엉~ 울면서 산을 오릅니다. "큰소리를 지르거나 큰소리로 울어버리면 억눌린 감정이 해소가 되고 또한 감정청소가 된다"고 하니 나는 더 큰소리로 엉~엉~ 울면서 산을 오릅니다. 개소리 닭소리 사람소리가 들리지 않는 깊고 높은 산속으로 계속 들어가면서 더 높은 곳을 향하여 산을 오릅니다.

어릴적 내 나이 17살쯤부터 가끔 꿈속에서 보아왔던 산꼭대기 바로 아래의 '옹달샘'을 찾아서 깊고 높은 산을 계속 오릅니다.

땀과 눈물은 범벅이 되어 흘러내리고, 무거운 짐으로 다리는 후들거리고, 어깨는 아프고, 목은 뻐근하고, 숨을 헉헉대면서 가시에 옷이 찢기고 살이 찔리면서 고달픈 삶의 무거운 짐까지 짊어지고 가파른 산을 오릅니다.

오랜 세월 사람이 다니지 않아 산길도 없는 산을 가시에 찔리고 돌부리에 걸려 넘어지고 하면서 지난밤 꿈속에서 또 보았던 옹달샘 근처의 지형을 머릿속에 떠올리면서 거북이와 코끼리가 수명을 다하면 자기 죽을 곳을 스스로 찾아가듯 나는 숙명처럼 무엇에 홀린 사람처럼 산꼭대기 바로 아래에 위치한 옹달샘을 찾아 두리번거리며 더 높은 곳을 향하여 산을 오릅니다.

가시에 찔린 팔과 다리에서 피가 흘러내립니다.

눈에서는 눈물이 흘러내리고, 온 몸뚱이에서는 땀이 뻘뻘 흘러내리고 있습니다.

드디어 눈에 익은 듯한 지형이 나타납니다.

어깨가 내려앉을 듯 등허리가 끊어질 듯 목이 꺾일 듯한 무거운 짐들이 순간 가볍게 느껴지면서 힘이 솟습니다.

오랜 세월 동안 꿈속에서만 보아온 바로 그곳에 다다릅니다.

"오!……."

드디어 찾았습니다. 산속에 조그마한 집터 하나만큼의 평지가 있고 그 옆의 움푹한 곳에 쪼르르~쪼르르~ 흘러내리는 물줄기가 보입니다.

그 물줄기를 따라서 위쪽을 바라보니 '옹달샘'이 있습니다.

숙명처럼 찾고 있는 그 옹달샘이 지금 눈앞에 보입니다.

뜨거운 모래밭의 사막에서 목마름으로 기진맥진할 때에 생명수 오아시스를 만난 듯 너무나 너무나 반갑습니다.

나는 그때까지 짊어지고 있던 짐을 조심스레 내려놓고 불가사의한 힘에 이끌리듯 먼저 옹달샘에 큰절로 절부터 합니다.

뜨거운 내 가슴에 알 수 없는 찡~하는 전율의 감정을 느낍니다.

알 수 없는 이상한 전율까지 느끼면서 맑고 맑은 산속의 옹달샘 물을 그냥 엎드려서 한없이 꿀꺽~꿀꺽~ 들이킵니다.

정말로 물맛이 좋고 또한 시원합니다.

한숨 돌리고 나서 또 엎드려 옹달샘 물을 들이킵니다.

이 옹달샘은 한반도 남쪽 땅 끝 전라남도 고흥군에 소재한 '천등산(天登山)' 산꼭대기에서 남쪽으로 뻗어 내린 '탑사골' 골짜기의 맨 위쪽 8부 능선 높이쯤에 위치하고 있습니다.

이 높은 산꼭대기 근처에 이런 옹달샘이 있다니 참으로 신기하고도 신기합니다.

무엇인가 알 수 없는 인연의 비밀이 있는가 봅니다.

이제부터 그 비밀을 밝혀내는 신비의 세계로 탐험이 시작됩니다.

인연의 비밀을 풀기 위한 탐험이…….

제3장
신(神)의 계시를 받고 인생방향을 잘 잡는다

우리의 인생은 방향성이 가장 중요하다…….

산속의 옹달샘 물을 실컷 들이켜고 잠시 옹달샘 옆에 앉아 땀을 식히면서 내 자신의 탄생인연과 현재의 상황 등을 생각해봅니다.

필자는 이곳 천등산의 산꼭대기에서 남서쪽으로 가장 크고 기다랗게 뻗어 내린 산줄기의 끝머리 마을 '전라남도 고흥군 도화면 가화리 이목동' 배나무고을이라고 불리는 시골에서 밀양손씨 가문의 시조 '손순 할아버지'의 40대 자손으로 본명은 '손재찬'이고, 이곳 천등산의 명기와 지기를 받고 1954년 갑오년에 태어났습니다.

지명(地名)과 산(山) 이름은 이름에 따른 기운(氣運)이 흐르고, 그리고 살아있는 모든 만물은 풍수지리 기운의 영향을 받으니 필자의 고향 배나무고을의 지형을 조금만 소개할까 합니다.

'배나무고을'이라는 전라남도 고흥군 도화면 가화리 이목동 마을은 천등산의 산줄기가 가장 크고 기다랗게 뻗어 내린 산줄기의 끝머리에 위치하고, 마을의 뒷동산은 '병풍바위'로 빙 둘러있고, 마을의 양쪽 옆으로는 좌 청룡 '안태산'과 우 백호 '삼태산'이 마을을 좌우로 감싸듯하고, 마을의 앞쪽으로는 들판이 펼쳐지고, 그 들판 너머로는 멀리 '유주산'이 솟아 있고, 마을에서 1km 거리쯤의 남서쪽으로는 '남해바다'가 펼쳐지고, 푸른 바다 위에 소록도·거금도·시산도·유리도가 보이고, 섬을 잇는 거금연도교와 소록연륙교가 보이고, 많은 어부들과 사람들이 소원을 많이 빌면서 기도를 한 그 '용바위'가 있던 녹동항구가 보이고, 동남쪽으로는 멀리 팔영산이 보이고, 대한민국에 하나밖에 없는 나로우주발사대가 보입니다.

배나무고을에서는 옛날부터 대대로 대학자·지관·점술가·성직자 등등의 특별한 인물이 끊임없이 태어난다고 전해 내려오고 있습니다.

현재도 배나무고을 이목동마을에는 '김풍수' 어른이 전라도 최고 풍수지리 잘 보는 지관으로 활동하고 계시고, 타관 객지로 나와 전국 활동을 하고 있는 유명인 점술가와 성직자가 5명이나 있습니다. 배나무고을의 풍수지리 기운이 이러해서인지 나는 어릴 적부터 늘 의구심이 생겼습니다. 내 나이 17살쯤부터 가끔 꿈속에서 보아왔던 산꼭대기 근처의 신기한 옹달샘의 존재에 대해서, 그리고 천등산 중턱 아래의 '탑사'란 옛 절터와 현재까지 남아있는 우뚝 솟은 돌기둥의 존재에 대해서 의구심이 있어 왔습니다.

그리고 어릴 적 나에게 말을 자주 건네 온 '용바위'와 이 모든 것들이 이 사람과 무슨 관련성이 있고 또한 어떤 인연이 있는 것일까?…….

하루 종일 무거운 짐을 짊어지고 엉~엉~ 소리 내어 울면서 눈물과 땀을 흘리며 넘어지고, 엎어지고, 나뭇가지에 찢기고, 가시에 찔리고, 피까지 흘리면서 개소리, 닭소리, 사람소리가 들리지 않는 첩첩 깊고 높은 산을 올라와 산꼭대기 아래 옹달샘 옆에 앉아있는 내 자신을 잠시 생각해봅니다.

이제 사나이가 쏜 화살은 이미 활시위를 떠나 공중을 날고 있는 화살이 되었습니다.

날고 있는 화살은 멈추면 땅에 떨어지니 계속 날아갈 수밖에 없습니다.

사나이 대장부의 인생살이 사회경제활동에서 실패를 하고, 중년나이에 산(山)에 들어왔습니다.

마지막 유서까지 써놓고 유언까지 남기고 입산을 했습니다.

앞으로는 이곳에서 무엇이든 스스로 해결하면서 기본식량 외에는 자급자족을 해 나아가야 합니다.

나 홀로 산속에서 살아가야 하니 아프지도 말아야 합니다.

필자는 젊은 날 한때 조국을 지키는 국방의 의무로 공수특전부대에서 군생활을 했습니다. 공수특전부대에서 하사관으로 군대생활을 할 적에 산속에서 또는 적 지역에서 스스로 살아남아야 하는 생존학을 배웠고 또한 낙하산훈련과 특수전투훈련 및 특공무술 등등 가장 혹독한 군대훈련도 경험해 보았으나, 산속에서 도 닦는 공부는 스승도 없고, 책도 없고, 동료도 없이 오직 혼자서 고독과 추위 그리고 배고픔까지 이겨내면서 해야 하고, 그 기간은 1년이 걸릴지 10년이 걸릴지 아니면 평생이 걸릴지 기약조차도 없습니다.

나는 이제 길 없는 길을 가야 합니다.

길 없는 길을 이제부터 길을 만들면서 나아가야 합니다…….

때는 이른 봄철이라 나뭇가지에는 새순이 움트기 시작하고 진달래꽃이 피기 시작합니다.

봄은 만사만물의 시작이니 때마침 나도 입산수도의 시작을 합니다.

나 홀로 도 닦는 공부가 1년이 걸릴지 10년이 걸릴지도 모르고 또한 해를 붙잡아둘 수도 없으니 우선 짐을 풀고 텐트를 칩니다.

그리고 나서 오랜 세월 동안 묵혀있던 옹달샘인지라 깨끗이 청소를 하고, 납작하게 생긴 커다란 돌을 안고 와 옹달샘 옆에 제단을 만들고 나니 이제 하루해가 저물어갑니다.

아무도 없는 산속인지라 땀으로 젖은 옷을 훌훌 벗어버리고 옹달샘 아래편에서 옹달샘 물로 머리끝에서 발끝까지 몸을 씻습니다. 몸을 씻으면서 그동안 세상살이에서의 흔적과 함께 더러워진 마음의 때까지 모두 씻어냅니다.

이른 봄철 해가 질 무렵의 깊고 높은 산속의 옹달샘 물인지라 몹시 차갑지만, 차가움도 잠시뿐이고 몸에 물을 끼얹고 문지르고 또 물을 끼얹고 또 문지릅니다.

발가벗은 알몸뚱이에서 김이 무럭무럭 피어오르고, 이가 다각 다각 부딪히고, 몸뚱이가 달달 떨리지만 목욕이 끝날 무렵에는 오히려 춥지도 않고 너무나 개운합니다.

해가 저물어 길게 산 그림자가 드리워진 산 경치를 한 번 둘러보고 개운한 기분으로 옷을 갈아입습니다.

그리고 나서 짊어지고 올라온 짐 속의 곡식자루에서 쌀 한 홉을 꺼내 씻어 조그마한 솥에 신령님께 올리는 공양미 밥을 짓고, 3가지 삼색 과일을 깨끗이 씻어 접시에 담습니다. 굵은 소금을 꺼내어 4방으로 조금씩 뿌리고, 또 물 한 바가지를 떠서 4방으로 조금씩 뿌리면서 기도처 도량을 깨끗이 정화를 합니다. 양초 두 자루를 꺼내어 돌제단 위에 세웁니다. 기도 준비를 다하고 정성스러운 마음으로 공양미 밥을 솥째로 돌제단 위에 올리고, 삼색 과일을 올리고, 술 석 잔을 올립니다. 그리고 양초 두 자루에 불을 켜고, 향 세개에 불을 붙여 향을 사릅니다.

그런 다음 동서남북 4방으로 서서 합장으로 한 번씩 인사를 하고, 돌제단을 향해 큰절 3번을 하고, 두 손을 합장으로 모으고 하늘과 신령님께 처음으로 기도를 올립니다.

"하늘이시여! 신령님이시여! 저는 저 아래편 산 넘고 또 산 넘어 이 산줄기 끝머리 배나무고을 밀양손씨 가문의 40대 손으로 갑오년에 태어난 사람으로 본명은 '손재찬'입니다.

저의 탯줄은 이곳 천등산의 산줄기 끝머리 배나무고을 마을 어귀에 묻혀 있고, 저희 할아버지 할머니 그리고 아버지 조상님의 묘소도 이곳 천등산의 산줄기 끝머리 배나무고을 마을 뒷산에 묻혀 있습니다.

사나이로 이 세상에 태어나 꿈도 크고 이상도 높고 야망도 있었건만 어찌해서 큰 운을 열어주지 않는 것입니까? 제 꿈속과 현실에서 일어나는 기이한 일들은 다 무엇입니까? 나는 정녕 누구이며 내 영혼은 정녕 누구입니까? 나의 삶이 전생의 업보라면 나는 정녕 어떻게 살아야 합니까? 전생에 무슨 잘못을 얼마만큼 지었기에 이다지도 고통을 안겨주는 것입니까? 내 영혼의 전생업보입니까? 아니면 내 부모조상님의 핏줄 내림 업보입니까? 차라리 내가 바보천치로 태어났다면 이다지도 괴롭지는 않을 것이며 고민하지도 않을 것입니다.

아무리 노력을 해도 큰 운이 열리지 않고, 또한 큰 운이 따라주지 않으니 너무나도 힘이 들고 하늘이 원망스러울 뿐입니다. 저는 손씨 가문을 핏줄의 인연으로 또한 이곳 천등산을 지령의 인연으로 태어난 몸이니 최후로 이곳 고향산천에 맡기러 왔습니다.

정말로 이곳 고향 산천에 제 목숨을 맡기러 왔습니다.

저를 죽이든 가르침을 주시든 하늘과 신령님의 뜻대로 하십시요!

금생에서의 나의 삶이 전생의 업보이든 또는 핏줄의 업보이든 간에 이 생명이 다할 때까지 또다시 실패자로 비주류로 살아야 할 운명이라면 차라리 오늘 죽음을 선택하겠습니다.

내가 누구인지도 모르고, 그 이유도 모르고 실패자로 바보처럼 살다가 원한과 미련만 안고 끝낼 운명이라면 차라리 오늘 아무도 보지 않는 이 깊고 높은 산속에서 죽음을 선택하겠습니다.

하늘의 신(神)들께서는 내 손으로 만든 이 돌제단을 차라리 오늘 제 목을 베는 단두대로 사용하십시요!

오늘 아무도 없는 이 산속에서 스스로 죽음을 선택하려고 하니 하늘과 신령님들께서는 제 목숨을 거두어 주시옵소서!

실패자의 인생, 이 세상 그만 살고 싶습니다……."

나는 넋두리처럼 중얼거리고 하염없는 눈물을 흘리면서 내가 만든 돌제단 앞에 무릎을 꿇고 앉아 머리를 옆으로 눕혀서 자신의 목을 돌제단 위에 올려놓습니다.

지난날 어릴 적의 기이한 현상과 한때의 즐거웠던 추억 그리고 힘들고 억울하고 어려웠던 많은 일들이 주마등처럼 스쳐지나갑니다.

부모님과 형제들의 얼굴이 떠오르며 또 스쳐지나갑니다.

하염없는 눈물이 계속 흘러내립니다.

다른 사람들은 살려고 발버둥을 치고 있는데 모든 사업에 실패하고 중년 나이에 스스로 죽음을 선택하고 있는 내 자신의 모습이 너무나도 쓸쓸하고 처량하여 설움이 복받쳐 하염없는 눈물이 계속 흘러내립니다. 소리 없는 울음이 이내 통곡으로 바뀌면서 깊고 높은 산속에서 목 놓아 대성통곡을 합니다. 해는 이미 저물어 어둡고, 깊고 높은 산속에서 나 홀로 밤중에 대성통곡으로 울면서 목이 쉬도록 원도 한도 없이 울고 또 울고 있습니다.

질긴 목숨인지 죽어지지는 않고, 설움이 복받쳐 울다가 울다가 지쳐서 울음이 그치니 나는 돌제단을 움켜잡고 있고, 촛불은 꺼져있고, 주위는 캄캄한 산속의 어두움뿐입니다.

정신을 가다듬으니 코는 맹맹~ 거리고 으스스한 한기가 들면서 배가 고픕니다.

눈물을 닦고 코를 풀고 나서 밤하늘을 올려다보니 어찌 그리도 별들은 총총~한지 퉁퉁~ 부은 눈두덩이 사이로 밤하늘에 빛나는 별만 보이고, 주위는 캄캄하여 아무것도 보이질 않습니다.

한참 동안 밤하늘의 별을 올려다보며 진정이 되자, 해가 지기 전 밝았을 때의 주변 모습을 떠올리면서 손을 더듬어 성냥을 찾고 불을 켜 다시 초에 불을 붙이고 촛불이 바람에 꺼지지 않도록 조심 또 조심을 합니다.

배가 너무나 고파서 우선 옹달샘 물을 꿀꺽~꿀꺽~ 들이키며 시장끼를 달래고 얼굴과 손발을 씻습니다.

그리고 돌제단 위에 올려놓은 음식을 내려와 먼저 밥 한 숟갈을 떠서 '고수레!' 소리와 함께 텐트 밖으로 던지고 나 홀로 텐트 안에서 다 식어빠진 밥을 먹습니다. 시장끼가 반찬이라고 집을 나설 때 아침밥을 먹고 하루 종일 무거운 짐을 짊어지고 산을 오르고, 아예 점심은 굶고 옹달샘의 맹물로 시장끼를 달래고 이제 어두워진 밤이 되어서야 저녁밥을 먹으니 밥맛이 꿀맛처럼 맛있습니다.

조금 전까지만 해도 깊고 높은 산속의 어둠 속에서 대성통곡으로 울 때는 정말 이 세상 그만 살 것 같더니만 밥을 먹을 때에는 왜 이리도 밥맛이 좋은지 모르겠습니다. 다 식어빠진 맨밥에 김치와 콩자반으로 밥을 다 먹고 과일 하나까지 후식으로 먹습니다. 그리고 나서 어두우니 대충 치우고 오늘은 산속의 첫날밤이니 그냥 일찍 잠자리에 들어갑니다.

으스스하여 영 잠이 오질 않습니다.

이리 뒤척 저리 뒤척, 이런 생각 저런 생각이 떠오르고 지나간 바깥세상의 일들이 주마등처럼 스쳐가고 또 부모님과 형제들의 얼굴이 떠오릅니다.

깊은 밤 텐트 밖의 숲속에서는 소쩍새가 소쩍~소쩍~ 하면서 밤새도록 구슬피 울고 있습니다.

밤에 우는 소쩍새의 울음소리가 그렇게도 구슬프다는 이야기를 뼛속에 사무치도록 난생처음 느껴봅니다.

첩첩산중의 깊고 높은 산속에서 캄캄한 밤중에 나 홀로 얇은 천으로 되어 있는 텐트 안에 지금 누워 있습니다.

텐트 밖의 숲속에서 들려오는 소쩍새의 구슬픈 울음소리쯤이야 '아무리 구슬퍼도 새이니까'라고 생각하지만, 텐트 밖의 어둠 속에서 들려오는 정체불명의 부스럭거리는 소리와 짐승 발자국소리는 머리칼이 거꾸로 서는 듯 소름을 끼치게 하기도 합니다.

처량함과 두려움의 감정을 내 스스로 안정시키면서 잠을 청해보지만 으스스함과 추위로 영 잠이 오질 않습니다.

밤은 점점 깊어가고 어떻게든 잠을 청해보려고 어둠 속에서 더듬더듬 옷을 찾아서 하나를 더 껴입고 새우처럼 웅크리고 잠을 청하니 이제야 겨우 잠이 오길 시작하고 깊은 잠 속으로 들어갑니다.

오늘도 잠 속에서 꿈을 꿉니다.

내 나이 17살쯤부터 지금까지 가끔씩 꿈속에 나타나서 무엇인가를 암시해주고 또한 계시를 해 주던 먹물색 삿갓을 쓰고, 먹물색 옷을 입고, 먹물색 걸망을 짊어지고, 기다란 지팡이를 짚고 다니는 그 스님이 또 나타납니다.

꿈속에 나타난 스님은 산꼭대기 위에서 장삼자락을 바람에 휘날리며 한 손으로 삿갓을 들어 올리고 산속에 들어와 텐트 안에서 웅크리고 잠을 자고 있는 내 모습을 한참 동안이나 내려다보더니 빙그레 웃고는 이내 사라집니다.

또, 내 나이 17살쯤부터 지금까지 내가 위험과 억울함을 당할 때마다 가끔씩 꿈속에 나타나서 '최악은 막아 줄 테니 걱정하지 말라' 하시던 쇠 꼬챙이 달린 투구를 쓰고, 갑옷을 입고, 하얀 백마를 타고, 항상 큰칼을 한 손에 들고 다니는 그 장군님이 우렁찬 말발굽소리와 함께 말을 타고 또 나타납니다.

꿈속에 나타난 장군님은 말 잔등 위에 올라 앉아 산속 텐트 안에서 혼자 웅크리고 잠을 자고 있는 내 모습을 한참 동안이나 내려다보더니 껄껄껄~ 웃고는 이내 사라집니다.

이 삿갓 쓴 스님과 백마를 탄 장군님은 가끔씩 꿈속에서 보아왔기 때문에 그냥 그러려니 합니다.

계속 잠을 자고 있는데 이번에는 오늘 처음 보는 '백발노인'이 하얗고 기다란 머리칼과 수염을 바람에 휘날리고, 하얀 도포자락을 또한 바람에 휘날리며 기다란 지팡이를 짚고 산꼭대기 위에 서서 나를 내려다보며 빙그레~ 웃고 있습니다.

나는 꿈속에서 오늘 처음 보는 백발노인에게 묻습니다.

"노인장께서는 누구신데 곤히 자고 있는 이 사람을 내려다보며 웃고 계시는지요?"

"껄껄껄, 이곳 천등산의 산신령이시다. 네가 입산할 때까지 오랜 세월을 이곳에서 기다렸느니라."

"무슨 연유로 이 사람을 오랜 세월동안이나 기다렸는지요?"

"너는 인간세상에서 아무렇게나 그냥 평범하게 살아야 할 그런 사람이 아니었느니라."

"자세히 가르쳐 주실는지요?"

"각각의 사람에게 들어와 있는 영혼은 각각의 바람과 지은 대로의 인과 응보 하늘 법칙에 따라서 그 운명이 다 정해져 있느니라."

"그렇다면 내 몸속에 들어와 있는 내 영혼이 누구인지 가르쳐 주실는지요?"

"금생의 너의 영혼의 전생은 하늘의 신(天神)으로서 사람의 몸을 빌려 다시 환생을 하였느니라."

"하늘의 신이 인간으로 왜 다시 환생을 하는지요?"

"그것은 신과 정령 그리고 영혼들만이 알 수 있느니라."

"어떻게 하면 신들께서 하시는 일을 인간도 알 수 있게 되는지요?"

"신통력을 지녀야 하느니라."

"어떻게 하면 그 신통력을 지닐 수 있는지요?"

"신통력을 지닐 수 있는 과정의 도(道)를 닦아야 하느니라."

"그렇다면 이 사람도 도를 닦을 수 있는지요?"

"너는 전생과 전전생부터 영혼진화와 승급을 위해 수행을 많이 한 상근 기가 있으니 도(道)를 닦을 수 있느니라."

"산신령님, 그 말씀들이 정녕 그러한지요?"

"정녕 그러하도다."

"산신령님, 왜 하필이면 천등산이온지요?"

"네 영혼의 전 전생부터의 인연 때문이고 하늘법칙에 따른 손씨 가문의 탄생 핏줄의 인연 때문이니라."

"하늘법칙과 전생 및 핏줄의 인연 때문이란 무슨 뜻인지요?"

"이제부터 이곳 천등산에서 도를 닦고 신통력을 지니게 되면 스스로 다 알 수 있게 되느니라. 껄껄껄~."

웃음소리를 뒤로하고 백발노인 산신령님은 그냥 사라져 버립니다.

나는 계속 꿈을 꾸고 또 꿈을 꿉니다.

꿈속에서 바라보니 지금 텐트가 있는 곳엔 움막집이 만들어져 있고, 옹달샘은 빙 둘러서 돌담으로 둘러있고, 돌제단이 크고 높다랗게 만들어져 있고, 그 위쪽에는 높다란 돌탑이 커다랗게 세워져 있습니다. 그리고 원시 자연인처럼 머리칼은 길게 자라서 등허리까지 내려오고, 수염도 길게 자라서 앞가슴까지 내려오고, 다 헤진 기워 입은 누더기 옷차림으로 돌탑 앞에 가부좌를 틀고 앉은 한 남자가 눈을 감고 '명상삼매'에 들어있는 기이한 모습을 봅니다.

그 모습을 자세히 들여다보니 내 자신의 모습인 것입니다…….

나는 그 이튿날 새벽 으스스한 한기로 인한 추위 때문에 잠에서 일찍 깨어납니다.

누워서 가만히 지난밤의 꿈을 떠 올리면서 해몽을 해 봅니다.

특이한 꿈을 꾸면 반드시 분석을 하여 '꿈풀이'를 해 보아야 합니다.

좋은 꿈이든 또는 나쁜 꿈이든 나와 전혀 상관이 없는 꿈이라면 나의 꿈속에 나타나지 않을 것이기 때문입니다. 특히 예시적 꿈이나 반복된 꿈들은 꼭 참고를 해야 합니다.

내 나이 17살쯤부터 지금까지 똑같은 모습으로 내 꿈속에 나타나던 그 삿갓 쓴 스님과 백마를 탄 장군님은 도대체 누구일까? 나와는 무슨 상관이 있는 것일까? 그리고 지난밤 처음으로 나타난 백발노인 산신령님과 꿈속에서 나누었던 많은 대화의 내용들은 정녕 그러한 것일까?

나는 이렇게 저렇게 생각을 하고 분석을 하면서 내 운명의 모든 비밀과 의문들이 이곳 천등산에서 분명히 풀릴 수 있을 것이라 믿습니다.

그러면서 지난밤 꾸었던 꿈들을 하늘의 계시로 받아들이기로 하고 잠자리에서 일어납니다.

텐트 밖으로 나옵니다.

높은 산꼭대기의 아침은 일찍 시작됩니다.

산새들이 아침 노래를 부르며 내게 인사를 해옵니다.

나도 산새들에게 아침 인사를 건넵니다.

서로 말하는 표현방법은 다르지만 뜻은 통하리라 생각하면서 나는 산새들과 아침 인사를 나눕니다.

'새들아! 나도 이제부터 이곳에서 살게 되었으니 이웃 간에 우리 서로 잘 지내보자꾸나. 서로 이해하면서 옹달샘 물도 함께 나누어 먹으면서 끝까지 좋은 이웃으로 잘 지내보자꾸나'라고 인사를 건넵니다.

그러고 나서 옹달샘으로 가 물 한 바가지를 떠서 허공에 휙 뿌리니 물 떨어지는 소리가 후드득 ~ 큰소리로 깊고 높은 산속의 아침을 깨웁니다.

산속의 아침을 깨우고 다시 옹달샘 물을 떠서 한 입 넣고 입을 헹구니 너무나 상쾌하고 차갑습니다.

옹달샘 생수를 몇 모금 마시니 너무나 기분이 상쾌하고 물맛 또한 천하일미입니다.

우리 아버님의 말씀이 생각납니다.

"매일 아침 잠자리에서 일어나거든 공복에 생수 두 모금씩만 계속 마시면 어떠한 위장병도 치유하고 건강할 수 있다. 또한 우리 몸은 70% 정도가 수분이기 때문에 반드시 좋은 물을 잘 마셔야 한다"라고 하셨으니, 나는 그동안의 무절제한 생활로 신경성 위장병이 있었는데 이곳 산속의 옹달샘 천연생수로 신경성 위장병을 꼭 치유해야겠다고 그리고 건강을 회복해야겠다고 생각을 해봅니다.

깊고 높은 산속의 맑고 차가운 옹달샘 물이 목구멍을 타고서 위장 속으로 내려가는 짜릿함을 기분 좋게 느껴봅니다.

공복에 냉수나 위스키 술을 마실 때 목구멍을 넘어 위장으로 내려가는 짜릿함을 느껴본 사람은 그 진짜 맛을 잘 알 수 있을 것입니다.

또한 이곳 산속의 아침 공기는 너무나 맑고 상쾌합니다.

숨을 들이쉴 때마다 콧구멍에서부터 폐 속 깊숙이 시원한 상쾌함이 기분 좋게 느껴집니다.

나는 젊은 날 한때 젊은 혈기로 저항심과 반항심이 강하여 민주주의를 부르짖은 '학생운동'도 경험했고, 또한 '무술종합10단' 정도로 호신무술도 많이 연마하고 항상 우두머리 기질이 있어 젊은 날 한때는 '큰형님'으로 불리는 건달생활까지도 하는 등등 유별나게 살다가 수사기관의 취조를 받으며 물고문을 당했던 경험이 있습니다.

낮에는 쇠창살 유치장에 갇혀 있다가 밤이 되면 지하 취조실로 불리어 가서 먼저 눈이 가리어지고 그리고 덩치 큰 수사관 서너 명에게 강제로 수갑과 포승줄로 손발이 묶인 채로 기다란 벤치의자에 눕혀지고, 얼굴에 수건을 씌우고는 숨을 쉴 수 없도록 내 콧구멍 속에다 주전자로 계속 물을 부어대는 '물고문'입니다. 그러면서 실토할 의사가 있거나 말을 하고 싶으면 손가락을 까딱거려 신호 표시를 하라고 할 때엔 정말로 고통스럽고 숨이 답답했습니다. 허파에 물이 들어가 숨을 못 쉬고 까무러치고 기절도 했습니다.

하지도 않은 것을 실토하라고 할 때는 정말로 미칠 것 같았습니다.

필자는 젊은 날 그때의 그런 일들 물고문 때문에 기침과 천식이 가끔씩 후유증으로 나타나기도 합니다.

지난날 정치 불안과 독재정권 때의 악법도 법은 법이니 실정법은 지켜져야 하지만, 편의적 발상의 법령 남발과 국가권력을 등에 없은 힘 있는 자들의 무법행위와 편법행위 그리고 단체들의 떼법 행위 등등은 없어져야 하고, 특히 국가 권력의 남용으로 인권을 유린하는 고문행위는 더더욱 없어져야 할 것입니다.

인권침해와 인권유린은 반드시 없어져야 합니다. 표현의 자유와 인간의 존엄성 및 행복의 추구는 반드시 존중되어야 하고 보장되어야 합니다.

나는 산속의 이 맑은 공기로 고문의 후유증으로 가끔씩 재발하는 기침 증세도 꼭 치유해야겠다고 생각을 해봅니다.

이제 젊은 날의 지나간 나쁜 일들은 모두 다 잊어버리기로 하고, 깊고 높은 산속의 이 좋은 생수와 맑은 공기로 병든 육신과 정신 그리고 마음의 병까지 스스로 깨끗이 치유를 하려 합니다.

새로운 삶의 가치관을 바꾸고 또한 환경까지 바뀌었으니 이제부터는 모든 생각을 바꾸고 행동까지 바꾸어 나아갈 것입니다.

지난날의 실수와 잘못들을 스스로 반성하고 지난날의 실패들을 스스로 분석하여 잘못과 실수 그리고 실패로부터 많이 배워서 새로운 앞날을 준비해 나아갈 것입니다.

우리의 삶은 앞날이 더더욱 중요하기 때문에……

제4장
높은 산(山)꼭대기에 성소 돌제단을 쌓는다

저 멀리 아득히 보이는 산 아래쪽을 내려다봅니다…….

바깥세상을 버리고, 첫 산속의 아침에 저 멀리 아득하게 내려다보이는 인간세상을 바라보니 만감이 교차합니다.

하늘을 한 번 올려다보고 고개를 돌려서 돌제단을 바라봅니다.

어제 임시로 만들었던 돌제단을 지난밤 꿈속에서 보았던 돌제단과 비교를 해보니 너무나도 작고 허술해 보입니다.

가만히 앉아 생각을 하다가 벌떡 일어서면서 나는 스스로 내 자신을 향하여 주먹을 불끈 쥐고 각오 한마디를 내어 뱉습니다.

"그래, 유서까지 써놓고 새로운 삶을 다시 시작하는데 목표와 계획 및 준비를 정말로 잘 해야지!"

나는 하늘과 신령님께 아침 인사와 예를 갖추기 위해 우선 옹달샘 물을 떠와 돌제단 위에 정한수로 물 한 그릇을 올리고, 촛불을 켜고, 향을 사르고, 큰절을 3번 올리고 그리고 조심스런 마음으로 맨바닥의 납작한 돌 위에 조용히 앉습니다.

지난밤 꿈들을 하늘의 계시로 생각하면서 계획을 세워봅니다.

이제부터는 이 깊고 높은 산속에서 오직 나 홀로 모든 것을 스스로 해결하면서 생존과 함께 '신통술기도'를 해야 하고, 그 기간은 1년이 걸릴지 10년이 걸릴지 아니면 평생이 걸릴지 모릅니다.

그러하기 때문에 꿈의 계시대로 돌제단도 다시 만들어야 하고, 옹달샘 주변에 돌담도 쌓아야 하고, 간이 변소도 만들어야 하고, 텐트는 비좁고 허술하여 비바람과 기온변화에 견디기 힘드니 아예 나무와 돌 그리고 황토 흙으로 움막집을 짓기로 합니다.

그리고 하루 한 개씩 돌을 주어와 돌탑을 쌓으면서 기도를 해야겠다고 목표와 계획을 세우면서 각각의 공간배치를 구상해 봅니다.

그리고 부식으로 먹을 채소는 산속에서 산나물을 채취하기도 하고 조그마한 텃밭을 만들어 스스로 일구고 기본 생필품인 소금, 간장, 된장, 쌀, 콩, 양초, 향 등등은 산 아래 배나무고을 생가에 살고 있는 동생으로부터 조달받기로 했습니다.

나는 지금 첩첩산중의 깊고 높은 천등산 산속 옹달샘 옆에 앉아서 앞날의 목표와 계획을 세우며 구상을 하고 또 구상을 합니다.

입산하기 전에 이미 유서까지 써놓았고 유언까지 해 놓았기 때문에 마음속의 각오는 단단합니다.

"하늘의 명기(明氣)는 산(山)을 통해서 땅에 내린다"

라고 하니 나는 이곳 천등산에서 하늘의 명기(明氣)를 받으며 대자연을 직접 관찰과 체험을 하면서 천기신통(天氣神通)과 함께 하늘자연의 비밀작용과 진리의 도(道)를 하나씩 깨치고 터득하면서 한 계단 한 걸음씩 나아갈 계획입니다.

옛날 옛적의 많은 명상가와 고승대덕의 수도자와 성자들처럼…….

나는 지금 '하늘로 오르는 산'이라고 하는 이곳 천등산(天登山)에서 하늘의 명기를 받아 반드시 신통력을 얻고 그리고 그 신통력으로 내 자신의 운명과 내가 누구인지? 그리고 도(道)를 꼭 깨우칠 것입니다.

앞으로의 수도(修道)기간은 1년이 걸릴지 10년이 걸릴지 아니면 평생이 걸릴지 현재의 내 자신으로서는 알 수가 없습니다.

그러나 나는 유서와 유언까지 해 놓고 죽음까지도 각오하는 배수진을 쳐놓았으니 반드시 목표와 목적을 이루어 낼 것입니다.

나는 목표와 계획 그리고 구상이 이쯤에 이르자, 지난밤 식사했던 빈솥을 씻고 공양미 밥을 지어서 솥 째 돌제단 위에 올리고, 또 촛불을 켜고, 향을 사르고, 큰절을 3번 하고 일어서서 정성스런 마음과 단정한 태도로 가슴 앞에 합장으로 두 손을 모으고서 아침기도를 올립니다.

"하늘이시여! 신령님이시여! 있는 것 가지고 정성껏 아침 공양을 올리오니 공양 잘 받으시고 이제부터 제 스승이 되어 주시옵소서. 산(山)에는 명기가 있고, 신통이 있고, 진리가 있고, 영원한 생명이 있다고 해서 이 깊고 높은 고향 본산(本山) 천등산에 내 인생 마지막 방법으로 산(山)기도로 도(道)를 닦으러 들어왔습니다.

모든 사람에게는 자기 자신이 태어난 고향의 '본향산'이 그 사람 평생 동안의 기운을 조종한다고 들었습니다. 저는 아직 아무것도 모르오니 직감으로 가르쳐 주시고, 영감으로 가르쳐 주시고, 꿈속에서 선몽으로 가르쳐 주시옵소서! 지난밤 꿈을 신령님의 계시로 받아들여 돌제단도 크고 높다랗게 다시 만들고, 옹달샘 주변에 빙 둘러 돌담도 쌓고, 움막집도 튼튼하게 짓고 그리고 매일 돌 한 개씩을 주워와 돌탑을 쌓으면서 산기도공부 열심히 하겠습니다.

부디 저의 간절한 소망을 꼭 이루게 해주시옵소서! 목숨 걸고 끝까지 해내겠습니다."

하고 넋두리처럼 혼자 중얼거리면서 보이지도 않는 신령님께 소망을 빌고 맹세를 합니다.

"하늘과 신령님께 올리는 맹세와 약속은 목숨 걸고 지켜야 한다."

라고 하는데 나는 그 맹세와 약속을 지금 해버렸습니다.

아침기도 30분쯤 지나 제단 위에 올려놓았던 김이 빠져버린 식은 밥을 내려와 텐트 안 맨바닥에 차려놓고 김치와 콩자반을 반찬으로 아침식사를 합니다.

산속에서 김이 빠져버린 식은 밥을 별 반찬도 없이 혼자 먹는 단출한 식사가 이제부터 시작됩니다.

오직 생존만을 위한 최소한의 식사를 해야 합니다.

지금까지 살아오면서 중년나이에 종로국일관 회장을 할 때는 고급요정과 고급한정식 집에서 한상차림에 수십만 원과 수백만 원씩 하는 고급 식사도 먹어보았고, 젊은 날 독재정권의 학생저항운동으로 감옥살이를 할 때는 1평짜리 독방감옥에서 여름철의 무더위에 선풍기나 에어컨도 없이 지내보았고, 겨울철의 혹독한 추위에 마루청 차가운 맨바닥에서 담요만으로 견디어도 보았으며 또한 혼자 먹는 맛없는 콩밥을 지겹도록 먹으면서 오직 생존만을 위해 살아본 경험도 있기 때문에 맛없는 밥을 혼자 먹는 식사는 이골이 나있어 괜찮습니다. 그러나 들은풍월이 있어서 불에 익힌 화식을 하느냐 아니면 자연 그대로의 생식을 하느냐를 생각하다가 때가 되면 자연스레 생식을 하기로 마음을 먹어봅니다.

개인적인 평소의 생각은 편리함과 건강 그리고 환경과 자연의 섭리와 순리를 생각하면 자연 생명력이 그대로인 생식(生食)이 더 좋고 바람직하다고 늘 생각해오기도 했습니다.

또한, 다행히도 나는 입산하기 전에 기회가 주어질 때마다 자주 생식을 즐겨하는 편이었습니다. 싱싱한 배추, 미나리, 오이, 당근 등등을 쌈장 또는 된장에 날것으로 찍어먹고, 토마토, 사과, 배, 귤, 단감, 복숭아 등등의 과일을 제철에 맞게 먹었습니다. 그리고 여행을 하거나 등산을 할 때는 휴대하기 편리하게 쌀, 보리, 콩, 수수, 율무 등등 여러 가지 곡식을 살짝 볶아서 가루로 만든 선식 미숫가루를 먹으며 김, 톳, 미역, 파래 등등의 해초까지 모든 음식을 골고루 먹으면서 이왕이면 생식(生食)을 할 기회가 있을 때마다 생식을 즐겨하는 편이었습니다.

그리고 자연생식에는 무엇보다도 생기(生氣)가 들어있기 때문에 기(氣) 수련이나 도(道) 공부 또는 종교적 수도수행하는 사람들은 살아있는 생기를 그대로 섭취하는 자연생식이 더욱 유익하고 바람직하며 음식은 습관에 달려있다고 생각합니다.

혹시, 지금 이 글을 읽고 있는 독자분께서 행여 인생을 살아가다가 몸과 마음에 병이 들면, 자연 속으로 들어가 자연생식을 하면서 자연의 섭리에 따르며 모든 것을 순리에 맡겨 보십시요! 자연의 생명력 기운 그리고 섭리와 순리는 위대한 의사가 되어줄 것입니다.

그리고 기회가 있을 때마다 다음과 같이 해보시길 바랍니다.

① 떠오르는 빛나는 아침 태양을 정면으로 마주보고서 두 팔을 번쩍 들어 올려 쩍~ 벌리든 또는 아침 해가 솟아 오를 때 태양을 정면으로 하고 앉아 '아침명상'을 하면서 호흡과 마음속으로 아침 태양의 기운을 빨아 당기듯 하면서 떠오르는 아침 태양의 기운을 받아보십시요!

② 한밤중 하늘에 높이 두둥실 떠있는 보름달을 정면으로 올려다보면서 두 손바닥을 마주하여 합장을 하고 호흡과 마음속으로 보름달의 기운을 빨아 당기 듯하면서 소원까지 지극 정성으로 빌면서 밤하늘에 두둥실 떠있는 보름달의 기운을 받아보십시요! 특히 하늘의 달[月]은 이 세상의 모든 물(水)을 주관하고 다스리기 때문에 칠성줄로 태어난 사람

은 달님께 소원발원을 하면 가장 좋습니다.

③ 한밤중에 북극성과 북두칠성을 정면으로 올려다보면서 두 손바닥을 마주하여 합장을 하고 호흡과 마음속으로 별의 기운을 빨아 당기 듯하면서 밤하늘에 빛나는 별의 기운을 받아보십시요! 특히 수명이 짧은 사람은 북두칠성을 바라보고 기도하면 좋습니다.

이렇게 해보았던 경험이 있는 사람들은 이 가르침의 의미를 금세 알아차릴 것이라 믿습니다.

사람은 음식과 호흡과 기도를 통해서 우주자연의 '생명에너지' 기운을 섭취 흡수하면서 살아가기 때문입니다.

행여나 삶을 살아가다가 잘못되거든 삶의 마지막 방법으로 자연의 기운을 꼭 받아보시고 그리고 자연의 섭리와 순리를 따라 보십시요!

정말로 우주자연에서 보내온 기운 생명에너지 그리고 자연의 섭리와 순리는 위대한 의사가 되어줄 것입니다…….

깊고 높은 산속에서 첫 아침식사를 하고 그리고 납작하게 생긴 커다란 돌을 낑낑~대면서 옮겨와 옹달샘 옆에 준비를 해 놓고 밥 먹었던 그릇을 씻어 그 돌 위에다 얹어 놓으니 기가 막히게 잘 어울리는 자연 '돌 싱크대' 선반이 되는지라 웃음이 씩~ 나옵니다.

산속에 아무렇게나 널려있는 자연 돌을 주워와 그 생김새에 따라 용도에 알맞게 사용을 하니 돌제단용이 되고, 돌 싱크대 선반용이 되고, 또 다음으로 돌담장용이 될 것이고, 움막집을 짓는 벽돌용이 될 것이고, 돌탑용이 될 것입니다. 그렇기 때문에 넓적하게 생겼으면 넓적한 대로, 둥글게 생겼으면 둥근 대로, 큰 것은 큰 대로, 작은 것은 작은 대로, 그 생김새에 따라 용도에 맞게 다 쓰일 것입니다.

따라서 쓸모없는 돌이란 없을 것이고, 이것은 우리 사람도 다른 물건들도 또한 마찬가지라고 생각을 합니다.

얼굴이 잘생긴 사람은 그 잘생긴 얼굴을, 체력이 강한 사람은 그 강한 체력을, 두뇌가 좋은 사람은 그 좋은 두뇌를, 손재주가 뛰어난 사람은 그 뛰어난 손재주를, 키가 큰 사람은 그 큰 키를, 키가 작은 사람은 그 작은 키를, 끼가 많은 사람은 그 끼를 살려주는 등등 모든 사람은 반드시 한 가지씩 개성적 소질과 조건을 가지고 태어나기 때문에 태어나면서 자기 자신의 타고난 소질적 재능과 유리한 점을 잘 살려서 계발시켜 주면 쓸모없는 인간이란 없을 것입니다. 그리고 또한 자기 운명과 타고난 천성적 성격과 소질에 가장 알맞은 것을 해야만 가장 잘 할 수 있을 것이라 생각합니다.

나는 지금 산속에 들어와 돌 한 개를 옮기면서 지혜의 눈을 뜨기 시작하고 깨달음 발견의 첫 도(道)를 깨치기 시작합니다.

옛날 어느 선인께서는 아직 추위가 가시지 않은 이른 봄철의 어느 날 흰 눈 속에서 야생 들꽃 한 송이가 피어나는 것을 보고 도를 깨치고, 또 어느 선인께서는 늦가을의 어느 날 모질고 세찬 바람에 마지막 떨어지는 나뭇잎을 보고 도를 깨치고, 또 어느 선인께서는 진짜로 죽는 순간에야 '허무와 무상함'을 느끼면서 도를 깨쳤다고 들은 바 있습니다. 그런데 나도 지금 돌 한 개를 옮기면서 현상적 진리 발견의 깨달음을 얻기 위한 도에 관심이 있기 때문에 지혜의 눈을 뜨기 시작합니다.

"세상살이는 관심이 있어야 보이기 시작하고 잘 보이게 된다."

이제 생각을 마치고 실천을 하기 위해 불끈 일어섭니다.

먼저 이곳의 지형을 살피고 지난밤 꿈속에서 계시로 보여준 대로 미래의 생활공간을 위해 각각의 위치를 선정하면서 가장 급하고 귀중한 것부터 준비계획을 세웁니다.

새로운 삶의 목표와 일이 분명하게 되니 철저한 계획을 세우고 준비를 하고 그리고 실행으로 옮기고자 합니다.

우리의 인생살이도 마찬가지입니다.

누구든 또는 무슨 일을 하든 마찬가지입니다.

어른이든 아이든 그리고 큰일이든 작은 일이든 실패하지 않고 불행하지 않으려면 반드시 '기본과 원칙'에 충실해서 ① 목적과 목표를 정하고 ② 계획을 세우고 ③ 준비를 하고 ④ 하나씩 실천해 나가면서 순리와 절차에 따라 한 걸음씩 한 계단씩 진행시켜 나아가야 합니다.

또한, 무슨 일이든 행동으로 실행을 할 때에는 급한 것과 중요한 것을 정확하게 구분해서 반드시 '우선순위'를 잘 정해야 합니다.

일의 우선순위를 정할 경우에는 ① 중요하기도 하면서 가장 급한 것을 먼저하고 ② 급하지는 않지만 중요한 것을 다음으로 하고 ③ 급하지도 않고 중요하지도 않은 것은 맨 나중에 해야 합니다.

반드시 종이에 글로 써서 잘 보이는 곳에 꼭 붙여두어야 합니다.

집집마다 걸려있는 달력을 활용하는 것도 정말 좋은 방법입니다.

이와 같이 목표를 정하고 계획을 세우고 준비를 해서 일을 하나씩 실천해 나아가면 누구나 무슨 일이든 반드시 성공시킬 수 있습니다.

그리고 반드시 성공하려면 100% 집중을 해야 하고 끈기로 끝까지 지속해야 하며 항상 글로 쓰고 기록을 하는 습관을 꼭 가져야 합니다. 번뜩이는 아이디어나 해법이 언제 어떤 상황에서 튀어나올지 모르기 때문에 즉시 메모를 하는 준비와 습관을 길들여야 합니다.

"몸과 마음은 반드시 길들여야 하고 또한 길들일 수 있다."

사람의 마음은 변심과 변덕이 많으니 마음작용에 휩쓸리고 끄달리면 결코 안됩니다.

마음작용은 자기합리화를 위해 거짓말을 많이 하게 되니 마음을 주의 깊게 관찰하면서 '주시'를 잘 해야 합니다. 휩쓸리지 않고 '주시'를 하면 마음의 주인이 되고, 휩쓸리고 끄달리면 마음의 노예가 되어 버립니다.

성공·출세를 하고 부자가 되려면, 인생살이는 약 100년까지 달리는 마라톤 경주와 같기 때문에 항상 현시점에서 최소한 10년 계획은 세워야 하고 또한 평생의 목표와 계획도 함께 세워야 합니다.

100년 동안 달리기 경주를 할 경우 토끼와 거북이 중에서 거북이가 반드시 이긴다는 것은 진실입니다.

한 가지 일을 10년 동안 또는 평생 동안을 지속해 나아갈 수만 있다면 반드시 그 분야의 전문가가 될 것이고, 돈을 모을 것이고, 정신과 마음이 안정될 것이니 반드시 성공하게 될 것입니다.

성공·출세와 부자가 되려면 반드시 야망이 있어야 하고, 도전 정신과 열정이 있어야 하고, 분명한 목표와 계획을 세우고 그리고 집념과 끈기로 실천하는 사람만이 성취할 수 있다고 확신을 합니다.

젊은 날에는 이러한 삶의 기술과 지혜를 잘 모를 수 있습니다.

남들이 하니까 그냥 따라하고, 성급히 하다가 시행착오를 일으키고, 게으르다가 때를 놓치고, 옮겨 다니다가 도로 원위치로 되돌아오고, 준비하지 않고 있다가 또 기회를 놓치고 등등 늘 당할 수 있습니다.

필자는 최선의 노력을 했지만 지나친 욕망과 야심 때문에 사업 실패자가 되어 중년의 나이에 시골로 하향을 하고, 그리고 현재는 천등산의 첩첩 깊고 높은 산속에 들어와 있습니다.

이제부터라도 아직 남아있는 내 인생의 절반이라도 성공시키기 위해서는 지난 과거 젊은 날의 잘못들을 뼛속 깊이 묻어두고 어떻게든 이 산속에서 생존을 해가며 신통술기도를 잘 해내야 합니다.

젊은 날의 실수와 실패로부터 배우고 깨달았으니 이제부터라도 다시는 실수와 실패를 당하지 않기 위해 객관적 분석과 합리적으로 분명한 목표를 정하고 철저한 준비와 계획을 세워봅니다.

내 일생일대의 도전과 모험이 걸려있는 이 산속에서의 신통술을 얻기 위한 기도 생활은 최소한 10년 이상 또는 평생 동안이 걸릴 것이라는 종합분석 예측으로 장기계획을 세워봅니다.

또한, 이 산속에서 나 홀로 산기도 생활을 잘 하려면 지난밤 꿈의 계시대로 돌제단도 크고 튼튼하게 다시 만들어야 하고, 간이 변소도 만들어야 하고, 움막집 토굴도 만들어야 하고, 옹달샘 주변에 돌담장도 쌓아야합니다. 더군다나 한 달에 한 번씩 식량을 건네받는 산중턱의 마당바위가 있는 곳까지 새로운 산길도 만들어야 합니다.

이제 또다시는 실패하지 않기 위해서, 내 인생의 후반기는 반드시 성공을 하기 위해서, 분명한 목표와 철저한 계획을 세우고 그리고 우선순위를 정해서 하나씩 반드시 실천해 나아가려고 합니다.

우선 가장 먼저 해야 할 일은 옹달샘을 중심점으로 각각의 공간자리부터 구상을 하고 배치 선정을 하는 일입니다.

옹달샘을 중심점으로 그 위편에는 돌탑 자리를 정하고, 그 돌탑자리 아래에 돌제단 자리를 정하고, 옹달샘과 조금 떨어진 옆으로 옹달샘 근처 현재 텐트가 쳐져있는 곳은 움막집 토굴을 지을 자리로 정하고, 비스듬히 아래편으로 100m 거리쯤에 간이 화장실 자리를 정합니다.

첫 번째로 오늘부터 할 일은 '돌제단'을 다시 크고 튼튼하게 쌓는 일부터 시작을 합니다.

(돌제단은 자연 속에서 기도할 때 신(神)과 만남의 '성소'입니다.)

이제 돌제단을 쌓기 시작합니다.

주변에 있는 커다랗고 납작하게 생긴 돌을 옮겨옵니다. 때로는 안아서 옮겨오기도 하고, 때로는 굴려서 옮겨오기도 합니다.

하루 종일 땀을 흘리면서 돌제단을 쌓습니다.

목이 마르면 옹달샘 물을 한 바가지 떠서 벌컥벌컥 들이켜고, 땀을 닦고 또 땀을 흘리면서 돌제단을 쌓습니다.

나는 하늘과 신령님께 공양물과 제물을 바칠 돌제단을 쌓습니다.

꼬박 7일이 걸려서 천등산에 신(神)들을 위한 돌제단을 완성합니다. 그리고 이번에는 간이 화장실을 만들 차례입니다.

산속에서 산(山)기도를 하는 장소는 깨끗하고 정갈해야 하기 때문에 기도 장소에서 약 100m쯤 거리를 두고 비스듬히 산 아래편으로 길을 만들고 흙구덩이를 팝니다. 오물을 일정한 곳에 모으고 땅속에 깊숙이 감추기 위해 흙구덩이를 가슴 높이만큼의 깊이로 팝니다. 그리고 굵고 기다란 통나무를 두 개씩 맞대어 묶어서 나란히 흙구덩이 위에 걸쳐 놓고, 네 귀퉁이에 기다란 나무기둥을 4각으로 세우고, 가로 막대기를 4각으로 잇대어 칡넝쿨로 묶고, 지붕은 풀줄기로 이엉을 만들어 덮고, 좌우 뒷면은 갈대풀 이엉으로 가리고 앞면 한쪽만 터놓은 간이 화장실을 만듭니다.

꼬박 5일 걸려서 간이 화장실을 완성합니다.

그리고 이번에는 옹달샘 주변에 돌담장을 쌓을 차례입니다.

우리인간이 살아갈 수 있는 조건 중에서 가장 귀중한 것이 공기와 먹는 물이라고 생각합니다.

우리 인간의 문명발생지나 또는 국가형성, 도시형성, 촌락형성 등등이 모두가 물이 풍부한 곳에서 이루어지고, 특히 먹는 물이 있는 곳에 주택이 만들어지고 또한 주택이 있으면 먹는 물이 공급되어야 합니다.

미래 우리 인간의 생활지수는 자연 그대로의 맑은 생수와 맑은 공기를 얼마만큼 잘 마실 수 있는가가 될 것입니다.

나는 지금, 나에게 자연 그대로의 맑은 생수를 마음껏 자유롭게 마실 수 있도록 해주고 있는 첩첩산중의 깊고 높은 산속 옹달샘에 한없는 고마움과 감사를 느낍니다.

가장 귀중한 나의 보배인 깊고 높은 산속의 이 옹달샘이 영원히 오랜 세월 동안 보존될 수 있도록 옹달샘 주변을 괭이로 땅을 파서 축대를 튼튼하게 만들어 출입구만 남겨놓고 가슴 높이만큼 4각으로 돌담장을 쌓습니다.

돌담장 안의 옹달샘 옆에는 돌 선반을 만들고, 그 아래에는 돌 싱크대를 만들고, 그 아래에는 옆으로 조금 비켜 목욕할 때에 맨발로 올라서서 몸을 씻을 수 있도록 납작하고 커다란 돌을 옮겨와 바닥에 평평하게 깔아둡니다.

꼬박 6일이 걸려서 옹달샘 주변에 돌담장을 완성합니다.

첩첩산중의 깊고 높은 산속에 나의 생활터전을 만들어 갑니다.

나는 이제 스스로 새로운 환경변화에 적응을 해 갑니다.

살기 위해서는 반드시 환경에 적응을 해내야 합니다.

나는 성공을 위해서 분명한 목표를 정하고 철저한 계획을 세우고 그리고 우선순위에 따라 하나씩 실천을 해 나아갑니다.

반드시 성공을 위해서…….

제5장
자연건축자재로 직접 간소한 토굴집을 짓는다

삶에서 주거생활의 집은 중요하다…….

성공을 위해서는 반드시 목표를 정하고 계획을 세우고 그리고 우선 순위에 따라 하나씩 꼭 실천을 해 나아가야 합니다.

필자는 지금, 개소리 닭소리 사람소리가 전혀 들리지 않는 첩첩산중 깊고 높은 산속에 신통술을 얻기 위해 도(道)닦으러 들어와 나 홀로 살아가야 하는 생활터전을 만들어가고 있습니다. 도 닦을 기간이 10년이 걸릴지 평생이 걸릴지 모르기 때문에 또한 오랜 세월 산속에서 나 홀로 살아가야 하기 때문에 하나씩 철저하게 준비를 합니다.

이번에는 텐트가 있는 그곳에 현지 산속에 있는 자연 건축 재료 돌과 황토 흙으로 움막집 토굴을 지어야 할 차례입니다.

움막집 토굴이 완성될 때까지는 텐트를 더 사용해야 하기 때문에 우선 텐트를 다른 곳으로 옮겨 설치하기 위해 옆으로 거리를 띄우고 괭이로 땅을 고르고 다듬어 평평한 공간을 만듭니다. 그리고 텐트를 그곳으로 옮겨 놓습니다.

이제부터는 오직 혼자만의 능력으로 재료와 도구가 충분치 않은 여건 속에서 한 번도 집을 지어보지 않은 무경험자가 자신이 살아야 할 움막집 토굴을 직접 지어야 합니다.

설계도면도 없고, 도와줄 사람도 없고, 건축 재료라고는 주변에 아무렇게나 널려있는 자연석 돌과 황토 흙 그리고 살아 서 있는 생나무와 칡넝쿨뿐이고, 도구라고는 괭이·낫·톱 그리고 작은 손도끼뿐입니다.

오랜 세월동안 살아야 할 집을 짓는데 건축 재료와 도구가 이러하니 옛날 옛적에 원시인이나 미개인들이 있는 그대로의 자연재료를 사용하여 비바람만 피할 수 있을 정도의 흙돌벽 움막집을 지었던 것처럼 나도 내 손으로 집을 지어야 합니다.

우선 주위에 널려있는 크기가 비슷비슷한 자연석 돌을 주워와 한곳에 수북이 쌓아 준비를 해두고, 또 풀줄기를 뜯어와 한곳에 수북이 쌓아두고, 또 소나무를 베어와 1자 길이 약 30cm만큼 자르고 잘라서 나무토막을 한 곳에 수북이 쌓습니다. 그리고 괭이로 땅을 깊숙이 파서 오염되지 않은 땅속 깊은 곳의 새 황토흙을 비닐자루로 계속 옮겨와 한 곳에 수북이 쌓아 준비를 해둡니다. 그 다음 황토 흙에 물을 붓고 풀줄기를 함께 넣고 짓이기면서 흙반죽을 만듭니다. 흙반죽을 만들 때 풀줄기를 함께 넣는 이유는 흙이 말랐을 때에 잘 부서지지 않도록 하기 위해서입니다.

옛날 농촌에서 시골집을 지을 때는 볏짚을 사용했습니다.

황토 흙반죽을 준비해 놓고 이제부터 집을 짓기 시작합니다. 벽돌 대용으로 자연석 돌과 나무토막을 사용하고 시멘트 대용으로 황토 흙을 사용해서 천연 자연재료의 황토 토담집을 짓습니다.

황토 흙반죽을 한 움큼 놓고, 그 위에 돌 한 개를 올려놓고, 또 황토 흙반죽을 한 움큼 놓고, 또 그 위에 돌 한 개를 올려놓고 그리고 중간 중간에 나무토막을 올려놓고 하면서 위로 옆으로 계속해서 황토 흙돌벽을 쌓아올립니다.

구슬땀을 뻘뻘 ~ 흘리면서 계속 흙돌벽을 쌓아올립니다. 손과 발이 흙범벅이 된 모습으로 산속에서 나 홀로 내 집을 짓습니다.

출입문의 문짝 틀을 나무토막으로 만들어 세우고, 돌제단과 돌탑 쪽 벽면에는 커다란 창문의 문짝 틀을 만들어 넣고 하면서 흙돌벽을 계속 쌓아 올립니다.

몇 날 며칠이 지나고 또 지나갑니다. 변변한 도구나 연장도 없이 나 홀로 맨손으로 나의 토담집 토굴을 지어갑니다.

내 키보다 더 높은 흙돌벽을 4각으로 다 쌓아올렸습니다.

굵고 기다란 나무를 베어와 쌓아올린 흙돌벽 위에 나란히 걸쳐서 지붕 서까래를 만들고, 서까래 위로 비닐을 펼치고, 가느다란 나뭇가지와 싸릿대와 풀줄기로 이엉을 엮어서 지붕 위에 얹습니다.

그리고 또다시 비닐로 지붕 전체를 덮어씌우고 칡넝쿨로 이리저리 얽어맵니다.

마지막으로 출입문과 창문은 기다란 나무로 틀을 만들고, 싸릿대로 살을 대고 비닐을 씌우고, 칡넝쿨과 못으로 마무리를 끝내면서 첩첩산중 깊고 높은 천둥산 옹달샘 옆에 7평 크기 정도의 조그마한 원룸씩 움막토담집 토굴이 완성됩니다.

꼬박 15일이 걸려서 내 손으로 내 집을 지었습니다.

난생처음 내 손으로 직접 지은 나의 토굴입니다.

'토굴(土窟)'이란 오직 수행과 수도만을 위해서 간소하게 지은 작은 집을 일컫습니다.

겨우 7평 크기의 작은 집에서 어떻게 살아갈 수 있느냐고 묻는 독자가 있으면 나는 이렇게 대답을 합니다.

현재 상태의 자신의 처지에 따라서 꼭 필요한 것만 갖고 필요에 의한 삶을 산다면 7평 크기의 공간도 넉넉하다고 말입니다.

삶의 가치관과 생활환경이 바뀌기 전에 서울 중심가 종로통에서 큰 사업을 할 때는 필자도 80평 크기의 고급 초대형 아파트에서 으리번쩍하게 살아도 보았습니다.

한때는 그 유명한 국일관 나이트클럽과 오락게임장 사업이 잘 될 때는 하루에 1억 원씩도 계속 벌어보았습니다.

그러나 사업을 가장 크게 실패하면서 삶의 가치관을 바꾸고, 도(道)나 닦으려고 '위대한 버림'을 선택한 현재는 산속의 토굴기도생활환경에 처해있습니다.

사람은 자신이 처한 현재의 환경에 적응을 잘 해내야 합니다. 최대한 빨리 적응을 해야 생존경쟁에서 살아남습니다.

사람은 어디에서든 항상 '주인의식'으로 삶을 살아야 합니다.

눈치보고, 꾀부리고, 시키는 것만 하는 피동적인 사람은 평생 동안 머슴·종업원 의식이니 계속 가난뱅이가 될 것이고, 자기 스스로 하는 능동적인 사람은 주류·주인의식이니 점점 부자가 될 것입니다.

자기의 인생은 오직 자신이 설계하여 돌탑을 쌓아 올리듯 자신의 인생탑을 튼튼하고 멋지게 잘 쌓아올려야 합니다. 왜냐하면 우리의 삶은 한 번 태어나면 약 100년까지도 살아가야 하고 반드시 성공 및 출세를 하여 부자가 되어야 더욱 행복할 수 있기 때문입니다…….

잠깐, 건축물 집에 대한 이야기를 조금 말할까 합니다.

우리는 누구나 집을 짓거나 사거나 사용을 하며 살아가야 합니다.

집은 살고 있는 곳의 기후와 목적과 편리성 그리고 주변 환경과 그 집에서 살아야 하는 사람에 따라서 천차만별이 있을 수 있으나 건축 재료만큼은 인간 친화적 자연재료를 사용해야 한다고 생각합니다.

기후로 볼 경우에는 추운 지방과 더운 지방의 집이 다르고, 4계절의 기후 변화가 있는 곳과 기후 변화가 없는 곳의 집이 달라야 합니다.

목적으로 볼 경우에는 주거용과 업무 상업용 그리고 레저용 등이 달라야 하고, 반드시 사용하기에 편리해야 합니다.

또한, 그 집에서 거주하거나 그 집을 사용하는 사람의 숫자에 따라서 크기가 달라야 하고, 특히 대지인 땅과 태양의 기(氣)를 최대한 많이 받을 수 있어야 합니다.

더운 지방에서는 더위를 잘 피할 수 있어야 하고, 추운 지방에서는 추위를 잘 막을 수 있어야 하고, 바람이 너무 강한 지방에서는 바람을 잘 막을 수 있어야 하고, 습기가 너무 많은 지방에서는 습기를 잘 막을 수 있어야 합니다.

그렇기 때문에 바닷가의 집은 높아야 하고, 산 위의 집은 낮아야 하며, 북반구 지역은 남향집을 지어야 하고, 남반구 지역은 북향집을 지어야 하며, 각 지역마다 또는 개별 건물마다 각각 기맥의 흐름을 파악하여 잘 활용할 줄 알아야 합니다.

특히 주거용 가정집을 새로 짓거나 새로 구입을 하려고 할 경우에는 햇볕과 바람·조망 그리고 기(氣) 흐름의 작용을 고려해서 거실·안방·화장실·주방 조리대의 공간배치가 잘되어야 합니다. 그리고 현관 출입문 안쪽의 정면에 큰 거울·안방·화장실을 두지 말고, 안방 또는 거실은 집의 중심에 배치가 되어야 하며, 단독주택일 경우 북쪽방향과 서쪽방향 대문은 꼭 피해야 합니다.

그리고 특히 안방 사용은 반드시 그 집의 '가장(남편·주인)'이 사용해야 다른 사람에게 운을 빼앗기지 않는다는 것을 꼭 가르쳐 드립니다.

주거용 가정집은 오랜 세월과 시간을 그 집에서 생활하면서 잠을 자야 하기 때문에 그 주변의 나무가 최대로 자랄 수 있는 높이보다 낮아야 하며, 대지 땅의 기(地氣)가 닿을 수 있는 높이를 벗어나면 나쁩니다.

모든 생명체는 태양의 양기(陽氣)와 땅의 지기(地氣)가 꼭 필요하기 때문에 반드시 햇볕이 잘 들어야 하고 또한 너무 높지 않아야 합니다.

또한 주거용 주택을 포함한 모든 건물은 대체로 '배산임수(背山臨水)'와 '자좌오향(子坐午向)'의 집이 가장 좋기 때문에 앞쪽은 확 트여서 큰 강·바다·들판·큰 도로가 보이고, 남향집으로 태양의 햇볕이 잘 들어야 집 안에 밝은 양기(陽氣)가 모이고, 운(運)이 좋게 됩니다.

도시지역 주거밀집형으로 앞집·옆집·뒷집의 건물 벽만 보이는 집 또는 햇볕이 들지 않은 집은 아주 나쁘니 꼭 피해야 합니다.

특히 도시지역의 집은 대지 이용의 효율성을 위해 경사도·좌향·방향은 어쩔 수 없다고 하더라도 각각 개별 집들 주변의 공기 바람흐름과 또한 뒤쪽 높은 곳에서 형성되어 흐르는 기맥의 명당자리를 꼭 찾아서 잘 활용할 줄은 알아야 합니다.

집을 짓거나 구입을 하거나 또는 주거를 할 경우에는 ① 햇볕이 잘 비추는가? ② 땅의 기운이 좋은 곳인가? ③ 맑은 공기와 바람의 흐름이 좋은가? ④ 방음과 방한·방열·방습이 잘되는가? ⑤ 앞쪽이 확 트여서 조망이 좋은가? ⑥ 내부의 공간 배치가 잘되어 있는가? ⑦ 용도에 맞게 편리한가? ⑧ 주위 환경이 좋은가? ⑨ 교통이 편리한가? 등등을 꼭 잘 살펴야 함을 가르쳐 드립니다.

주거용 가정집 주택으로서 가장 나쁜 집은 집 주변의 나무가 최고 높이로 자랄 수 있는 높이보다 훨씬 더 높은 40층 이상의 초고층 집과 햇볕이 잘 비추지 못하여 어둡고 음산한 기운이 감도는 집과 수맥이 통과하는 집과 터신이 센 집터의 집입니다.

특히 너무 높은 곳에서 오랜 시간과 오랜 세월 동안 잠을 자고 생활을 하면 인체의 자율신경 조절의 이상을 초래하여 각종 '신경정신질환'을 일으키기 쉽고, 그리고 대지인 땅의 지기(地氣)를 받지 못하여 노약자는 건강이 나빠질 수 있으며 운까지도 나빠질 수 있기 때문에 40층 이상 높이의 주거용 초고층 오피스텔 및 초고층 아파트에서 오랜 세월동안 잠을 자는 행위는 아주 나쁘다는 것을 지적하고, 또한 햇볕이 안 드는 음산한 기운이 감도는 집과 주변의 공기 바람흐름이 안 좋은 집 그리고 수맥이 통과하거나 터신이 센 집터에서는 반드시 나쁜 불상사가 생기기 때문에 아주 나쁘다는 것을 거듭 충고합니다.

"잠을 잘 때는 기작용(氣作用)의 무방비 상태가 되고 또한 운작용(運作用)의 무방비 상태가 되기 때문에 잠자리는 가장 중요하다."

이 책은 운(運)작용을 직감직필로 자유롭게 표현할 것입니다.

다만, 글을 쓰는 필자가 전문 글쟁이가 아니기 때문에 표현이 다소 서툴 수 있으니 독자들께서는 이해를 좀 해주시면서 전달하고자 하는 이 책의 '취지'를 잘 헤아려주시길 바랍니다.

사람들은 모두 다 집과 관련이 있으니 조금 더 집과 집터에 관련된 운(運)에 대한 숫자의 수리학적 비밀정보를 가르쳐 드릴까 합니다.

우리가 살고 있는 집터와 모든 땅은 각각의 고유필지에 따라 번지 숫자와 건물번호가 매겨져 있고, 각각의 번호·숫자에 따른 수리학적 기운과 그 땅의 터신의 기운이 함께 작용을 하고 있기 때문에 건물이나 집을 지을 경우 또는 분양을 받거나 매입을 할 때 또는 이사 들어갈 경우에는 그 건물의 번호 숫자와 층 숫자 및 각 구분별 호실 숫자를 잘 선택을 해야 하고 또한 그 땅의 번지 숫자와 그 땅의 터신의 기운(氣運)작용 등을 반드시 먼저 잘 살펴야 함을 꼭 가르쳐 드립니다.

또한, 모든 사람은 각자의 좋고 나쁜 방위와 좌향이 있기 때문에 반드시 방위와 좌향도 잘 살펴야 하고, 나이와 날짜에 따른 운수와 일진이 있기 때문에 '생기복덕(生氣福德)' 좋은 날 택일도 잘 해야 함을 꼭 가르쳐 드립니다.

 다이아몬드는 작아도 값이 비싸듯 명당터와 좋은 집은 값이 비싸며, 수많은 여러 날짜 중 '생기복덕 택일'은 정말로 중요합니다.

 성공·출세를 하고 부자가 된 사람들 유명연예인·유명프로선수·유명정치인·기업인·벼락 부자된 자영업자들은 모두가 운(運)에 민감하여 어떻게든 좋은 운을 만들고 또한 운을 붙잡으려고 1류 점(占)쟁이만 찾아다니면서 항상 '운(運) 자문'을 받고 있다는 비밀적 사실과 진실들을 가르쳐 드리는 바, 성공출세를 하고 부자가 된 유명인들 중에서 점(占) 안 본다는 사람있으면 어디 한 번 데려와 보십시요!

 무슨 일을 하든지 간에 운흐름을 모르거나 또는 운이 안 열리거나 운이 따라주지 않으면 그 어떤 사람일지라도 잘 되지가 않습니다.

 성공출세를 하고 부자가 된 사람들은 모두가 유명한 점술가를 찾아가 점(占)을 보고 그리고 준비와 대비 및 대응을 잘 하고 더 나아가 운(運)을 더 좋게 만들어서 성공출세를 하고 부자가 된 것입니다.

 그래서 늘 사용하는 '운7 기3'이란 말도 있는 것입니다.

 혹시 지금 이 글을 읽고 있는 독자분 중에서 건축을 하고나서 또는 집·가게·상가·사무실·공장 등등을 옮기거나 이사를 하고나서 또는 조상 산소 이장 또는 화장을 하고나서 또는 초고층 오피스텔이나 초고층 아파트의 높은 층에 살면서 등등 현재 본인과 가족 중에 신경정신질환·우울증·어지럼증 또는 각종 사고·자살·손해·사업 실패·큰 질병·송사·망신·좌천·명퇴·부부싸움 등등이 발생하거나 또는 가위눌린 꿈·젊은 여자 꿈·갓난아기 꿈·쫓기는 꿈·자기 물건을 잃어버리는 꿈을 꾸거나 등등 꿈자리가 사납거나 등등의 불운과 불행을 겪고 있는 사람이 있거든 잘못된 인식과 편견 등을 버리고 지금 즉시 점(占)을 잘 보는 도사(道士)를 찾아가 '운명상담'을 꼭 받아볼 필요가 있음을 진심으로 가르쳐 드리는 바입니다.

공기(空氣)가 눈에 안 보인다고 해서 공기가 없는 것이 아닙니다.

기(氣)가 눈에 안 보인다고 해서 기가 없는 것이 아닙니다.

운(運)이 눈에 안 보인다고 해서 운이 없는 것이 아닙니다.

영혼(靈魂)이 눈에 안 보인다고 해서 영혼이 없는 것이 아닙니다.

신(神)이 보통 사람들의 눈에는 안 보인다고 해서 신이 없는 것이 결코 아닙니다.

이러한 것들은 모두 다 존재하고 있고 항시작용을 하고 있는 바, 이처럼 눈에 안 보이는 기운의 작용들이 눈에 보이는 모든 것들을 움직이고 있다는 천기(天氣)의 비밀 진실을 알아야 하는 것입니다.

이러하기 때문에 필자는 이곳 천등산에서 목숨을 걸고 신통술기도로 도(道)를 닦아 신통력을 얻고 그리고 그 신통력으로 우주자연과 하늘신들의 비밀을 반드시 모두 다 알아 낼 각오입니다…….

이곳 산속의 작은 나의 토굴은 인체에 가장 좋은 자연 '황토흙'이 주재료이고, 방위는 '자좌오향' 남향으로 햇볕이 잘 비추고 있습니다.

첩첩산중 깊고 높은 천등산 산속 옹달샘 옆에 나의 작은 토굴을 완성하고, 이번에는 한 달에 한 번씩 식량을 건네받기로 약속한 산 아래편 중간쯤의 마당바위가 있는 곳까지 약 2km 거리에 새로이 오솔길을 만들 차례입니다.

먼저 낫과 톱으로 풀을 베고 나무를 자르면서 길 표시를 해두고 그리고 괭이로 땅을 파고 고르면서 오솔길을 만듭니다.

오솔길이 완성되어갈 무렵 때마침 산 아래 생가에 살고 있는 동생 '손재성'이 마당바위 위에 식량을 비닐로 싸서 갖다놓았습니다.

산속에 들어온 지도 벌써 한 달이 지나가는가 봅니다.

정말 고마운 마음으로 동생이 갖다놓은 식량을 짊어지고 나는 내가 새로이 닦아놓은 오솔길을 올라옵니다.

앞으로 이 오솔길을 얼마나 오르내릴지 궁금합니다.

산기도를 하다가 중도에 산속에서 나 홀로 죽을지도 모릅니다.

이제 모든 것을 하늘과 신령님께 맡겼으니, 최선을 다하여 열심히 도를 닦으며 묵묵히 나아갈 각오입니다.

목적과 목표를 향하여 철저한 계획을 세우고 그리고 준비를 잘 하면서 반드시 하나씩 실천해 나아갈 각오입니다.

굳은 신념과 의지력으로 안 되면 되게 할 것이고 될 때까지 계속해 나아갈 것입니다.

새로운 삶의 성공을 위해서…….

제6장
내 마음과 기도장소를 깨끗히 정화를 한다

내 마음과 기도장소를 깨끗히 정화부터…….

천등산에 입산한지도 이제 한 달이 지나갑니다.

처음 산을 올라올 때 진달래꽃이 막 피기 시작하였는데 이미 그 꽃들은 다 지고 나뭇잎이 피기 시작합니다.

이제 기도 준비가 다 되었습니다.

이제부터는 아무도 가르쳐 주지 않고 보이지도 않는 길 없는 길을 나 홀로 출발을 합니다.

내가 가야 할 길은 끝없는 고통이 따르는 고행의 길이건만 살기 위한 죽음을 각오하고 이제 집중기도자의 길로 출발을 합니다.

오직 하늘과 신령님을 스승으로 삼고, 우주자연을 스승으로 삼아 신통력을 얻고, 깨우침을 위한 고행의 길로 출발을 합니다.

가장 먼저 약쑥을 뜯어와 돌로 짓이겨 쑥물을 쥐어짜서 바가지에 모으고 약쑥물로 몸뚱이를 씻으면서 몸을 깨끗이 정화합니다. 또 향을 부수어 물에 담가 두고 향물을 우려내어 향물로 몸뚱이를 씻으면서 몸과 마음을 깨끗이 정화합니다.

3일 동안 목욕재계를 하면서 기도하는 장소와 주변에도 굵은 소금을 뿌리고 청수를 뿌려서 깨끗이 도량 정화를 합니다.

이제 기도 준비가 다 되었습니다.

돌제단 위에 비바람이 불어도 촛불이 꺼지지 않도록 납작한 돌과 흙 반죽으로 좌·우·뒤·위를 막고, 앞쪽만 터놓은 촛불 방 속에 두 자루의 쌍 초를 세워놓고, 정성껏 쌀을 씻어 공양미 밥을 짓습니다.

옹달샘 물을 한 그릇 떠서 돌제단 위에 올리고, 공양미 밥을 솥째 올리고, 두 자루 쌍 초에 촛불을 켜고, 향 세 개를 사르고, 동서남북 사방으로 서서 합장을 하고 시계방향(오른쪽)으로 돌면서 절 한 번씩하고 그리고 움막집 토굴 안으로 들어옵니다.

돌제단과 마주 바라다 보이는 쪽의 커다란 투명 비닐창문을 사이에 두고 토굴 안에서 돌제단 앞에 마주섭니다.

그리고 정성껏 큰절 3번을 올리고, 일어나 서서 가슴 앞에 합장으로 두 손을 모으고 기도를 합니다.

"하늘이시여! 신령님이시여! 저는 이 산줄기 저 아래편 배나무고을에서 밀양 손씨 가문의 40대 자손으로 태어난 '손재찬'입니다.

저의 탯줄은 이 산줄기 끝머리 마을 어귀에 묻혀있고 할아버지 할머니 아버지 조상님도 이 산줄기 끝머리 마을 옆 산에 묻혀 있습니다.

이곳 천등산의 정기를 받고 태어난 이 몸을 이곳 고향 본향산인 천등산에 맡기고자 합니다.

지난 젊은 날 지나친 야심 때문에 큰 사업을 실패하고 자살까지도 시도하였지만 질긴게 사람목숨이라 마음대로 죽지도 못하고 다시 살아났습니다. 분명히 하늘에서 쓰임이 있어서인가 봅니다. 어릴 적의 특별한 영적능력들을 이제 확인을 하려 합니다.

이제부터는 삶의 가치관을 바꾸고, 목표와 소망을 바꾸고, 신(神)들의 가르침에 따라 새로운 인생길을 가려합니다.

현재 가지고 있는 모든 것으로 정성껏 공양미 밥을 올리고 또한 정성껏 정한수를 올리고 또한 이 몸뚱이 전체를 신(神)들께 올리오니 이 정성 잘 받으시고 저희 스승님이 되어 주시옵소서!

산에는 하늘의 명기(明氣)가 내리고 신통력(神通力)이 주어지고 그리고 우주자연의 진리 깨우침의 도(道)가 있다고 해서 첩첩산중 이 깊고 높은 천등산 산속으로 유서와 유언까지 남겨놓고 죽음을 각오하고 제 스스로 들어왔습니다.

저는 아직 아무것도 모르오니 오직 하늘과 신령님께서 좋은 방법으로 가르침을 주시고 또한 이끌어 주시옵소서!

입산한 첫날밤 꿈속의 신령님 계시대로 돌제단도 만들었고, 옹달샘 주변에 돌담장도 만들었고, 산(山)속에서 평생 살 각오로 토굴도 만들었고, 이곳의 생활반경 내에 산길도 만들었고, 그리고 기도 장소도 깨끗이 정화를 했고, 제 몸뚱이와 정신 그리고 마음과 영혼까지도 깨끗이 정화를 끝마치고 이제 산기도 준비가 다 되었습니다.

오늘부터는 입산한 첫날밤 꿈속의 신령님 계시대로 하루에 돌을 한 개씩 주어와 돌탑을 쌓으면서 산(山)기도공부 열심히 하겠습니다.

한 개씩 돌탑을 차곡차곡 쌓는 마음으로 도(道)를 닦겠습니다.

하늘이시여! 신령님이시여! 저는 아직 산기도하는 방법도 모르고, 빌 줄도 모르고, 신령님께서 직접 말씀을 해주시는 공수도 받을 줄 모릅니다. 그러하오니 느낌으로, 직감으로, 예감으로 가르쳐 주시고 밤에 잠을 잘 때마다 꿈속에서 선몽으로 가르쳐 주시옵소서!

유서와 유언까지 남겨놓고 죽을 각오로 천등산을 찾아왔사오니 제발 가르침을 주시고 신통력을 내려 주시옵소서!……."

나는 계속 일방적으로 의사표시를 하면서 중얼~중얼~ 소원을 빌고 또 빌고 또 빌면서 기도를 합니다.

　어느 정도 일방적인 의사전달과 소원을 다 빌고 나서 다시 큰절 3번을 올리고 마련해 둔 방석을 깔고 조심스레 자리에 앉습니다.

　두 다리는 오므려 포개어 반가부좌를 하고, 허리는 쭉 펴서 똑바로 세우고, 두 손은 가슴 앞에 손바닥을 마주하여 합장을 하고, 두 눈은 지그시 감고, 마음은 편안히 하고, 호흡은 처음에는 깊고 길게 하다가 차츰 고르게 하고, 생각은 상단전 앞이마의 중앙 명궁(命宮)을 통하여 우주공간에 두고, 4박자 리듬으로 계속 내 귀로 들릴 만큼 소리를 내어 한마음 일념으로 "산왕대신(山王大神)!"이란 신의 명호를 부르면서 신명기도 정근을 합니다.

　신통력을 얻기 위한 대신기도(大神祈禱)는 장소에 따라서 신명기도 방법이 다르기 때문에 산에서 기도할 때에는 가장 먼저 '산왕대신'을 부르고, 호수·강·바다 등등의 물(水)에서 기도할 때는 '용왕대신'을 부르고, 집 또는 기타 장소에서는 '천왕대신'을 불러야 합니다.

　또한, 신통력을 얻기 위한 대신(大神)기도는 목적에 따라서 신명기도 방법이 다르기 때문에 하늘 문(天門)을 열기 위해서는 오방신장·백마신장·화엄신장 등등의 '신장'을 부르고, 질병을 치료할 때에는 의술을 주관하는 의술도사·약명도사·약왕보살·약사보살 등등의 '약명신'을 부르고, 재수를 받고자 할 때에는 터줏대감·성주대감·상업대감·천복대감 등등의 '대감신'을 부르고, 아기를 못 낳거나 아들을 못 낳은 사람이 자식을 낳고자 할 때에는 '삼신'을 부르고, 수명이 짧은 집안의 사람이 오래 살고자 할 때에는 '칠성신'을 불러야 합니다.

　이러하기 때문에 산속에서 신통력을 얻고자 하는 나는 지금 '산왕대신

'을 오직 일념으로 소리 내어 부르고 또 부르면서 소리파와 뇌파의 주파수를 우주자연과 신(神)들을 향하여 계속 전달하고 있습니다.

첫 숟갈에 배부를 리 없는 것처럼 아무리 신명(神名)을 불러보아도 응답이 없습니다.

가슴 앞에 손바닥을 마주하여 합장으로 두 손을 모으고, 들고 있는 팔이 너무도 아파서 가만히 조심스레 팔을 내리고, 손바닥을 하늘로 하여 양쪽 무릎 위에 올려놓고 조용히 묵언 명상을 시도해 봅니다.

오래고 오랜 시간이 흐르면서 잡념인지 환영인지 또는 신통인지는 모르지만 산 아랫마을 생가에 계신 80살을 훌쩍 넘으신 어머님의 모습이 보입니다.

어머님께서 장독대의 커다란 장독항아리 위에 정한수로 물 한 그릇을 떠 놓고 초 한 자루에 불을 밝혀놓고 두 손을 비비면서 중얼~중얼~ 하면서 소원을 빌고 계십니다.

아마도 깊고 높은 산속으로 도(道)닦으러 입산한 이 못난 아들을 위해 하늘과 신(神)들께 지극정성 기도로 빌고 계신 것 같습니다.

어머님은 집에서 장독대에 정한수를 떠놓고 빌고 있고, 이 아들은 산속에서 돌제단에 정한수를 떠놓고 빌고 있습니다.

어머님도 빌고 아들도 빌고 있습니다.

이 무슨 기가 막힌 운명이란 말입니까?!……

우리 어머님은 안동 김씨로 밀양 손씨 가문인 우리 집에 시집오시어 첫 아기 임신 때부터 그 아기가 태어나고 자라 장년이 된 지금까지 길고 긴 오랜 세월 동안 장독대의 커다란 장독항아리 위에 정한수를 떠올리면서 시집 온 집안과 자손을 위해 평생 동안 빌고 계십니다.

내가 어릴 적 옛날의 시골마을에는 마을 한가운데에 공동우물이 있었고 모두가 그 공동 우물물을 길어다 먹었습니다.

우리 어머님께서는 매일 아침 새벽마다 하루도 빠뜨리지 않고 눈이 올 때나 비가 올 때나 추울 때나 더울 때나 새벽동이 틀 무렵이면 어김없이 제 시간에 일어나시어 마을 한가운데에 있는 마을 공동우물에서 물 항아리를 머리에 이고 물을 길어와 커다란 물독에 식수를 가득 채우고는 장독대에 정한수로 물 한 그릇을 먼저 떠올리고 새벽기도로 집안의 안녕을 위해 빌고 또한 자식 잘되기를 빌고 나서야 아침밥을 짓고 집안일을 시작하셨습니다.

80살을 훌쩍 넘기신 지금까지도 수행자가 평생 동안 수행을 하듯, 성직자가 평생 동안 성직생활을 하듯 계속하시고 계십니다.

독자 여러분! 이 세상 어느 수도자 및 수행자가 그토록 오랜 세월동안 변함이 없이 기도발원을 계속할 수가 있을까요?!

이 세상 어느 성직자가 그토록 지극 정성스러울까요?!

이 세상 어느 종교 또는 어느 기도자가 자기 자신보다는 오직 집안과 자식을 위해서만 평생 동안을 기도할 수 있을까요?!

필자는 그런 모습의 어머님께 항상 고마움과 감사함을 느낍니다.

그러한 지극 정성으로 우리 어머님은 6남 1녀의 자녀를 두셨지만 7남매 모두가 잘 성장하여 잘 살아가고 있고 또한 손자들까지도 모두 신체적으로나 정신적으로 잘못 태어나거나 잘못된 사람이 없이 건강하게 태어나고 무탈하게 잘 성장하고 있습니다.

어머님의 모범이 되는 삶과 거룩하심에 저절로 숙연함을 느낍니다.

"자식은 부모님의 뒷모습과 발자취를 보면서 따라 배운다."

백 마디의 말씀보다 그 행동을 보면서 따라 배울 뿐입니다.

특히 필자의 어머님께서는 우리 고유의 원초적 전통신앙이며 토속신앙인 '칠성신앙'을 함께 섬겨 오셨습니다.

원초적 순수 자연토속신앙인 '칠성신앙'을 섬겨 오신 우리 부모님께서는 우주만물은 모두가 그 생김새와 이름에 따른 각자 고유의 기(氣)가 작용을 하고 있으며, 해·달·별·산·물과 같은 자연 존재물을 신앙으로 정성껏 잘 섬기면 좋은 기운(氣運)을 받을 수 있다고 하셨고, 부처님이 오시기 전과 예수님이 오시기 전의 아주 먼 옛날 수천 년과 수만 년 그리고 수억 년 전에도 모든 민족과 모든 나라에도 일·월·화·수·목·금·토의 요일은 모두가 있으니 그것은 태초부터 해·달·별의 원초적 자연 신(神)을 의미한다고 가르쳐 주셨습니다.

신(神)은 기(氣)로 움직이고 해·달·별은 운(運)으로 움직이며 각자 고유의 파장과 빛을 가지고 있다고 하셨습니다.

모든 사람은 자기 자신의 영혼과 신앙으로 섬기는 신(神)이 서로 잘 맞아야 기도 응답을 받을 수 있다고 하셨습니다.

예를 들어 라디오와 TV를 켤 때 주파수 파장 사이클이 서로 맞아야 소리가 들리고 화면이 보이고 하는 것처럼 말입니다.

자연의 '칠성신앙'을 섬겨 오신 우리 어머님께서는 죽어서의 천국행이나 극락왕생을 소망하는 자기중심적인 당신 자신을 위한 기도는 하지 않고, 시집을 온 여인의 덕목으로 조상님 제사(祭祀)와 명절 때의 차례를 잘 모시고 오직 시집을 온 우리 집안과 자식을 위한 기도만 해오시면서 하늘자연의 섭리와 순리에 따라 도리(道理)를 잘 지키라고 늘 말씀을 해 주셨습니다.

필자는 그러하신 어머니를 우리 어머님으로 인연지어서 이 세상에 태어나게 되고 또한 어려서부터 훌륭한 가르침을 많이 받게 되어 정말 행운이라고 생각하면서 항상 감사함을 느끼며 살아왔습니다.

필자는 이 책으로 진심을 전해 올리면서 기록으로 남기고자 합니다.

우리 어머님과 제가 또 다음 생에 태어난다면 또다시 핏줄의 인연으로 태어나고 싶고, 다음 생에서는 더욱 훌륭한 아들로 태어나 어머님 은혜에 꼭 보답해 드리겠다고 이렇게 약속을 드리면서 진실한 소망을 가져 봅니다.

부모님의 자기희생적 내리사랑과 자식이 부모님을 공경하는 효사랑은 자연의 섭리이고 순리이며 도리(道理)라고 생각합니다.

특히 효도는 만 가지 법도의 근본이니 효행을 잘 하는 사람은 삶이 점점 나아지고, 죽을 때 잘 죽으며, 죽은 후에는 지은 대로의 '인과법칙'에 따라 스스로 하늘나라에 태어난다는 진실을 꼭 가르쳐 드리면서, 이 글을 읽은 독자분들은 이제부터라도 자기 부모님께 지극 정성으로 효도를 하고, 영원토록 그 은혜에 감사를 하며, 보답하시길 진심으로 충고합니다.

특히 연로하여 병들고 어렵게 사시는 자기 부모님을 끝까지 잘 보살펴 드리길 진심으로 거듭 충고합니다.

이 세상 70억 명의 많은 사람들 중에 부모·자식으로 만난 인연은 너무도 소중하고 또한 한 번 맺어진 부모와 자식의 인연은 핏줄동기감응의 '천륜법칙' 때문에 죽은 후 혼령이 되어 100년 이상까지도 마음대로 끊을 수 없기 때문입니다.

필자의 가르침에 공감을 하신 독자분은 이 책을 다 읽은 후, 이 책을 사랑하는 자녀들에게 특히 말썽을 부리거나 불효하는 자식에게 요령껏 귀중한 선물로 활용하시길 바라는 바입니다.

필자의 글은 모든 학교 교육과정의 책에서도, 모든 종교의 경전에서도 결코 배울 수 없는 또는 그들이 결코 가르쳐 주지 않는 것들을 다루고 있고, 동양사상과 효행 및 효도를 강조하며 또한 모든 사람들에게 기본적인 사람됨을 강조하기 때문에 사랑하는 사람이나 아랫사람들에게 선물하기에 매우 적합할 것이며, 무엇보다 가장 중요한 것은 각자의 타고난 천성과 소질에 따른 재주재능 계발 및 운명과 운에 따른 인생진로와 직업선택 등 '천성소질인간계발론'과 함께 21세기 자본주의 사회에서 정말로 재테크를 잘 하는 방법과 결혼 잘 하는 방법 그리고 질병의 고통없이 누구나 100세 이상 잘 사는 방법과 죽을 때는 반드시 하늘나라로 올라가는 비법 등등 여러 가지 잘 사는 방법과 가장 중요한 천기의 비밀들을 직접 가르쳐 주기 때문에 매우 중요합니다.

자식농사는 효자·효녀로 그리고 자립·독립정신으로 잘 키우는 것이 부모 입장에서는 가장 큰 투자이고 또한 보람이며, 효도와 효행은 삶의 근본도리(道理)이고 하늘의 법도이기 때문입니다.

또한 사랑하는 자녀들에게 21세기 혼돈과 무한생존경쟁의 시대에 물고기를 스스로 잡아먹을 줄 아는 잘 사는 방법의 삶의 기술과 지혜를 함께 잘 가르쳐 주는 것이 가장 중요하기 때문입니다.

또한 능력과 재물은 사랑하는 자녀들에게 상속이 되기 때문에 부모님부터 반드시 성공과 출세를 해서 부자가 되시라고 꼭 전달을 합니다.

그렇습니다.

'그렇습니다'라고 공감을 하신 독자분은 반드시 잘 살게 될 것이라고 확신을 하고, 모르는 것을 배우려고 하는 자세와 긍정적인 사고방식과 좋은 성격 그리고 효도 효행 실천과 함께 자신의 현재 입장에서 삶을 성실하고 정성스럽게 살아가는 사람은 하늘도 감동하여 더욱 잘 살게 될 것이라고 확신합니다.

또한 무한경쟁사회에서 경쟁은 남들과 하고, 가족 간에는 합심과 협력을 하면서 무슨 일이든 부모님과 자식 그리고 형제자매 등 가족이 함께 하면 일이 잘 풀릴 것이라고 확신합니다.

또한 부모님이 하시던 일을 그 자녀가 후계자로 승계 받아 계속 이어가면서 몇 대를 계속할 경우에는 유전인자적으로 또는 자연 결속된 믿음으로 또는 이미 모든 여건이 완비되었음으로 경쟁력과 소질능력차원에서 가장 잘 할 수 있을 것이라고 확신합니다.

부모와 자식 간의 유전인자 DNA검사는 99.99%까지 정확히 일치를 하고, 그리고 핏줄운내림과 천륜은 하늘자연의 법칙입니다.

자식을 창조하는 것은 오직 부모님뿐입니다.

천륜과 DNA유전관련법칙을 잘 이해하길 바라는 바입니다.

천륜법칙과 핏줄운내림을……

제7장
토굴 속에서 산(山)기도의 고행을 시작한다

깊고 높은 천등산 산속의 기도처 토굴 안에 앉아 있습니다.

기도명상을 하고 있는 시간이 얼마나 오랜 시간이 흘렀을까?

지난날의 일들과 부모형제들의 모습이 환상인지 또는 신통인지 주마등처럼 스쳐가고 이어집니다.

두 다리를 오므려 포개어 가부좌로 오랜 시간을 앉아 있으니 다리가 저려 오고 무릎이 아파옵니다. 더 이상 무릎의 통증과 다리의 저림마비 때문에 앉아 있을 수가 없습니다.

나의 산(山)기도방법은 오랜 시간을 합장을 하고 가부좌로 앉아 정신집중으로 '산왕대신!'을 계속 부르면서 소리파와 뇌파를 우주자연으로 보내고 그리고 주파수 응답의 반응으로 미세한 진동을 감지하면서 더욱더 집중으로 우주자연과 합일이 되기 위해 더욱 더 깊은 명상(瞑想) 속으로 들어가야 하는데 무릎통증과 다리 저림 마비로 오랜 시간을 가부좌로 앉아 있을 수가 없습니다.

잠시 생각을 분석하면서 가장 우선적으로, 오랜 시간을 그대로 앉아 있을 수 있는 육체단련부터 해야겠다고 판단을 내리면서 몸을 일으켜 토굴 밖으로 어기적거리며 나옵니다.

토굴 밖에서 가볍게 팔다리운동을 하고 목운동과 허리운동을 하고 숨고르기를 하면서 짧은 거리를 왔다 갔다 하며 궁리를 합니다.

의식의 집중으로 명상삼매에 깊이 들어가려면 장애와 방해가 없어야 하는데 잡념과 무릎통증이 장해가 되고 있습니다.

그렇다면 우선 장해물인 무릎통증부터 해결을 해야 합니다.

정신수련을 하려면 육체단련을 동시에 해야 합니다.

토굴 밖에서 왔다 갔다 하며 궁리를 하던 중에 문득 큼지막하고 납작한 돌멩이가 눈에 뜨입니다.

번뜩 생각이 뇌리를 스치면서 '그래, 저 돌멩이야!' 하고서는 납작한 큰 돌멩이를 토굴 속으로 안고 들어옵니다.

담요로 돌멩이 바위를 감싸서 방석 옆에 옮겨놓습니다. 그리고는 또다시 두 다리를 오므려 포개어 가부좌로 방석 위에 앉습니다. 앉은 자세로 옆에 놓아둔 담요로 감싼 돌멩이 바위를 두 손으로 들어서 무릎 위에 올려놓고 무릎부터 단련을 시킵니다. 더 이상 견딜 수 없는 고통이 오면 바위를 내려놓고 잠시 일어나 다리 운동을 하고, 또 무릎 위에 바위를 올려놓고 앉아서 견딜 수 있는 시간까지 버티다가 더 이상 견딜 수 없는 한계가 오면 바위를 내려놓고 하면서 무릎단련을 계속 반복하며 시간을 늘려갑니다.

하루 이틀 사흘 날짜가 지나가면서 한 달 이상이 지나갑니다.

이젠 두 다리를 오므려 가부좌로 앉아서 무릎 위에 큰 바위를 올려놓고도 오랜 시간을 앉아 있을 수 있으니, 무릎 위에 바위를 올려놓지 않으면 하루 내내라도 무릎 통증 없이 가부좌로 앉아 있을 수 있습니다.

한 달 이상의 계속된 육체단련으로 무릎통증의 장해가 해결되고 그 과정에서 잡념의 장해까지 없어집니다.

목적을 이루었으니 바위를 본래 있던 곳에 내어다둡니다.

이제 계절이 바뀌고 초여름이 시작됩니다.

산은 푸르게 신록으로 우거지고 날씨는 점점 무더워집니다.

오늘도 돌제단 위에 정한수를 떠올리고, 촛불을 켜고, 향을 사르고, 동서남북 사방으로 절을 한 번씩 하고 토굴 안으로 들어옵니다.

토굴 안에서 돌제단을 향하여 하늘과 신령님께 큰절 3번을 올리고 조심스럽게 방석을 깔고 조용히 앉습니다.

오늘도 어제처럼 우선적으로 먼저 후! 소리를 길게 내면서 여러 차례 날숨으로 몸을 이완시키고, 허리를 쭉 펴고 가부좌로 앉고, 가슴앞에 두 손바닥을 살며시 합장을 하고, 시선과 생각을 멈추기 위해 두 눈을 살며시 감고, 의식은 가운데 이마 '명궁'을 통하여 우주하늘에다 두고, 4박자 리듬으로 "산왕대신! 산왕대신! 산왕대신!" 신명(神名)을 계속하여 오직 한마음 일념으로 소리 내어 불러봅니다.

오랜 시간이 지나면서 가슴 앞에 합장으로 들고 있는 손끝이 기(氣) 흐름의 반응으로 진동이 느껴지면서 조금씩 흔들리고 손끝에서 몸의 중심 쪽으로 가벼운 전율이 찌르르~ 하고 흐릅니다.

그리고는 무엇인가 보일 듯 말 듯하고, 무슨 소리가 들릴 듯 말 듯하고, 무슨 말이 터져 나올 듯 말 듯합니다.

그러다가 나 자신도 모르게 졸음이 옵니다.

졸다가 문득 깨어나고 또 졸다가 문득 깨어나곤 합니다.

날씨가 무더워지니 요즘은 졸음과의 싸움이 계속됩니다.

기도를 시작하면서 '오늘은 졸지 말아야지!' 하고 거듭 다짐을 해 보지만 얼마 동안 시간이 지나면 나 자신도 모르게 꾸벅~ 졸다가 깨어나고 또 꾸벅~ 졸다가 깨어납니다.

세상에서 가장 무거운 것이 눈꺼풀인 것 같습니다.

더 이상 졸음 때문에 기도를 계속 할 수가 없어서 몸을 일으켜 토굴 밖으로 나옵니다.

토굴 밖에서 왔다 갔다 거닐며 궁리를 해봅니다.

날씨는 점점 무더워지는데 어떻게 해야 졸음을 이길 수 있을까?

저만치 숲속에 싸릿대 나무가 눈에 뜨입니다.

싸릿대 나무를 보는 순간 번뜩 생각이 뇌리를 스치면서 '그래, 저 싸릿대 나무 회초리야!'라고 합니다.

낫으로 새끼손가락 굵기만큼의 싸릿대나무를 한 움큼 베어옵니다.

옛날 어렸을 적에 우리 시골집에서는 싸릿대나무를 베어 바지게로 한 가득 짊어지고 옮겨와 한 움큼씩 새끼줄로 묶어서 싸릿대 빗자루를 많이 만들어 놓고 일 년 내내 마당도 쓸고 골목도 쓸며 사용을 하였습니다.

그런데 나는 지금 그 싸릿대나무로 회초리를 만들려고 합니다.

명상기도를 하다가 졸음이 오거나 잡념이 생기거나 게을러지면 내가 내 손으로 내 몸뚱이를 때리기 위해 싸릿대나무 회초리를 만들려고 합니다.

싸릿대나무로 회초리를 만드는 중에 너무나도 서글픈 마음이 들면서 나도 모르게 눈물이 주르륵~ 흘러내립니다. 맨주먹으로 눈물을 닦으며 또 눈물을 닦으면서 어금니를 악물고 스스로 강해지기 위해 정신과 마음을 다잡아봅니다.

지금의 내 인생은 물러설 데도 없고 또한 물러설 수도 없습니다.

첩첩산중 깊고 높은 산속에서 나 홀로 살아가야 하기 때문에 스스로 강해져야 합니다. 새로운 삶의 목표를 위해 모든 수단과 방법을 다 동원하면서 의지와 신념을 더욱 강하게 군혀 나아갑니다.

나는 지금 서글픈 마음을 쓸어안고 초라한 모습으로 앉아서 맨주먹으로 흐르는 눈물을 닦으면서 회초리를 만들고 있습니다.

싸릿대나무 회초리를 한꺼번에 여러 개를 만듭니다.

하나가 부러지면 또 꺼내서 사용하고, 또 하나가 부러지면 또 꺼내서 바로바로 사용하기 위해 양손 한 움큼의 회초리를 만들었습니다.

그러고 나서 실험을 해봅니다.

어떤 물건이든 만들었으면 그 물건이 제 기능을 하는지 반드시 기능 확인의 실험을 해보아야 합니다.

만든 물건이 제대로 만들어졌는지? 아니면 잘못 만들어졌는지? 반드시 확인을 해보아야 합니다. 힘들여 만든 물건에 하자가 있으면 원인을 발견하여 제대로 고치고 또다시 완벽하게 고쳐야 합니다.

나는 내가 만든 물건인 싸릿대나무 회초리가 회초리로서 제 기능을 잘 발휘할 수 있을지를 직접 실험으로 확인해 보기 위해 오른손에 회초리를 집어 들고 팔을 머리 위로 높이 들어 올리고 내 등짝을 힘껏 내리쳐봅니다.

눈물이 핑~ 돌만큼이나 아프고 회초리는 부러지지 않으니 회초리로서 기능 확인이 되었습니다.

그러나 한 번의 기능 확인실험은 미덥지 않기 때문에 확실한 기능 확인을 위해서 어금니를 악물고 이번에는 맨 팔뚝에 힘껏 회초리를 또다시 내리쳐봅니다.

또 눈물이 핑~ 돌만큼이나 아프고 맨 팔뚝에 뻘겋게 회초리 자국 핏발이 생겨도 회초리는 부러지지 않으니 회초리로서의 기능이 재확인되었습니다.

양손 한 움큼의 싸릿대나무 회초리를 토굴 안으로 가지고 들어와 좌선하는 방석 옆에 가지런히 놓아둡니다.

언제라도 졸음이 오거나 잡념이 생기거나 게을러지면 오른손으로 회초리를 즉시 잡을 수 있도록 좌선하는 방석의 오른쪽에 놓아두고서 또 다시 기도명상에 들어갑니다.

그리고는 졸음이 올 때마다, 잡념이 생길 때마다, 게을러질 때마다 나는 내 손으로 내 몸뚱이 등짝을 회초리로 후려치면서 기도를 합니다.

15일쯤 날짜가 지나갑니다.

날씨는 점점 무더워지고 회초리를 사용하다 보니 내 몸뚱이의 등짝은 갈기갈기 살이 찢어져서 목욕을 할 때마다 쓰리고 아리고 너무나 고통스럽습니다.

또한, 기도 중에나 잠을 잘 때에도 통증으로 인한 방해 때문에 오히려 기도에 집중할 수가 없을 정도입니다.

지나친 고행이 수도에 오히려 방해가 되기도 함을 깨닫습니다.

지나친 것은 오히려 부족함만 못함을 스스로 깨닫습니다.

"모든 것은 지나침도 부족함도 아닌 적절함이 가장 좋다."

계절이 한여름으로 접어드니 날씨가 점점 무더워집니다.

오늘은 아침부터 토굴 밖에서 왔다 갔다 거닐며 또 다른 궁리를 합니다.

날씨는 점점 무더워지는데 고통 없이 졸음을 이길 수 있는 방법의 묘책을 찾고 있습니다.

토굴 밖에 이쪽 나뭇가지와 저쪽 나뭇가지 사이에 빨랫줄이 걸쳐 있는데, 그 빨랫줄을 보는 순간 번뜩 묘안이 또 뇌리를 스치면서 '그래, 저 빨랫줄이야!'라고 생각이 듭니다.

빨랫줄을 풀어서 손에 들고 토굴 안으로 들어옵니다.

빨래줄 한 쪽 끝을 토굴 안 천장의 높다란 대들보에 묶고, 또 다른 한

쪽 끝은 내 머리통 중앙의 머리카락 한 움큼에 묶어서 줄이 너무 팽팽하지도 않고 너무 느슨하지도 않도록 가늠해보면서 방석 위에 앉아 기도 중에 꾸벅~ 하고 고개를 숙이면 머리칼이 당겨져 몹시 아프도록 줄을 적당하게 잘 조절을 합니다.

그리고 나서 이젠 실험 삼아 가부좌로 앉은 상태에서 꾸벅~ 하고 고개를 숙여보니 줄에 묶인 머리칼 한 움큼이 통째로 뽑히는 것처럼 몹시 아프면서 정신이 번쩍 듭니다.

이제 방석 옆에는 싸릿대나무 회초리를 놓아두고, 머리칼 한 움큼을 줄에 묶어 천장 대들보에 매달고 다시 명상기도에 들어갑니다.

내 몸뚱이가 회초리로 매를 맞지 않으려고 긴장을 합니다.

내 머리통이 머리칼을 뽑히지 않으려고 또 긴장을 합니다.

몸뚱이가 스스로 긴장을 하니 정신이 바짝 차려집니다.

이제 졸음으로 인한 장해물이 제거되면서 모두 해결이 됩니다.

'궁하면 통한다'는 말씀이 체험으로 실감이 납니다.

우리의 인생살이도 마찬가지입니다.

무슨 일을 하는 중에 장애물이나 방해물이 생기면, 적극적으로 그 장애와 방해를 분석하고 연구하고 더욱 노력을 하여 극복하면서 뚫고 나가거나, 오히려 역이용하거나, 딛고 일어서는 등등 적극적이고 강인한 사람이 있습니다. 그런가 하면 그 반대로 장애물과 방해물을 핑계 구실로 삼아 거기서 중도 포기하는 소극적이고 도피적인 나약한 사람도 있습니다.

독자 여러분은 어느 쪽의 어떠한 사람이 되길 바라십니까?

오직 강자만이 살아남는 경쟁사회에서 어떻게 살아가겠습니까?

21세기는 100살까지 살아야 하는데 준비는 잘 하고 있습니까?

사람의 정신력과 강한 신념은 태산도 움직일 수 있고, 안 되는 것을 되게 할 수도 있고, 놀라운 기적을 이루어 낼 수도 있습니다.

혹시, 지금 이 글을 읽고 있는 독자분께서 필자보다 나이가 젊은 사람이라면, 현재 좌절과 실의에 빠져있는 사람이라면, 일을 하다가 실패를 당하고 있는 사람이라면, 장사영업과 투자손해를 당하고 있는 사람이라면, 대학을 졸업하고도 아직 취업을 못하고 있는 사람이라면, 큰 질병으로 고통받고 있는 사람이라면, 가난한 사람이라면, 그리고 반드시 성공·출세하고 부자가 되어 행복한 삶을 살고 싶은 사람이라면 그동안의 잘못된 생각과 나쁜 성격 그리고 나쁜 행동과 나쁜 습관 등을 즉시 바꾸고, 스스로 나약함을 바꾸어 당장 오늘부터 강인한 정신력과 열정 그리고 '할 수 있다'는 신념을 가지고 살아가십시요!

다시금, ① 현재 상태에서 문제점과 자신을 철저히 분석하고 ② 분명한 목적과 목표를 정하고 ③ 반드시 계획을 세우고 ④ 우선순위에 따라 선택과 집중을 잘 하여 강인한 정신력과 열정으로 지속성을 가지고 각자 본인의 뜻한 바를 계속 실천해 나아가면 누구나 문제해결과 목적·목표 달성을 분명히 이룩해 낼 수 있습니다.

필자도 이곳 첩첩산중 깊고 높은 천등산 산속에서 강인한 정신력으로 그리고 간절함과 정성스러움으로 반드시 하늘 문(天門)을 열고 신통력과 깨달음의 도(道)를 반드시 얻어낼 것입니다.

이곳 천등산에서 반드시 신통력을 얻고, 그 신통력으로 내가 누구인지? 내 영혼이 누구인지? 나의 전생이 어떠했는지? 나는 어떤 운명을 가지고 태어났는지? 내가 태어나면서 무슨 업(業)을 타고났기에 이렇게 고생과 고통만 따르고 있는지? 이렇게 살다가 내가 죽으면 또 다음 생은 어떻게 될 것인지? 어떻게 해야만 모든 업장을 소멸시킬 수 있는지? 어떻게 살아야 진정한 성공과 행복을 이룰 수 있는지? 등등을 나는 내 힘으로 반드시 모두 다 알아낼 것입니다.

그리고 신통력으로 진리 깨달음의 도통까지 이룩해 낼 것입니다.

입산할 때에 배수진으로 죽음까지도 각오하고 이미 유언과 유서까지 남겨놓았으니 결코 포기하지 않을 것입니다.

"무슨 일이든 목숨을 걸고 덤비면 반드시 성공을 한다"

필자도 목숨을 건 방편적 삶의 목표 신통력을 얻기 위한 산(山) 기도로 인간계와 신령계 간의 경계의 벽을, 이승세계와 저승세계 간의 경계의 벽을 뚫고 들어가 반드시 '하늘 문(天門)'을 열고 신통력을 얻어내고 그리고 궁극적 삶의 목표인 해탈 대자유적 존재 '전지전능'의 존자·진인·신인이 꼭 되고 싶습니다…….

우선적으로 반드시 하늘로부터 신통력을 허락받을 것입니다.

반드시 신통력 허락을…….

제8장
드디어 인간계와 신령계의 경계의 벽을 뚫는다

반드시 인간계와 신령계의 경계의 벽을 뚫어야……

아침 해가 매일 떠오르듯, 오늘도 깊고 높은 산속의 기도처 성소 돌제단 위에 정성껏 정한수를 떠올리면서 간절한 마음으로 소원을 빕니다.

"오늘은 제발 인간계와 신령계의 경계의 벽을 뚫게 해주시옵소서!"

오늘도 어제처럼 첩첩산중 깊고 높은 천등산 산속에서 나 홀로 '신통술명상' 산(山)기도에 들어갑니다.

먼저 준비운동으로 몸의 기혈을 풀어주고, 후! 소리를 길게 내면서 '날숨'으로 몸을 이완시키고, 입을 다물고 옴! 소리를 강하고 길게 내면서 뇌 속에 진동을 일으켜 뇌파작동을 준비시키고, 그러고나서 조심스럽게 두 다리는 오므려 포개어 가부좌로 앉고, 허리는 쭉 펴서 똑바로 세우고, 두 손은 가슴 앞에 손바닥을 마주하여 합장을 하고, 두 눈은 지그시 감고, 마음은 편안히 하고, 호흡은 처음에는 깊고 길게 하다가 차츰 고르게 하면서 들숨과 날숨에 집중을 하고, 생각은 상단전 앞이마 명궁을 통하여 우주공간에 두고, 그리고 4박자 리듬으로 계속하여 한마음 일념으로 소리 내어 '산왕대신!'이란 신의 명호를 부르면서 신명기도 정근을 합니다.

리듬과 파장을 맞추며 집중을 하면서 기도에 몰입해 들어갑니다.

합장을 하고 있는 손이 기(氣)를 받으면서 서서히 진동과 떨림이 오면서 흔들거리다가 상·하로 세게 흔들리고 또한 앞가슴을 때리면서 엉덩이가 들썩거리고 강한 기(氣)흐름으로 인하여 온 몸이 요동을 칩니다.

한바탕 거세게 온 몸이 요동을 친 다음에 손끝과 발끝 그리고 머리정수리에서 몸의 중심 쪽으로 또다시 안정이 된 기(氣) 흐름의 전율이 찌르르 찌르르 찌르르 ~ 하면서 쫙~ 뻗쳐옵니다.

그리고는 머릿속에 뇌수가 꽉 차 오르면서 터질듯한 압력을 느끼고, 앞이마의 중앙 명궁이 멍~해지면서 무엇인가가 보이는 것 같고, 두 귀에서 휘파람소리와 함께 무슨 소리인가가 들리는 것 같고, 입술이 떨리면서 무슨 말인가를 불쑥 내뱉을 것만 같습니다.

의식의 집중과 몰입을 더욱 강렬하게 하면서 '이때다!'라고 직감을 느끼면서 의식의 관찰로 기회를 포착합니다.

죽을힘까지 사력을 다하면서 더욱 확실하게 눈감은 눈으로 보려고 하고, 귀로 들으려고 하고, 입으로 말문을 터보려고 합니다.

나는 마음속으로 처절하게 울부짖고 있습니다.

"저 벽을 뚫어야 한다! 인간계(人間界)와 신령계(神靈界) 간의 저 경계의 벽을 뚫어야 한다! 이승과 저승 간의 저 경계의 벽을 뚫어야 한다! 내가 살길은 오직 저 벽을 뚫는 것이야! 하늘이시여, 신령님이시여, 제발 저 벽을 뚫을 수 있도록 허락 좀 해주시옵소서!……."

한줄기 흰 빛이 아득한 저 멀리 우주에서 내게로 다가옵니다. 점점 더 가까이 내게로 다가오는 흰 빛은 너무 너무나 눈이 부십니다.

이대로 눈이 멀어버려도 괜찮고, 몸이 굳어버려도 괜찮습니다.

내 평생 처음 보는 신비한 흰 빛이기에 그리고 결정적인 기회포착이구나 하는 직감이기에 나는 끝까지 눈부신 흰 빛을 주시합니다.

신비하고 눈부신 흰 빛이 내 몸에 닿는 순간 내 머리는 띵~ 하고 어지럽고, 내 몸뚱이는 공중에 붕~ 뜨는 무중력을 느끼면서 너무 너무나 황홀함을 느낍니다. 그리고는 점차로 아무런 느낌이 없는 무한대의 엄청난 고요정적이 되어 버립니다. 그 고요정적 속에서 천지가 울리는 음성이 들려옵니다.

"집착을 버리거라!~~."

"마음을 비우거라!~~."

"아무생각도 하지 말거라!~~."

"하늘우주자연과 합일체가 되거라!~~"

정체불명의 천지가 울리는 음성을 듣고, 나는 순간 깨달으면서 집착과 마음의 끈을 살며시 놓아봅니다.

마음이 너무나도 평안해지고 더욱 무한대의 고요정적이 되면서 시간도 없어지고 공간도 없어지고 나 자신까지 없어져 버립니다.

무아지경의 완전초월 상태 무한대의 엄청난 고요정적 속에서 또 천지가 울리는 음성이 또 들려옵니다.

"벽을 뚫었느니라!~~. 인간계(人間界)와 신령계(神靈界) 간의 경계의 벽을 뚫었느니라!~~. 이승과 저승 간의 경계의 벽을 뚫었느니라!~~. 신통(神通)의 첫 관문인 하늘 문(天門)을 열었느니라!!~~."

무한대의 고요정적 속에서 천지가 울리는 음성을 내 두 귀로 생생히 들으면서 결정적 기회를 포착한 이 순간이 혹시나 환청현상은 아닌지 확인을 하고자 조심스럽게 소리 내어 말씀을 여쭤봅니다.

"천지를 울리는 이 음성을 들려주시는 분은 누구시온지요?"

그러자 또 천지가 울리는 음성이 들려옵니다.

"신령님이시다!"

"어떤 신령님이신지요?"

"오방신장 백마장군 신령님이시다!"

"정녕, 신령님이시라면 그 모습을 보여 주실는지요?"

그러자 하늘에서 천지가 울리는 말발굽소리가 들리면서 눈부신 흰빛이 또다시 나타나고 그 빛 속에서 날개가 달린 하늘 백마를 탄 장군이 모습을 드러내시어 저~ 멀리서 이쪽을 향해 돌진을 해옵니다. 점점 더 가까이 달려오면서 점점 더 모습이 커집니다.

천지가 울리는 말발굽소리의 굉음과 함께 하늘 백마의 갈기털이 바람에 휘날립니다.

말 울음소리와 함께 날개가 달린 하늘 백마를 타고 내 앞에 멈추어 선 신령님의 모습은 쇠꼬챙이 달린 투구를 쓰고, 오색 빛깔의 갑옷을 입고, 한 손에 큰 칼을 들고, 왕방울만큼 크고 강렬한 눈빛을 하고 힘이 넘쳐 보이는 장수 모습입니다.

신령님의 모습을 실제로 보니 너무나도 신비하고 무서운 모습이지만 그렇게도 맞닥뜨려보고 싶었으니 내 스스로 두려움을 인내하면서 조심스럽게 직접 말씀을 또 여쭈어봅니다.

"흰색 하늘 천마를 타고 오신 오방신장 백마장군 신령님께서는 무슨 역할을 하시는지요?"

"오방의 방위를 수호관장하고 산기도하는 제자들에게 하늘 문(天門)을 열어주고 또한 수호해주는 신령이니라."

"신령님! 그럼 저에게도 하늘 문이 열린 것이온지요?"

"그러하도다. 경계의 벽을 뚫고 하늘 문을 열었느니라."

"신령님! 그럼 이제부터는 어떻게 공부를 해야 되는지요?"

"제자야! 이미 경계의 벽을 뚫고 신령과 직접 통신(通神)을 하였으니, 눈이 열리고 귀가 열리고 말문이 열렸느니라. 이제부터는 깊은 명상삼매로 '천기신통초월명상'에 들어와 이렇게 직접 신령과 대화를 나누면서 신령들로부터 직접 가르침을 받으면 되느니라."

"신령님! 정녕 그러하는지요?"

"제자야! 정녕 그러하느니라."

"고맙습니다. 이제부터 신령님들께서 많은 가르침을 주시옵소서!"

"잘 알았느니라."

말씀이 끝나시자, 순간 신령님의 모습은 없어지고 하늘 백마의 말발굽 소리만이 멀어져갑니다.

초월상태의 고요정적 속에서 환희가 막 솟구쳐 오릅니다.

의식으로 정신을 차리고 몸을 일으켜 토굴 밖으로 나옵니다.

구슬 같은 땀으로 속옷까지 다 젖어있고, 환희의 눈물이 마구 펑펑 흘러내립니다.

해는 서산으로 기울며 노을이 찬란하게 빛나고 가끔 날아와 친구가 되어 주던 산 까마귀들이 토굴 주위의 나뭇가지에 앉아서 까악~까악~ 노래를 부르며 축하를 해 줍니다.

하늘을 올려다보며 솟구치는 환희의 큰 소리를 질러봅니다.

"벽을 뚫었다!~~."

산 메아리가 산 전체를 울리면서 하늘까지 올라갑니다.

아무도 없는 첩첩산중 깊고 높은 산속에서 나 홀로 덩실~덩실~ 춤을 춥니다.

나는 환희의 눈물을 흘리면서 춤을 춥니다.

눈에서는 눈물이 흘러내리고 몸뚱이는 춤을 추면서 또 하늘을 올려다보며 큰소리를 지릅니다.

"인간계(人間界)와 신령계(神靈界) 간의 경계의 벽을 뚫었다!~~.

이승과 저승 간의 경계의 벽을 뚫었다!~~.

드디어 하늘 문(天門)을 열었다!~~."

나의 목소리는 산 하늘 메아리가 되어 하늘까지 계속 올라갑니다.

아무도 없는 깊고 높은 천등산 산속에서 환희와 감격의 눈물을 펑펑 흘리면서 계속 덩실~덩실~ 춤을 춥니다.

동쪽하늘에 둥근 달이 떠오릅니다.

둥근 달이 어둠을 밝혀줍니다.

첩첩산중 깊고 높은 천등산 산속에서 둥근 달이 떠있는 달밤에 나 홀로 덩실~덩실~ 춤을 춥니다.

환희의 눈물로 자축하는 나 홀로 추는 춤은 둥근 달이 머리 위에 떠 오를 때쯤에야 멈추어갑니다. 마음은 이 밤을 지새우도록 춤을 추고 싶지만 몸뚱이가 지쳤다고 그만 쉬자고 합니다.

머리 위에 떠있는 둥근 달에게 큰절을 합니다.

돌탑에도 큰절을 하고, 옹달샘에도 큰절을 하고, 토굴에도 큰절을 하고, 동서남북 사방으로 큰절을 합니다.

하늘자연의 모든 존재물께 감사함의 큰절을 올리고 또 올립니다.

도(道)닦으러 입산한지 120여 일만에 드디어 '하늘 문(天門)'을 열고 직접 하늘과 '통신(通神)'을 해내는 1차 목표를 달성했습니다. 열정을 가지고 집중과 끈기로 성공을 이루어 내었습니다……

제9장
드디어 내 영혼의 과거 전생(前生)들을 알게 된다

내 영혼의 과거 전생을 꼭 알아야………

신통력의 첫 관문인 경계의 벽을 뚫고 나서부터는 신안(神眼)의 눈이 열리고, 귀가 열리고, 말문이 열려서 언제든 기도할 때마다 신(神)들과 직접대화를 나눌 수 있고 직접 볼 수 있게 되었습니다.

무엇이든 의문이 있을 경우에는 기도 중에 직접 신령님께 질문을 드리고 또한 답을 얻을 수 있습니다.

하늘 문(天門)을 열고 통신(通神)을 하여 신통력을 얻은 이후부터는 커다란 육환장 지팡이에 삿갓을 쓴 스님과 백마를 타고 큰칼을 든 장군이 매일 같이 꿈속에도 명상삼매의 기도 중에도 나타납니다.

오늘도 어제처럼 돌제단 위에 정한수를 떠올리고, 촛불을 켜고, 향을 사르고 그리고 동서남북 사방으로 절을 한 번씩 하고 토굴 안으로 들어오면서 이렇게 마음을 먹습니다.

"오늘은 삿갓 쓴 스님과 큰칼 든 장군의 정체를 꼭 밝혀내야지!"

커다란 투명창문을 사이에 두고 돌탑과 돌제단을 향해 토굴 안에서 정성껏 큰절 3번을 올리고 조용히 방석 위에 앉습니다.

명상기도와 좌선을 행할 때는 먼저 몸속의 기혈이 잘 통할 수 있도록 준비운동으로 몸을 풀어주면서 '이완'을 해 주어야 합니다.

먼저 스스로 터득한 '온몸진동법'으로 가볍게 몸을 풀어줍니다.

다음으로 배가 쑥~ 들어갈만큼 후! 소리를 내면서 여러 번 길게 '날숨'을 해 주고, 입을 다물고 옴! 소리를 여러 번 길게 해주고, 그리고 나서 조심스레 두 다리는 오므려 포개어 가부좌로 앉고, 허리는 쭉 펴서 반듯하게 세우고, 이제부터 두 손은 손바닥을 위로 하여 양쪽의 두 무릎위에 올려놓고, 두 눈은 지그시 감아 눈동자를 아래쪽으로 코끝을 바라보면서 고정시키고, 마음은 편안히 하고, 호흡은 처음에는 깊고 길게 하다가 차츰 고르게 하면서 들숨과 날숨에 집중을 하고, 의식은 상단전 앞이마 명궁을 통하여 우주공간에 두고, 이제부터는 기도방법을 바꿔서 '천기신통초월명상'을 합니다.

들숨 날숨의 호흡을 의식하고, 의식의 변화진행을 '관찰'하면서 점점 더 깊이 명상에 집중을 하고, 내 의식체와 하늘과의 주파수 사이클을 맞추며 몰입해 들어갑니다. 이내 하늘의 천기와 직통을 하면서 몸에 진동과 떨림이 오고, 손끝과 발끝 그리고 머리끝에서부터 몸의 중심 쪽으로 찌르르~ 찌르르~ 찌르르~ 하는 기(氣)흐름의 전율이 쫙~ 뻗쳐옵니다. 한참동안 고감도의 전율이 찌르르 ~ 쫙~ 하고 여러 차례 계속되면서 몸뚱이가 공중에 붕~뜨는 무중력을 느끼면서 '무아의 황홀경'이 됩니다.

고감도 기(氣) 흐름의 이 쾌감과 황홀감은 이 세상 어느 것과도 비교할 수 없을 만큼 최고의 지극 · 지고 · 지락의 상태입니다.

황홀경의 정점에서 무한대의 고요 정적이 오고, 그리고 모든 것이 정지하면서 시간과 공간이 없어집니다. 이제 서서히 하늘 문이 열리고 내 영혼체는 신들의 세계 저승의 세계로 경계의 벽을 뚫고 들어갑니다.

필자가 스스로 터득한 기도법은 필요에 따라서 '신통술기도'라 하고 또한 경계를 초월할 때는 '천기신통초월명상'이라 하는 등 두 개의 명칭을 사용하겠습니다.

천기신통초월명상 속에서 오늘도 삿갓 쓴 스님과 큰칼 든 장군과 함께 머리칼과 눈썹과 수염이 기다랗고 하얀 백발노인 산신령님이 두꺼운 책을 들고 어제처럼 또 나타납니다.

책을 손에 든 백발노인 산신령님은 어제처럼 오늘도 내가 쌓아올리고 있는 돌탑 위에 걸터앉으시고, 삿갓 쓴 스님과 큰칼 든 장군은 내 곁에 앉습니다. 이 두 분의 모습을 자세히 들여다보면 나이와 의복차림새만 다를 뿐 내 얼굴과 거의 똑같이 닮아 있습니다.

요즘에 와서는 이러한 점이 굉장히 궁금합니다.

내 나이 17살쯤부터 지금까지 오랜 세월 동안 언제나 똑같은 모습으로 가끔씩 내 꿈속에 나타나고, 결국에는 나를 산으로 데리고 들어오고, 지금은 꿈속에서나 명상 중에 매일같이 나타나서 나를 돕고 또한 나를 수호해 주는 정체불명의 두 분이 정말 궁금합니다.

오늘은 이 궁금증을 꼭 풀어야 하겠습니다.

천기신통초월명상의 삼매경에 들어 이제 막 책을 펼치시는 백발노인 산신령님께 먼저 질문을 여쭙습니다.

"산신령님! 공부하기에 앞서 저에게는 오랜 세월 동안의 궁금함이 있사온데 오늘은 그 궁금함을 풀게 해주실는지요?"

"제자야! 무엇이 그리도 궁금한가?"

산신령님! 평생 동안 나를 따라 다니고 지금 제 곁에 함께 앉아있는 삿갓 쓴 스님과 큰칼 든 장군은 누구이온지요?"

"제자야! 운때가 되면 가르쳐 줄 것이니라."

"산신령님! 궁금함이 오히려 기도공부에 장해가 되오니 지금 가르쳐 주실는지요?"

"제자야 산기도공부는 순서가 있고 또한 모든 것은 운때가 있다고 하였느니라."

"산신령님! 기도공부의 장해는 즉시 없애버려야 한다고 생각되옵니다."

"제자야! 운때에 따른 공부 순서가 있는데, 별도의 과외공부를 하겠다고 약속을 하면 가르쳐 줄 수 있느니라."

"산신령님! 그렇게 할 것을 약속드립니다."

"제자야! 잘 들을지니 너 자신이니라."

"산신령님, 제 자신은 따로 여기 있사온데 제 자신이라니요?"

"제자야! 과거 또 과거 전생의 너 자신이니라."

"산신령님! 좀 더 상세히 가르쳐 주실는지요?"

"제자야! 잘 들도록 하여라!"

"예. 잘 들도록 하겠습니다."

"너는 과거 1,000년 전에는 '천왕승'이라는 하늘나라 도솔천궁의 최고 높은 신승(神僧)이었고, 또한 과거 600년 전에는 이곳 천등산 탑사골에 있었던 탑사(塔寺)의 최고 어른 방장 큰스님이었고, 이곳의 옹달샘은 그때에 네가 물마시던 그 약천샘이었느니라.

지금은 불에 타서 없어지고 그 흔적으로 돌기둥만 남아 있지만 과거 600년 전, 너는 이곳 천등산 탑사에서 최고 어른 방장 큰스님으로 있을 때에 굉장한 법력을 얻고 도승(道僧)으로 열반하였느니라. 그리고는 또다시 하늘나라 천상세계로 올라가 '제석천궁'이란 하늘궁전의 제석천왕 오른팔 역할이고 또한 백마신장 중의 우두머리 역할인 '칠성장군'으로

500년 동안 천상세계의 '천사장' 역할을 하다가 하늘의 특별한 사명과 함께 더 도(道)를 닦아 초월해탈 자유자재를 이루겠다고 스스로 원을 세우고 또다시 인간세계로 환생(還生)을 하여 내려왔느니라.

다시 사람 몸으로 환생한 너는 네 영혼의 진짜 바람이나 운명을 모르고 다른 길로만 가더구나. 자기 영혼의 바람과 자신의 운명도 모르고 인생길을 걸어가니 가장 나쁜 운때에 하늘의 계획에 휘말려서 큰 사업을 실패하고 자살까지도 시도하더구나.

예를 들어, 몸뚱이는 하나뿐인데 그 몸뚱이 속에 주인으로 들어와 있는 자기 영혼의 바람과 그리고 현실적인 자신의 추구가 각각 다른 길을 선택한다면 하나뿐인 몸뚱이는 과연 어느 길로 갈 것인가?를 한 번쯤은 깊게 정말로 깊이 생각해 볼 필요가 꼭 있느니라.

자기 영혼의 바람과 자기 현실의 추구가 서로 다른 사람은 절대로 성공적인 삶을 이룩할 수가 없느니라.

네 몸뚱이의 주인으로 들어와 있는 과거 전생 너의 영혼의 바람은 최고의 깨달음과 성도로 초월과 해탈을 이루어 대자유의 스스로 존재하는 '자재신'이 궁극이고, 너의 현실적인 추구는 보통 사람들처럼 성공출세를 하고 부자가 되어 잘 먹고 잘 입고 잘 쓰고 소비하면서 물질적으로 잘 사는 것이었으니 너무나 귀중한 삶을 헛고생만 하였느니라.

제자야! 너의 운명은 소년 때부터 하늘의 전령자 역할을 하면서 땅위에서 일어나는 나쁜 재앙들로부터 사람들을 구원하고 인도하라는 사명을 함께 부여했건만 소년 때에는 신통능력을 없애버리더구나.

그러나 스스로 또한 하늘로부터 선택을 받아 특별하게 타고난 특별한 사명과 운명은 결국 따르게 되어 있고 또한 따라야 하느니라.

이제라도 깨닫고 스스로 제 길로 들어섰으니 잘되었느니라.

지금, 네 옆에 함께 앉아있는 삿갓 쓴 스님과 큰칼 든 장군은 과거 또 과거 전생의 너 자신이었느니라.

과거 전생 너의 영혼들과 함께 이곳 천등산에서 한 10년 정도만 도를 닦으면 과거 전생의 최고 상근기가 있으니 삼천대천세계 우주자연의 진리를 다 터득하고 깨달아 너의 영혼의 바람인 초월해탈 자유자재를 이룩할 수 있을 것이니라. 잘 알아들었는가?"

"예, 잘 알아들었습니다. 하지만, 하나 더 궁금함이 있사온데 가르쳐 주실는지요?"

"물어보도록 하여라!"

"저의 과거 전 전생까지 모두 알고 계시는 산신령님은 대체 누구이시고, 또한 저와는 어떤 인연이 있는지 가르쳐 주실는지요?"

"제자야! 운때가 되면 다 알게 될 것이니라."

"산신령님! 기왕 말씀이 나왔으니 지금 가르쳐 주실는지요?"

"제자야! 잘 듣도록 하여라!"

"예, 잘 듣도록 하겠습니다."

"네가 이미 알고 있다시피 나는 이곳 천등산의 산신령이고 너하고는 특별한 인연이 있으니, 너와 나는 과거 600년 전에 이곳 천등산 탑사에서 함께 수도했던 도반 친구였느니라.

너는 최고 높은 도승까지 되고 영적으로 최고로 거듭나서 천계 천상의 최고 하늘궁전으로 올라가 높은 '인격신(人格神)'이 되었고 나는 또 다른 인연법에 따라 이곳 천등산의 산신령이 되었느니라.

과거 전생의 도반 친구가 이곳 천등산을 인연으로 하여 인간계의 사람으로 다시 환생을 한다고 해서 기다렸고, 그동안 타고난 운명의 길을 잘못 가길래 염려는 되었으나 너의 운명이 반드시 이곳 천등산으로 또다시 입산하도록 되어 있기에 지금껏 너를 기다렸느니라.

옛날 옛적에 함께 수도했던 도반 친구여! 내가 친구의 천기초월신통술 명상 산(山)기도공부를 힘껏 도와주겠노라. 하지만, 꼭 한 가지 지켜주어야 할 것이 있으니 인간계와 신령계와는 엄연한 구분과 규칙이 있는 법이니라.

도반 친구는 지금 사람의 몸으로 그리고 수도수행자의 몸으로 다시 환생을 하고 또한 입산을 했으니 철저히 배우는 자세의 마음가짐과 태도를 갖추어야 하느니라. 잘 알아들었는가?"

"예, 잘 알아들었습니다."

"그럼, 이제부터 책을 펴도록 하여라!"

"예……"

나는 나이가 600살이나 된다는 백발노인 천등산 산신령님과 옛날 옛적의 탑사(塔寺, 오래전에 화재로 불타 없어지고 현재는 절터의 흔적으로 돌기둥만 덩그러니 남아 있음)에서 함께 수도 수행했던 도반 친구였다는 것이 믿어지지 않지만, 나는 그 말씀들을 받아들여 믿기로 합니다. 왜냐하면 ① 탑사의 흔적으로 절터와 함께 돌기둥이 현재까지 남아있고 ② 약천샘 옹달샘이 그대로 존재하고 ③ 삿갓 쓴 스님과 큰칼 든 장군이 나이와 의복 차림새만 다를 뿐 행동과 얼굴이 내 모습과 똑같이 닮았고 ④ 내 운명을 정확히 맞추고 ⑤ 내 영혼이 내 몸속에서 그러하다고 대답을 하고 ⑥ 천등산 아랫마을 사람들은 옛날 절 '탑사'를 모두 알고 있고 ⑦ 현재 산기도공부를 배우는 입장이기 때문에 이곳 주인인 천등산 산신령님의 말씀들을 그대로 믿기로 합니다.

나는 신통력(神通力)으로 내 영혼의 과거 전생을 알게 되고, 타고난 나의 운명과 내 몸뚱이 속에 주인으로 들어와 있는 내 영혼의 바람을 모두 알게 되었습니다.

그렇기 때문에 나는 앞으로 어떻게 살아야 할지 그리고 무엇을 해야 할지 삶의 목표와 방법이 확실해짐을 스스로 깨닫게 됩니다.

지금, 이 글을 읽고 있는 독자분께 질문을 드립니다.

"당신은 누구입니까? 과거 전생의 어디로부터 무슨 인연법으로 사람 몸을 빌려 태어나 어떻게 살다가 어떻게 죽고, 죽으면 또다시 무엇이 되어 또 어디로 가게 될 것인가???…"

필자는 당신의 의식과 영혼에게 직접 이 질문을 드리는 것입니다.

영적인 존재 혼(魂)이 사람 몸속에 들어와 있으면 영혼(靈魂)이라 부르고 사람 몸속에서 빠져나가면 혼령(魂靈)이라 부르며, 혼(魂)이 인과의 법칙과 인연법에 따라 이승과 저승을 왔다 갔다 할 뿐입니다.

당신의 몸속에 주인공으로 들어와 있는 당신의 영혼이 누구인지 꼭 알아야 함을 진심으로 충고합니다.

최면요법으로 전생체험을 해보든 또는 점(占)을 보든 어떤 방법을 통해서든 당신의 '과거 전생'을 꼭 알아보시길 바랍니다.

당신의 영혼을 알면 전생을 알게 되고, 전생을 알면 '인과의 법칙'으로 타고난 현생의 운명을 정확히 알 수 있게 되기 때문입니다.

자기 자신의 전생과 영혼을 꼭 알아야…….

제10장
세상만물과 사람들은 생긴 대로 살아간다

하늘자연의 섭리에 따라 변화가 계속되고…….

겨울 동안의 매서운 추위 속에서 죽은 듯하던 나뭇가지 끝에 새움이 트기 시작하고 산수유 꽃이 피고 진달래꽃이 또 피어납니다.

진달래 꽃이 시들고 앵화 벗꽃이 온누리에 활짝 피었습니다.

자연의 섭리와 법칙은 참으로 오묘하고 또한 정확합니다.

4계절의 변화가 뚜렷한 대한민국 한반도 우리 땅은 참으로 수도(修道)하기에 좋은 곳이라 생각합니다.

4계절 변화의 자연현상이 생로병사, 성주괴공, 생주이멸의 자연 법칙인 참 진리를 잘 가르쳐 주고 깨닫게 해 줍니다.

4계절의 뚜렷한 변화가 말 없는 말과 들리지 않는 소리로 우주자연의 철학과 섭리 및 진리의 도(道)를 가르쳐 주기 때문입니다.

개소리 닭소리 사람소리가 전혀 들리지 않는 첩첩산중 깊고 높은 이곳 천등산 산속에도 또다시 봄이 시작됩니다.

앞으로 오랜 세월을 이 산속에서나 홀로 살아가야 하기 때문에 내 스스로 채소를 가꾸어보기로 합니다.

"모든 생물체는 스스로 환경적응을 잘 해야 한다."

사람은 그 어떤 어려운 환경에 처할지라도 반드시 적응을 할 줄 알아야 하고 또한 스스로 자립심을 길러 반드시 자주독립의 자존을 할 줄 알아야 세상살이 삶을 당당히 주인으로 살아갈 수 있습니다.

　나는 스스로의 생존을 위해서 잠깐씩 운동 삼아 토굴 아래편의 산비탈을 텃밭으로 사용하기 위해 개간을 합니다.

　괭이로 땅을 파고 또 땅을 파나갑니다.

　여러 날 동안 계속하여 괭이로 산비탈을 텃밭으로 개간을 합니다.

　나무뿌리와 풀뿌리를 골라내고, 돌멩이를 골라내고, 두렁과 이랑을 만들면서 산속에 나의 작은 텃밭을 만듭니다.

　물이 흐르는 옹달샘 아래편의 습지에는 자연 야생의 산미나리가 자라고 있으니, 내가 만든 텃밭에는 배추·무우·당근·오이·호박·옥수수 그리고 토마토·고구마·감자 등등 비상식량 겸 생식으로 먹을 수 있는 것으로 씨앗을 심습니다.

　비닐봉지로 물을 길어와 물을 뿌려 주면서 잘 보살피니 싹이 나고 줄기와 잎이 나면서 내 작은 텃밭에 채소 등이 자라고 있습니다.

　나는 밭을 만들고, 씨앗을 심고, 물만 주었는데 자연이 스스로 농부가 되어 채소 등을 길러 줍니다.

　산속의 텃밭에 푸른 채소 등이 탐스럽게 잘 자라고 있습니다.

　산새들이 몰래 뜯어먹고 산토끼도 몰래 뜯어 먹습니다.

　싸릿대나무를 베어오고 칡넝쿨을 베어와 울타리를 만들어봅니다.

　싸릿대나무로 울타리를 만들어 빙~둘러쳐 놓으니 산토끼 녀석들은 막을 수 있으나, 산새들은 공중으로 침투하니 막을 수가 없습니다.

　산새들은 조금만 뜯어먹으니 그냥 내버려둡니다.

　그러면서 내년에는 텃밭을 더 크고 넓게 만들고 더 많은 채소 등을 가꾸어 산토끼와도 함께 나누어 먹어야겠다고 큰마음을 내어봅니다.

사람의 마음은 작게 쓰면 한없이 작아지고, 좁게 쓰면 한없이 좁아지고, 크고 넓게 쓰면 한없이 크고 넓어집니다.

"인생살이 일체유심조(一切唯心造) 마음작용이라."

나는 도를 닦으니 진실한 가슴과 큰마음으로 살려고 합니다…….

이제 계절이 바뀌어 또다시 신록의 초여름입니다.

깊고 높은 산속에서 나 홀로 도를 닦으며 하루 한 개씩 돌을 주워와 쌓고 있는 돌탑의 높이가 이제 조금씩 올라갑니다.

산 아래편에 피어있는 아카시아 꽃향기가 바람을 타고 이곳까지 올라오니 산 전체가 아카시아 꽃향기로 너무나 향기롭습니다. 야생초의 풀향기도 너무나 싱그럽습니다.

요즘은 풀 향기와 아카시아 꽃향기 속에서 백발노인 천등산 산신령님께 한창 신나게 사람의 얼굴과 손금을 보는 '관상학'을 배워보니 정말로 사람의 운명은 얼굴과 손금 그리고 몸통 전체 각각 부위의 생김새와 기색에 따라서 운(運)이 다르게 흐르고 또한 정확하게 나타나고 있음을 확인합니다.

사람은 태어날 때 각각의 전생(前生) 삶의 질에 따라 '유유상종'의 영혼들끼리 조상과 후손으로 만나게 되고, 조상핏줄의 유전자와 함께 자기전생과 조상의 업(業)이 인과의 법칙과 인연의 법칙에 따라서 운명(運命)이라는 것을 타고나고, 또한 삶을 살아가면서 운(運)이라는 것이 각각의 음양오행 법칙에 따라서 정확하게 작용을 하기 때문에 자기 자신의 타고난 운명과 운 흐름의 예측을 반드시 알아둬야 한다고 생각합니다.

지피지기 전략으로 자기 자신을 포함하여 각각 사람의 생김새에 따른 운을 살필 줄 알아야 세상살이를 더욱 잘 살게 됩니다.

어떤 경로를 통하든 수많은 책들 중에서 이 책을 접하고 지금 이 글을 읽고 있는 독자분께서는 삶을 살아가면서 최고 최대의 행운(幸運)을 만난 것입니다.

지금, 필자의 글을 읽고 있는 행운의 당신께 한 번 배워서 평생 써먹을 수 있는 삶의 지혜를 가르쳐 드릴까 합니다.

이 부분은 책 제목에 상관없이 책 본문의 글 속에 숨겨서 가르쳐 드리는 것이니 꼭 배워두길 진심으로 바라는 바입니다.

이제부터 자기 자신과 가족들 그리고 친구의 얼굴모습을 떠올리면서 또한 밑줄을 그으면서 천천히 이해를 하면서 읽어 주시길 바랍니다.

그럼, 사람의 각각 얼굴 생김새에 따른 타고난 천성 및 성격분석과 소질 재능 및 운세와 운수 등 운(運)을 가르쳐 드리겠습니다.

사람 얼굴의 생김새는 상·하·좌·우가 반드시 '균형과 조화'를 이루어야 합니다.

만약, 얼굴의 어느 한 부위에 특징이 있으면 그 부위를 의미하는 특징적 운이 반드시 나타나고 또한 작용을 하게 됩니다.

사람 얼굴의 생김새가 사각형인 사람은 대체로 실행력이 있고, 둥근형이면 원만하고, 역삼각형이면 머리가 영리합니다.

사람은 이마가 잘 생겨야 복과 운이 따릅니다.

이마 위쪽의 양끝이 벗겨지면 두뇌가 명석하고, 이마가 직선으로 각이 지면 실행력이 강하고, 이마의 중앙이 튀어나오면 오만하고, 이마의 하부와 눈썹 뼈가 튀어나오면 투지력이 강합니다.

이마에 주름살 한 개가 수평으로 기다랗게 생기면 고집과 의지가 강하고, 이마에 주름살 세 개가 길고 가지런하게 생기면 정신력이 풍부합니다.

이마가 너무 낮거나, 너무 좁거나, 잔주름살이 헝클어져서 못생기면 대체로 복과 운이 안 따르고 고생이 많게 되니 이렇게 생긴 사람을 사무직원이나 또는 남편감으로 선택하지 마세요!

복과 운이 나쁜 사람을 곁에 두면 함께 망하게 됩니다.

여성의 이마가 남성처럼 잘 생기면 기가 강해서 팔자가 사납게 되고, 여성의 이마에 흉터가 생기면 운이 나빠지고 남편 복이 없게 됩니다.

특히 관료와 공직자로 출세하려면 이마가 잘 생겨야 합니다.

눈썹은 눈보다 길고 가지런하고 청수해야 귀상이며 길상이고, 반대로 눈썹이 너무 짧거나, 중간에 끊어진 듯하거나, 헝클어져 있거나, 혼탁하면 천상이고 흉상입니다.

눈썹이 길면 정이 많고, 눈썹이 짧으면 고독합니다. 눈썹이 일자형은 강직하고, 초승달형은 총명하고, 삼각형은 지략이 뛰어나고, 눈썹 끝이 치켜 오른형은 용맹하고, 눈썹 끝이 내리처진 형은 나약합니다. 양 눈썹 사이가 넓은 사람은 마음이 느긋하며 속이 넓고, 양 눈썹 사이가 좁은 사람은 마음이 조급하며 속이 좁습니다.

특히 두 눈썹의 높이가 크게 다르면 가정환경과 육친 운이 나쁘고 자기 본위적이고 처신의 태도가 나빠서 인생중년에 큰 실패와 고생이 따르게 되니 그렇게 생긴 사람을 배우자감으로 선택하지 마세요!

눈빛이 살아있어야 생명력이 강하고 성공출세운이 따르게 됩니다.

눈은 맑고, 빛나고, 크기가 적당하고, 균형이 잡히고, 흑백이 분명하고, 안정감이 있어야 길상입니다. 반대로 눈이 혼탁하거나, 빛이 없거나, 힘이 없거나, 너무 크거나, 너무 작거나, 너무 쑥 들어가거나, 균형이 없거나, 흑백이 분명치 않거나, 살 기운이 흐르거나, 흰자위가 너무 많이 보이거나 등등은 흉상입니다.

눈이 쌍꺼풀형이면 사치하고, 외꺼풀형이면 내실합니다.

눈 꼬리가 치켜 오르면 기가 세고, 내리처지면 기가 약합니다.

눈에 흰자위가 많이 보이면 성질이 나쁘고 흉액을 당하게 됩니다.

다툴 때에 눈을 까뒤집어 흰자위가 많이 보이거나 또는 평소에도 흰 자위가 많이 보인 사람은 그러하지 않도록 꼭 충고를 합니다.

특히 눈빛이 힘이 없거나 혼탁한 사람을 중요 직책자 및 동업자 그리고 배우자감으로 선택하지 마세요!

정신력이 약하고 운까지 나쁘면 함께 망하게 됩니다.

아래 눈꺼풀이 팽팽하게 부풀면 성격이 좋고 또한 이성적 성감이 좋으니 이러한 사람을 애인 삼으면 좋습니다.

위 눈꺼풀에 주름살이 많으면 성욕이 강하고 바람기가 많습니다.

눈 꼬리 주름살이 뚜렷하게 상·하 두 갈래로 갈라지면 마음씨는 착하지만 부부별거 또는 이별과 사별이 따르니 꼭 '대비'하길 바랍니다.

특히 타고난 사주에 도화살과 끼가 들어있는 여성이 쌍꺼풀 수술을 하면 도화살과 끼 그리고 사치 허영심이 더욱 발동을 해서 결혼운이 치명적으로 나빠질 수 있으니 여성들은 쌍꺼풀 수술을 하기 전에 반드시 운명전문도사를 찾아가 꼭 '운명상담'을 받고, 쌍꺼풀 수술 여부와 '개운관상 쌍꺼풀 성형수술'을 하도록 꼭 충고하는 바입니다.

눈에 붉은 핏줄이 한 가닥으로 기다랗게 눈동자를 꿰뚫으면 반드시 큰 사고를 당하거나 죽음이 따르니 꼭 '조심'하길 바랍니다.

눈빛이 흐트러지면 영혼이 떠날 준비를 하니 '죽음'이 따릅니다.

특히 눈 꼬리 근처에서 옆으로 머리털이 나있는 곳까지의 부위에 손톱 크기만큼의 '거무스레한 반점'이 생기면 98% 확률로 청춘에 홀아비가 되고 청상과부가 되어 인생살이가 고독하고 고생이 많게 됩니다(이 '거무스레한 반점'은 젊을 때 생기기 때문에 늙어서 생기는 저승반점하고는 구별이 됩니다).

자기 자신의 눈꼬리 주름살이 상·하 두 갈래로 갈라지거나 또는 눈 꼬리 근처에 손톱크기만큼의 '거무스레한 반점'이 생긴 사람들은 반드시 '생명보험'에 즉시 가입시켜 두길 진심으로 충고합니다(98% 확률로 배우자 사망보험금을 타 먹을 수 있습니다).

귀가 잘 생겨야 성품이 좋고 수복운이 따릅니다.

귀가 크면 마음이 넉넉하고, 귀가 작으면 변덕이 많습니다. 귀가 단단하면 활동적이며 적극적이고, 엷으면 소극적이며 정서적이고, 가운데 부분이 튀어나오면 개성과 자기주장이 강합니다. 귀가 윤택하면 명예와 귀운이 따르고, 거무튀튀하고 어두운 색이면 빈천이 따르고 건강이 나쁩니다.

특히 귀 아래편 귓불의 살집이 두툼하고 엷은 홍색으로 윤택하면 건강과 운세가 좋으니 귓불이 잘생긴 사람을 배우자감으로 선택하면 좋고, 그러나 귀고리구멍을 여러 개 뚫은 여성은 사치허영심이 강하고 나이가 들어가면서 점점 수명운·재물운·남편운을 나쁘게 하니 이러한 여성을 아내감으로 선택하지 말 것을 꼭 충고합니다.

광대뼈가 솟으면 기력이 강합니다.

광대뼈가 앞으로 솟으면 양성적으로 기력이 강하고, 광대뼈가 옆으로 뻗치면 음성적으로 기력이 강합니다.

특히 광대뼈가 살집이 없이 너무 튀어나오면 빈천이 따르고, 여성은 과부가 되기 쉬우니 이러한 사람을 배우자감으로 선택하지 말 것을 꼭 충고합니다.

코가 잘 생겨야 명예와 재물운이 따릅니다.

코는 적당한 크기로 반듯하고 깨끗하고 윤택해야 좋습니다. 그러나 코가 너무 크거나, 너무 작거나, 너무 높거나, 너무 낮거나, 너무 길거나, 너무 짧거나, 콧등이 움푹 꺼지거나, 코끝이 뾰족하거나, 콧날이 옆으로 휘거나, 콧등의 중간이 튀어 오르거나, 콧등에 흉터가 생기거나, 콧방울이 너무 빈약하거나, 코가 지저분하거나 등등은 나쁘고 흉상입니다.

 코가 높으면 자존심이 강하고, 코가 낮으면 자존심이 약하고, 코가 길면 고지식하고, 코가 짧으면 대충적이고, 코끝이 둥글면 소탈 원만하고, 코끝이 뾰족하면 고상 예민하고, 그리고 코가 너무 작거나 또는 움푹 꺼지면 자존심과 주체의식이 약하고 결혼운이 나쁩니다.

 콧등의 중간이 튀어 오르면 상충하여 다툼이 많고, 콧날이 옆으로 휘거나 또는 콧등에 흉터가 생기면 재물운과 결혼운이 나쁘게 됩니다.

 특히 코끝이 둥글고 윤택하고 콧방울에 살집이 좋고 힘차게 잘 생기면 의지력과 재물운이 따르니 이러한 사람을 배우자감으로 선택하면 좋습니다. 그러나 반대로 콧날이 옆으로 휘거나, 콧등에 흉터가 있거나, 콧등이 튀어 오른 사람을 배우자감으로 선택하지 말 것을 꼭 충고합니다.

 또한, 특히 타고난 천성의 성질과 성격이 강한 여성과 고집이 센 여성이 코 성형수술로 코를 잘못 더 높이면 오히려 운명이 나빠질 수도 있으니 코 성형수술을 하기 전에 반드시 운명전문 도사를 찾아가 꼭 '운명상담'을 받고 코성형수술 여부와 '개운관상 코성형수술'을 하도록 거듭하여 꼭 충고하는 바입니다.

 인중이란 코밑의 도랑을 가리키는데 가로 주름살이나, 흉터나, 점이 없이 단정하고 적당히 길게 생기면 좋습니다.

 그러나 인중 도랑이 너무 짧거나, 너무 가늘거나, 옆으로 휘거나, 거슬린 듯 굽거나, 흉터가 생기거나 등등은 나쁘고 흉상입니다. 인중이 길면 호인이고 두령운과 장수운이 따르고, 인중이 짧으면 빈천하고 수명이 짧고, 인중 도랑이 옆으로 굽으면 거짓말을 잘 하고 부부 이별운이 따르고, 인중에 검은 기색이 나타나면 반드시 죽음이 따릅니다.

법령주름살이란 콧방울의 위쪽 부위에서 시작하여 입 양쪽 옆으로 뻗어 내린 주름살을 가리키는데 이 주름살은 나이가 들면서 점점 뚜렷하고 기다랗게 생겨야 합니다.

어른의 법령주름살이 넓고 기다랗게 잘 생기면 의지가 강하고 생활력과 사회 직업운이 좋음을 나타냅니다. 그러나 반대로 어른의 법령주름살이 좁고 짧게 생기면 생활력과 사회 직업운이 나쁨을 나타냅니다. 어른의 법령주름살이 너무 짧거나, 너무 좁거나, 희미하거나, 끝이 입으로 들어가는 모양으로 생기면 흉상입니다.

법령주름살이 이중으로 생기면 일 고생이 많고 생활력이 강합니다.

특히 법령주름살이 넓고 기다랗게 잘생긴 어른은 의지가 강하고, 근면 성실하고, 직업운이 좋고, 수명도 장수하니 믿어도 좋습니다.

나이 들어서 재혼을 하고자 할 때는 법령주름살이 넓고 기다랗게 잘생긴 사람을 남편감이나 맞벌이 아내감으로 선택하길 바랍니다.

입이 큰 사람은 생활력이 강하고 일복이 많고, 입이 작은 사람은 세심하고 소심합니다. 그리고 입술이 두툼하면 정이 많고, 입술이 엷으면 냉정합니다.

양쪽 입끝이 미소 지을 때처럼 항상 위쪽으로 올라간 모양으로 잘생긴 사람은 처세와 처신을 잘 하고 운을 좋게 만들어갑니다. 그러나 반대로 양쪽 입 끝이 아래쪽으로 내리처진 모양으로 생긴 사람은 고집이 강하고 처신이 나쁘고 또한 천복을 흘려버리니 다툼과 실패가 따르고 부부 이별이 따르게 됩니다.

특히 입이 삐뚤어지거나 또는 양쪽 입 끝이 아래쪽으로 내리처진 모양으로 생긴 여성을 아내감으로 선택하면 함께 망하게 되니 꼭 조심하길 바라고, 이러한 여성은 자신의 입 모양을 '스마일형'으로 빨리 바꾸기를 진심으로 꼭 충고합니다.

볼은 적당히 두툼하고 윤택해야 부하운과 재물운이 따릅니다.

그러나 너무 두툼하게 생기면 고집불통이 되고, 움푹하게 들어가거나 또는 주름살이 생기면 전반적으로 기력과 운세가 약합니다.

특히 볼이 움푹하게 들어간 모습으로 생긴 사람을 윗사람으로 모시거나 또는 배우자감으로 선 택하지 말 것을 꼭 충고합니다.

턱이 잘 생겨야 생활의 안정과 말년운이 좋습니다.

턱은 적당히 둥그스름하고, 튼튼하고, 균형이 잡히고, 깨끗해야 길상입니다. 그러나 턱이 너무 뾰족하거나, 너무 내밀거나, 너무 들어가거나, 너무 짧거나, 좌우 균형이 틀어지거나, 빈약하거나 등등은 흉상입니다. 턱이 둥그스름하면 성격도 둥글며 원만하고, 턱이 네모형으로 각이 지면 실행적이고, 턱이 뾰족형은 예민하며 소심하고, 턱이 내민형은 적극적이며 정열적이고, 턱이 깎인형은 소극적이며 감정적이고, 턱 끝이 패인형은 집념과 정력이 강하고, 턱 끝이 울퉁불퉁형은 고집이 세고, 좌 · 우 균형이 많이 틀어진 형은 인생후반에 큰 변화가 따르고, 턱이 튼튼하게 생기면 체력과 의지력이 강하고, 이중 턱 모양으로 생기면 생활의 안정이 따릅니다.

턱은 적당히 둥그스름하면서 잘 생겨야 성격이 좋고 생활의 안정과 말년운이 좋게 됩니다.

특히 턱 모양이 너무 뾰족하거나, 너무 짧거나, 좌 · 우 균형이 많이 틀어진 사람을 배우자감으로 선택하지 말 것을 꼭 충고합니다.

또한 특히 체력이 약한 사람과 의지력이 약한 사람이 양악수술 등 턱

성형수술로 턱 뼈를 깎아내어 턱을 작고 가늘게 만들면 더욱 허약해지고 가난하게 되고, 말년운이 나쁘게 되고 또한 죽을 수도 있으니 양악수술 또는 턱 성형수술을 하기 전에는 반드시 운명전문도사를 찾아가 꼭 '운명상담'을 받고 양악수술 및 턱 성형수술 여부와 '개운관상 턱성형수술'을 하도록 거듭하여 꼭 충고하는 바입니다.

예쁘게만 뜯어고친다고 반드시 운이 좋아지는 것은 결코 아닙니다.

술집에 다니는 화류계 여성들은 모두가 예쁘지만 결혼운이 나쁘다는 현실적 진실과 사실을 분명히 깨달아야 합니다.

얼굴 성형수술을 잘못해서 인생 망치는 사람 많이 봤습니다.

얼굴 성형수술을 하고자 할 경우에는 예쁨과 함께 반드시 '관상 전문가'에게 자기의 타고난 운명을 정확히 감정과 진단을 먼저 받아보고 그리고 '개운관상성형수술'을 해야 얼굴 성형수술로 운(運)까지 함께 좋은 쪽으로 바꿀 수 있다는 진실을 분명히 가르쳐 드리는 바입니다.

이제부터 여성들은 미용성형수술을 할 경우에는 예쁨과 함께 반드시 관상학적 '개운관상성형'을 더 중요시해야 할 때입니다.

또한 의료사고 예방 및 보상을 위해서 수술 전 모습 및 상담내용녹음과 수술비용 입금증 및 영수증 등을 꼭 보관해 두시길 바랍니다. 무슨 문제가 발생하게 되면 '증거물'이 꼭 필요하기 때문입니다.

사람의 얼굴을 볼 때에는 미(美)와 추(醜)를 보기보다는 복(福)과 운(運)을 더욱 중요하게 보아야 하고, 사람을 선택할 경우에는 '복운(福運)'이 좋은 사람을 선택해야 함을 꼭 가르쳐 드립니다.

또한 사람은 타고난 천성이 안 바뀌니 성격·마음씨·행실·습관 그리고 두뇌가 좋은 사람을 잘 선택해야 함을 꼭 가르쳐 드립니다.

결혼과 행복 그리고 자식운까지 고려한다면 정말로 중요합니다.

또한 남성들이 여성을 선택할 경우에는 얼굴보다는 몸매를, 몸매보다는 피부를, 피부보다는 마음씨를, 마음씨보다는 복(福)이 있는 여성인지 또는 운(運)이 좋은 여성인지를 잘 보고 '선택'을 잘 해야 합니다.

평생 동안 전용으로 성생활을 해야 하고 또한 믿고 함께 살아가야 할 배우자를 선택할 경우에는 정말로 신중 또 신중해야 함을 진심으로 거듭 충고 드리는 바입니다.

또한, 남편과 부인일지라도 사랑을 할 때는 불타오르는 연인이 되어 상대에게 온전히 몸을 내맡기고 사랑에 몰입을 하면서 심장박동과 하나의 리듬으로 온몸이 진동과 떨림의 전율을 계속 느끼면서 서로의 몸 안으로 녹아들어 오르가슴의 무아지경까지 이르러야 비로소 '완전한 사랑'이라 하고, 꼭 알아둬야 결혼생활을 잘 할 수 있습니다.

그리고 모든 사람들은 얼굴의 기색을 항상 잘 살펴야 합니다.

얼굴에 누르스름하게 뜬 황색이 생기면 큰 질병이 따르고, 어두운 암청색이 생기면 큰 근심이 따르고, 어둡고 붉은 암적색이 생기면 큰 사고가 따르고, 하얗게 뜬 백색이 생기면 큰 슬픔이 따르고, 어둡고 검은 암흑색이 생기면 반드시 죽음이 따르게 됩니다.

이러한 기색(氣色)이 얼굴의 어느 부위에 발현하면 그 부위와 그 기색에 해당하는 운이 반드시 따르게 되니, 항상 세면할 때나 화장을 하고 지울 때 자기 자신의 얼굴을 잘 살피는 지혜가 꼭 필요함을 이 책을 읽는 독자들에게 특별히 가르쳐 드리는 바입니다……

필자는 첩첩산중 깊고 높은 천등산 산속에서 스스로 터득한 '천기신통초월명상'으로 도(道)를 닦고 있습니다.

오늘은 기도발이 너무나 잘 받아 공부 진도가 많이 나아갑니다.

기도공부를 끝마치고 명상삼매 상태인 천기신통초월명상에서 깨어나는데 몸이 굳어서 꼼짝할 수가 없습니다. 너무 오랜 시간을 가부좌로 앉아 있어서 몸뚱이가 그대로 굳어 버렸습니다.

그대로의 상태에서 의식으로 팔의 혈을 눌러 팔을 풀고, 그리고 서서히 팔을 움직여 가부좌로 굳어 있는 다리를 내 손으로 다리의 혈을 눌러 다리를 풀고, 서서히 허리를 풀고 몸을 움직여봅니다.

그러고 나서 막 일어서려는데 이게 웬일입니까?!

가랑이 사이 사타구니와 엉덩이가 축축하게 젖어 있습니다. 하도 오랜 시간을 명상삼매 상태로 앉아 있어서 생리현상으로 자신도 모르게 오줌 실례를 했나 봅니다.

찜찜한 기분으로 엉거주춤하며 일어서는데 이번에는 뱃속에서 꾸르르~ 하고 배고픔의 천둥소리가 납니다.

바지를 벗고, 속옷도 벗고, 아랫도리만 발가벗은 모습으로 어색하게 걸으며 옹달샘으로 갑니다.

우선 물 한 바가지를 떠서 벌컥~ 벌컥~ 들이키며 굶주린 배를 물로 채웁니다.

옹달샘 물로 시장끼부터 달래고 아랫도리를 씻으면서 명상삼매 들어있던 시간을 어림잡아 계산해보니 이틀 동안을 꼼짝도 않고 절구통 바위처럼 가부좌로 앉아 있었던 것입니다. 아마도 기도발이 잘 받아서 명상삼매에 너무 깊이 들어갔나 봅니다.

신통력을 얻으면서 스스로 터득한 최고의 명상삼매 기도방법인 '천기신통초월명상'에 깊이 들어가면 '초월의식'이 되어 시간과 공간의 벽이 없어지고 나 자신까지도 없어져버립니다.

이것이 무아의 상태이고 경지입니다(일반참선과 간화선 및 단전호흡·위빠사나·묵상·요가 등등은 무아의 경지로까지 잘 되지가 않습니다).

이것이 '천기신통초월명상' 수행법입니다. 천기신통초월명상을 해보지 않은 사람은 무아경지의 초월의식과 순수의식 및 우주의식을 통한 '대적정'과 그리고 '대광명'을 절대로 느껴보지 못하고 또한 모를 겁니다.

대적정의 명상삼매에 깊이 들어가면 바로 곁에서 대포를 쏘고 천둥이 쳐도 그 소리가 안 들리고, 잠시 동안이라고 생각하는데도 10시간, 20시간이 금세 지나가 버립니다.

이 글을 읽고 있는 독자분 중에도 재미있는 게임이나 놀이 등등의 무슨 일에 깊이 몰두하여 푹 빠져있을 때는 다른 생각이 안 나고, 다른 소리도 안 들리고, 배고픈 줄도 모르고 등등 경험들을 한두 번쯤은 겪은 적이 있었으리라 생각합니다.

이처럼 명상삼매에 깊이 들면 무아지경 절대의 고요정적 속에서 모든 것이 정지하고 시간과 공간의 개념이 모두 없어져 버립니다.

무아의 경지가 되면 우주하늘과 내가 '합일체'가 되어 버립니다.

내 자신이 초월의식·우주의식·순수의식이 될 때 비로소 내 의식은 곧 신(神)의 경지로까지 이르게 되고, 스스로 육체를 가진 신(神)이 될 수 있는 것입니다……

필자는 첩첩산중 깊고 높은 천등산 산속의 토굴 속에서 깊은 명상삼매 기도의 '천기신통초월명상법'으로 인간계와 신령(神靈)계간의 경계의 벽을 뚫고 들어가 나이가 600살인 천등산 산신령님으로부터 직접 가르침의 방법으로 '관상술'과 '관심법'을 배웠습니다.

이렇게 신(神)들로부터 영적으로 직접 전수받은 관상법을 '신통관상술'이라 합니다.

풍수지리학도 관상법의 범주에 들기 때문에 신통관상술의 능력을 지니면 투시력으로 땅속까지 보고 풍수지리를 잘 볼 줄 알게 됩니다.

천기공부의 한 과목으로 들어있는 관상법과 관심법은 세상살이에서 활용범위와 실용가치가 매우 높다고 생각합니다.

우리의 삶은 처음부터 끝날 때까지 사람을 만나고 또한 사람과 거래를 하는 대인관계 속에서 살아가야 합니다. 그러하기 때문에 성공출세를 하고 싶거나 부자가 되고 싶은 사람은 사람과 사물을 제대로 볼 줄 알아야 하고, 또한 우리의 삶은 태어날 때부터 죽을 때까지 운(運)이 작용하기 때문에 관심법과 관상술로 사람과 운(運)을 잘 판단할 줄 알아야 하고 앞날의 예측을 잘 할 줄 알아야 합니다.

어느 개인의 정확한 운명감정 또는 운명 예언을 점(占)칠 경우에 객관적 판단기준의 자료가 될 수 있는 것이 바로 얼굴과 손금 그리고 몸통 전체의 생김새에 나타나 있는 표시의 운(運) 판단법입니다.

얼굴과 손금 그리고 몸통 전체의 생김새에는 그 사람 '개인운명'의 고유 암호가 정확하게 나타나 있다는 진실을 분명히 가르쳐 드립니다.

성경책과 경전책에도 '얼굴과 손금에 부호와 암호로 표식을 주었다'라고 기록이 되어 있습니다.

3천년 전 구약성경시대에는 예언가들이 너무나 많았고, 고대 이집트와 고대 인도의 찬란한 고대문명시대에는 마법사와 점술가들이 신통력으로 오히려 '시대의 지도자'이기도 했습니다.

우리는 현재 약 2~3천년 전의 종교를 믿고 있기 때문에 예언서와 천기누설 등을 현대사회에 잘 적용시켜 '실용지식'으로 활용을 잘 해야 한다고 생각합니다.

그렇게 하기 위해서는 필자의 저술책과 가르침이 방법이고 해법입니다.

필자는 이 책으로 하늘의 '운명작용법칙'에 따라서 태어날 때 각 사람의 타고난 천성적 성격과 소질 · 재주 · 체질 · 두뇌 및 생김새와 말솜씨 그리고 타고난 운명과 각가지 운(運)에 따른 '천성소질인간계발론'을 주장하면서 점차로 그 '증명'을 해 나아갈 것입니다.

필자가 천기(天氣)공부를 하면서 직접 기록한 이 책 내용의 실용적 가치를 이제부터 하나하나 계속하여 '증명'해 드리겠습니다.

천기(天氣)는 우주하늘자연의 섭리이고 법칙이며, 진리이고 진실이지만, 너무나 많이 비밀에 쌓여있습니다.

지금 이 책을 읽고 있는 독자분은 나이가 몇 살이든 또는 직업과 신분이 무엇이든 또는 사상과 이념 및 종교가 무엇이든 간에 지금까지의 잘못 오해하고 있는 지식들로 인하여 생긴 편견과 고정관념 등의 구속으로부터 마음을 활짝 열고서 평생 단 한 번뿐이고 귀중한 기회인 하늘의 비밀 '천기누설' 이야기 속으로 계속 따라오시길 바랍니다.

우주하늘자연과 신(神)들의 비밀작용을 학문적으로 접근하는 것이 주역 및 명리학이고 동양철학입니다.

필자는 천기(天氣)의 학문적 접근과 초학문적 접근 등으로 독자분들이 아주 이해하기 쉽도록 서술에 노력을 하면서 삶에 있어 정말로 중요한 운(運) 작용인 천기학을 계속 펼쳐나가겠습니다.

우주하늘자연과 신(神)들의 비밀을……

제11장
보이지 않는 기운(氣運)들이 세상을 다스린다

동양철학과 운명작용의 비밀을 알아야⋯⋯.

첩첩산중 깊고 높은 천등산 산속에서 산(山)기도 공부를 하며 신(神)들로부터 직접 학문적으로 천기학(天氣學)을 배우고 있습니다.

나이가 600살인 산신령님으로부터 '천기신통초월명상' 속에서 영적으로 관상학을 배우고 또한 명리학을 배우고 있습니다.

천간 · 지지 · 음양 · 오행 · 상극 · 상생 · 삼합 · 육합 · 삼형 · 자형 · 상충 · 상파 · 상해 · 원진 · 귀문관 · 역마 · 화개 · 도화 · 백호 · 12신살 · 대장군 · 상문 · 조객 · 삼살 · 방위살 · 생기 · 복덕 · 천의 · 택일 · 유혼 · 절체 · 절명 · 귀혼 · 화해 · 천록 · 안손 · 식신 · 징파 · 오귀 · 합식 · 진귀 · 퇴식 · 관인 · 복단 · 공망 · 주당 · 용신 · 격국 · 대운 · 육갑 · 육효 · 육임 · 팔괘 · 구궁 · 둔갑술 등등을 배우고 또 배워 나아갑니다.

시간을 잊고, 날짜를 잊고, 계절을 잊고, 세월을 잊고 살아갑니다.

세상은 시간과 공간으로 구성되지만, 신통초월명상삼매 속에서는 시간과 공간이 없어지고, 산(山)속에서는 시간개념이 없습니다.

토굴 밖 숲속의 나무를 보면서 계절의 변화를 알고 세월의 흐름을 짐작할 뿐입니다.

계절이 바뀌고 또 바뀌고 서너 번 바뀌어 추운 겨울이 되었습니다.

겨울철은 '생로병사·생주이멸·성주괴공' 우주자연의 법칙에 따라 사·공·멸에 해당하니 겨울철이 되면 모두가 사(死)하고, 멸(滅)하고, 공(空)하게 됩니다. 즉, 우주자연의 만물은 태어나면 자라고, 늙고, 죽는다는 것이고, 만들어지면 사용되고 닳고 소멸된다는 이치입니다.

우주자연의 이치 공(空)사상과 무상(無常)은 진리입니다.

우주자연의 만물과 만사가 다 이러할진대, 사람도 죽을 때가 되면 당연히 죽어야 하고 또한 죽게 됩니다.

첩첩산중 깊고 높은 겨울철의 산속에서 앙상한 나뭇가지를 바라보며 우주자연의 원리와 섭리 그리고 순리를 깨달으면서 우리 사람과 인간의 죽음을 생각해 봅니다.

"세상에서 가장 확실한 진실은 누구나 죽는다는 것이다."

죽음 때문에 세상의 많은 종교와 철학이 생겨난 것입니다. 종교탐구의 가장 중요한 문제는 신(神)보다는 죽음(死)입니다.

살아있는 사람은 누구나 우주자연의 섭리가 작용하는 '운명의 법칙'에 따라 운때가 되어 저승사자가 명부를 들고 데리러오면 누구든지 따라가야 하고, 또한 하늘의 명부에서 이름을 빼버리면 죽을 수밖에 없거나 또는 죽어야 합니다.

그러할 때 그 사람 한평생 인생살이의 성공과 실패의 기준은 죽음을 잘 준비한 사람과 죽음을 준비하지 못한 사람으로 나눌 수 있습니다.

"가장 성공적인 삶은 죽을 때 가장 잘 죽는 것이다."

의미있고 가치있는 삶을 살았거나 또는 깨달음을 얻은 사람은 편안한 마음과 편안한 모습으로 잘 죽을 수 있습니다.

원한이나 미련이 없이 편안하게 잘 죽어야 그 사람의 영혼이 좋은 곳으로 갈 수가 있고, 영혼이 좋은 곳으로 잘 돌아가야 그 자신과 가족 또는 자손들 모두가 함께 좋게 되는 것입니다.

인과응보의 '운명작용윤회환생법칙'에 따라서 금생에 사람 몸을 빌려 사람으로 태어났으면 반드시 잘 살아야 하고 그리고 어떻게 살든지 간에 죽을 때에는 절대로 원한이나 미련이 없이 편안하게 잘 죽어야 함을 분명히 가르쳐 드립니다.

그러나 꿈속에서라도 저승사자를 무서워하는 사람 또는 저승사자에게 안 끌려가려고 하는 사람 또는 삶에 미련을 가진 사람과 죽음에 억울함을 느끼는 사람 그리고 죽음이 두려운 사람 등등은 분명히 죄를 지었고 인생을 잘못 살아온 사람들입니다.

그리고 그렇게 나쁘게 죽음을 맞이한 사람들의 죽음이나 죄를 많이 지은 사람의 죽음, 그리고 익사사고 · 교통사고 · 화재사고 등등의 각종 사고로 비명횡사를 당하고 죽는 죽음, 그리고 각종 암으로 죽거나 또는 뇌사상태 · 각종 불치병 등등 눈을 뜨고서 서서히 한(恨) 많게 죽는 죽음, 귀신병과 정신병으로 특별 격리되었다가 죽는 죽음, 그리고 상문살 · 동토살 · 동목살 · 동법살 · 급살 그리고 사람들의 원망과 저주의 입살[口煞] 그리고 원한을 품고 스스로 목숨을 끊은 자살 등등으로 죽는 죽음은 그 모두가 전생의 삶과 현생의 삶을 잘못 살아서 그 '인과응보'로 벌을 받아서 죽음을 당한 나쁜 죽음들입니다.

그렇게 전생의 삶과 현생의 삶을 잘못 살아 인과응보로 벌을 받아 죽는 죽음들은 또다시 다음 생(來生)으로 이어지니, 그렇게 한 많은 죽음을 당한 그 영혼들은 죽은 후 귀신(鬼神)으로 전락되어 불쌍한 혼령으로 구천세계를 떠돌게 된다는 사실과 진실을 꼭 알아야 합니다.

이 대목에서 필자는 천기운명학 분야에서 세계 최초 이론으로 정립한 전생·현생·래생과 영혼·혼령 등의 '운명작용'을 공개하면서 이 글을 읽는 독자분들께만 천기(天氣)의 비밀을 또 가르쳐 드리고자 하니 다음 글들은 이해를 하면서 천천히 읽으시기 바랍니다.

태어날 때 신체적 불구자로 태어나거나 또는 간질병과 자폐증·조현병·귀신들림 등 각종 정신병에 걸리거나 또는 소아마비·뇌성마비 등등에 걸리거나 또는 어릴 때 죽는 죽음과 비명횡사 날벼락을 당하는 등등의 큰 불운과 큰 불행은 자기 영혼의 '전생업보'와 핏줄 내림의 '조상업보' 때문이라는 사실적 진실을 가르쳐 드립니다.

또한 어릴 때 죽은 영혼이나 젊어서 죽은 영혼은 본래 수명의 나이가 될 때까지 일정기간의 세월 동안은 절대로 저승세계를 못 들어가고 중음세계의 끝없는 기다림상태나 구천세계를 떠돌게 되며, 특히 10살쯤이나 20살쯤의 어린 나이 또는 젊은 청춘에 교통사고, 화재사고, 익사사고 등등의 객사 및 비명횡사로 죽음을 당하거나 또는 자살로 죽게 되면 약 40~50년 이상 오랜 세월동안 그 영혼은 저승세계를 못 들어가고 중음세계의 기다림 상태나 또는 유령과 좀비로 구천세계를 떠돌아다니다가 본래 수명의 나이가 되어야 저승세계로 들어갈 수 있게 되거나 또는 축생으로 태어나거나 또는 혼백의 기소멸(氣消滅)로 사라진다는 것입니다.

한편, 사람으로 태어나서 나이가 육십갑자 60살 이상 70·80·90·100살 이상 수명장수를 누리다가 편안히 죽는 죽음을 맞이한 영혼들은 저승세계의 순리에 따라 곧바로 저승세계로 잘 들어갈 수 있으니, 이렇게 잘 죽은 영혼에게는 49재·천도재·진오기굿·씻김굿·추도식 등등 그 어떤 종교의식도 필요 없다는 것입니다.

혹시, 이 글을 읽고 있는 독자분 중에는 무녀(巫女) 또는 법사나 스님에게 조상점(祖上占)을 쳐보거나 또한 천도재·진오기굿·씻김굿·조상굿 등등의 굿이나 재를 올리는 경험을 해본 사람도 있을 것입니다.

원한 많은 조상을 풀어주는 조상굿 또는 천도재를 여러 번 해 주었는데도 자꾸 반복된 원한 많은 조상의 나쁜 애기가 또 나오는 현상은 어린나이 때 또는 젊은 나이 때 또는 억울하고 한 많게 죽은 영혼들은 본래 수명의 나이가 될 때까지 그리고 원한이 풀릴 때까지는 아무리 조상굿이나 조상천도재를 해주어도 저승세계를 못 들어가고 해원천도(解冤薦度)가 안 된다는 '하늘의 법칙'이 있기 때문입니다. 원한 많은 영혼들은 신통도술법력으로 영혼치유와 업살풀이를 함께 하는 '특수조상해원천도재'로만 해원천도를 해 낼 수 있는 것입니다.

이러한 사실적 진실과 비밀진리적 이론과 법칙에 관하여 여러 번씩 필자가 세계 최초로 연구 발표한 바 있고, 이 책에도 또다시 글자로 적시해서 공개발표를 하면서 '인류공익'으로 가르쳐 드리는 것입니다.

필자가 신통능력으로 사실과 진실을 확인까지 한 이러한 이론과 이 책의 내용에 대해서 틀린 부분을 발견할 수 있는 심령학자 · 철학가 · 신학자 · 법사 · 스님 · 목사님 · 신부님 등등이 있으면 누구든 언제라도 공개토론이나 이의를 제기해 주시길 바랍니다.

신(神)과 영혼 및 혼령에 관련해서는 신통능력을 가진 특별한 영적능력의 스승 '영사(靈師)'만이 그 진실을 가장 잘 알 수 있으니 신(神)을 대상으로 신앙하는 모든 종교에서는 신통능력을 가진 사람이 최고이고, 그것은 신(神)을 대신할 수 있는 능력을 증명하는 것입니다.

달을 가리키는 손가락에 불과하는 모든 종교들의 경전 또는 성경책 글자 공부만 많이 하는 신학박사는 경전이나 성경학 박사일 뿐이고, 신통능력이 없는 이는 학자일 뿐 신(神)의 대행자가 되지 못하고, 가톨릭 종교에서도 신부(神父)자격이 결코 없는 것입니다.

이 글을 읽고 있는 독자 여러분 중에는 잘못 알고 있을지라도 지금까지 자기가 알고 있는 것만 또는 눈으로 볼 수 있는 것만 믿으려고 할 것이고 또한 많은 사람들도 그러할 것입니다.

초등학교 수준에서는 그 만큼의 지식으로 세상을 바라 볼 뿐입니다.

"모든 종교와 신학에서는 영적 스승 '영사(靈師)'가 최고능력자이다."

세상은 아는 만큼 보이기 때문에 직접 '신통능력'의 전문가 필자 영사(靈師)가 이 책으로 스스로 존재하는 신(神), 인격신(人格神), 정령(精靈) 그리고 귀신(鬼神) 등에 대해서 모두 가르쳐 줄 것인바, 이 책을 끝까지 읽고 스스로 잘 판단해 보시길 바라는 바입니다.

생명과 영혼을 가지고 태어난 사람과 인간은 각 사람 개인의 운명(運命)이라는 것을 가지고 태어나고, 운명이라는 눈에 보이지 않는 힘은 반드시 하늘 법칙에 따라 작용을 하니 각각의 사람은 ① 자기영혼의 전생 업작용 ② 자기 핏줄의 조상업작용 ③ 조상과 후손의 동기감응작용 ④ 풍수지리의 기운작용 ⑤ 음양오행의 역리작용 등등이 인과법칙과 관계성의 법칙에 따라서 '항시작용'을 한다는 것입니다.

이러한 비밀작용 중에서 자기 핏줄의 조상업작용과 영혼과 혼령의 동기감응작용은 핏줄이라는 하늘의 '천륜법칙(天倫法則)' 때문입니다

핏줄이라는 천륜의 법칙은 정확한 '하늘법칙'으로 진실입니다.

하늘법칙에 따른 진실과 진리는 변할 수도 없고 변해지지도 않습니다.

핏줄은 천륜의 하늘법칙으로 항시 작용을 하기 때문에 조상님과 후손 그리고 부모님과 자식 간의 핏줄적 DNA 유전현상과 핏줄적 관계성 현상이 살아있는 사람과 죽은 자 간에 천륜 핏줄의 운(運)법칙으로 항시 작용을 하고, 부모와 자식 간의 유전자검사는 99.99%까지 정확히 일치한다는 과학적 진실을 알아야 합니다.

이러한 천륜 핏줄의 운(運)법칙을 '유전인자적 핏줄운내림 작용법칙'이라 하고 조상혼령과 자식영혼간의 '핏줄동기감응작용법칙'이라 하며, 특히 '핏줄동기감응작용법칙'이 가장 강하게 작용하는 분야는 풍수지리학의 음택인 조상 산소 묘터입니다.

좋은 땅 명당자리에 조상님 산소 묘를 잘 쓰면 신기하게도 '즉시 발복'을 하게 되니 풍수지리학을 믿는 사람들은 대복(大福)과 대운(大運)을 잡으려고 지금도 좋은 땅 명당자리를 찾아다니고 있고, 특히 고위직의 관료와 정치인 그리고 재벌 기업인과 부자들은 '명당터' 작은 땅 몇 평에 수천만 원 또는 수억 원의 비밀거래를 하기도 합니다.

다이아몬드가 크기는 작아도 그 가치성 때문에 값이 비싸듯, 좋은 땅 명당터는 작아도 그 가치성 때문에 값이 비싸고, 매우 귀중하게 여기는 사실과 진실들을 상류사회에서는 상식으로 되어 있습니다.

경제논리에서 명당터 몇 평에 수천만 원 또는 수억 원을 투자해서라도 그 이상의 복과 운을 만들어내면 '큰 이득'을 보기 때문입니다.

그러나 불효자와 무식한 사람과 자손들은 아무곳에나 조상묘를 쓰고 또한 부모님을 시뻘건 불속에 넣고 화장을 해서 공원묘원이나 납골함에 방치를 해 버립니다.

사람들의 생각과 행위가 자신의 '미래운'을 좌우하는데도 말입니다. 운(運) 전문가인 필자는 어떻게 했을까요?

필자는 운때에 맞추어 수년 전에 우리 조상님의 묘소를 고향 생가가 있는 마을 옆 '삼태봉 와우형' 자리로 새로이 이장을 해서 잘 모셔드렸습니다. 또한 필자는 현재 직접 등기소유를 하면서 가지고 있는 수많은 명당터 중에서 훗날 사용할 것은 남겨두고, 하늘의 계시에 따라 특별한 명당터에 나무로 사람모양을 깎고 사주성명과 부적을 새겨 넣어 살아생전에 본인 자신의 '가묘'를 만들어 두었더니 그 이후부터 명당터 기운이 정확하게 발복(發福)이 되었음을 알려드립니다.

이 책은 일반 독자층을 대상으로 하기 때문에 명당터 '즉시발복' 효과와 집터·빌딩터·사찰터·공장터·가게터·묘터 그리고 살아 생전 자신의 '가묘비방' 등등의 풍수지리에 대해서는 '터문제'가 있거나 '터감정'을 요청해 오는 인연 닿는 특별한 사람들에게만 훗날 별도의 기회를 꼭 약속드리고, 살아생전 자기 자신의 '가묘터 발복비법' (돈 한 푼 안 들이고 전국명산의 명당터에 '가묘발복'을 할 수 있음) 등등도 꼭 필요한 특별한 사람들에게만 훗날 별도의 '만남기회'를 꼭 약속드리면서 일반 독자분들을 위해 우리가 살아가면서 많이 나타나고 있는 현상적 진리를 예로 들면서 하나씩 또 가르쳐 드리고자 합니다.

이러한 천륜 핏줄 운(運)법칙이 두 번째로 강하게 작용하는 쪽은 질병과 불운 그리고 수명 등등의 DNA 유전인자적 핏줄운내림작용법칙에 따른 '핏줄 대물림운(運) 현상'이라는 것입니다.

핏줄적으로 아버지 할아버지 조상 중에서 간암·폐암·위암·대장암 등등의 불치병 암으로 죽은 조상이 있으면 그 후손이나 살아있는 가족 중에서 똑같은 현상의 질병이 또 나타납니다.

핏줄적으로 아버지 할아버지 조상 중에서 뇌혈관 질환·심장병·고혈압·중풍·당뇨병·각종 정신질환·폐질환·신장질환·각종 희귀병 등등의 난치병이나 불치병으로 죽은 조상이 있으면 그 후손이나 살아있는 가족 중에서 똑같은 현상의 질병이 또 나타납니다.

핏줄적으로 아버지 할아버지 조상 중에서 두 집 살림·난봉꾼·사기꾼·도박꾼 또는 마약·술 등등의 중독자가 있으면 그 후손이나 살아있는 가족 중에서 똑같은 현상이 또 나타납니다.

핏줄적으로 어머니 할머니가 자궁암·난소암·유방암·췌장암·혈액암·신장질환·가슴앓이·치매 등등의 난치병·불치병에 걸리거나 또는 암으로 죽거나 또는 몸을 파는 창녀 및 화냥끼·바람끼가 있으면 그 딸이나 손녀 중에서 똑같은 현상이 또 나타납니다.

핏줄적으로 어머니 할머니가 청상과부가 되거나 또는 별거녀·이혼녀·세컨드가 되거나 소박을 당하면 그 딸이나 손녀 중에서 똑같은 현상이 또 생겨납니다.

핏줄적으로 어머니 할머니가 점쟁이 무녀(巫女)였으면 그 딸이나 손녀 중에서 또 무녀가 생기고, 또한 평생 동안 신(神)끼 때문에 삶의 고통과 불행을 계속 죽을 때까지 당하게 됩니다.

현재 무녀 중에는 '핏줄내림'이 많고 과부 또는 이혼녀가 많습니다.

핏줄적으로 조상이나 가족 중에서 교통사고·익사사고·화재사고·집 나가 죽은 객사 등등의 각종 사고로 비명횡사 죽음을 당했거나 또는 술·마약·도박 등등의 중독자가 있었거나 또는 자살 등으로 원한 많게 죽은 사람이 있었으면 그 후손이나 살아있는 가족 중에서 똑같은 현상의 사고와 불운이 또 나타납니다.

특히 자살사망·옥중사망·정신병사망·비명횡사사망·뇌사사망·암질병사망과 치매·중풍·술중독·홀아비와 과부·이혼·신(神)끼 등은 '유전인자적 핏줄운내림'이 가장 강하게 나타납니다.

약 90% 확률로 '유전상속 핏줄 대물림'현상이 나타납니다.

또한 부모형제자식 중에서 원한 많게 죽은 그 시점이 가까울수록 남아 있는 가족 및 후손들에게 강하게 나타납니다.

나쁜 핏줄운내림은 '가장 큰 불행'인데 등한시 할 수 있겠습니까?!

두 눈을 뻔히 뜨고 불행을 당하는데 뾰쪽한 묘수가 있겠습니까?!

"나쁜 핏줄운내림은 '사전예방'이 최선책이다."

인간의 유전자 정보 DNA는 약 30억 쌍입니다.

인간의 DNA는 아데닌·시토산·구아닌·티민 등 4종류의 염기가 약 30억 쌍으로 이어 붙여진 형태입니다.

이것들은 과학연구의 게놈지도에서 증명이 되었고, 필자는 현상적으로 나타나고 있는 것들을 쉽게 가르쳐 주고 있는 것입니다.

이러한 현상은 너무나도 무서운 사실적 진실들입니다.

이러한 현상은 'DNA 유전인자적 핏줄운내림법칙' 때문입니다.

그리고 핏줄적으로 아버지 어머니가 사업가이면 그 후손 중에 또 사업가가 생겨나고, 아버지 어머니가 법조인이면 그 후손 중에 또 법조인이 생겨나고, 아버지 어머니가 연예인이면 그 후손 중에 또 연예인이 생겨나고, 아버지 어머니가 교육자이면 그 후손 중에 또 교육자가 생겨나게 됩니다.

그리고 핏줄적으로 아버지와 어머니 등 조상님이 장수(長壽)한 집안은 그 후손도 장수하는 사람이 많게 되고, 아버지와 어머니 등 조상님이 단명(短命)한 집안은 그 후손도 단명하는 사람이 많게 됩니다.

그리고 핏줄적으로 남자는 아버지계(父系)를 따라서 대체로 나타나고, 여자는 어머니계(母系)를 따라서 대체로 나타납니다.

또한 어머니계(母系) 외가집이 안 좋은 사람들도 나쁜 유전인자 핏줄내림의 가능성이 매우 높으니 꼭 참고하길 바랍니다.

이처럼 "유전인자적 핏줄내림 속에는 운(運)내림이 함께 한다"는 과학적 진실과 확인된 사실적 진실을 꼭 가르쳐 드리는 바입니다.

이처럼 핏줄내림현상과 핏줄동기감응현상은 정도의 차이만 있을 뿐 거의 정확하고, 전생업작용보다 핏줄업작용을 더 많이 타고난 사람은

99%까지도 '조상 핏줄운내림 현상'이 나타날 수 있습니다.

물질과학이 아무리 발전을 해도 과학으로 영혼과 혼령을 만들 수 없고, 나쁜 유전인자적 핏줄운내림을 막아낼 수가 없습니다.

현대의술의 최고인 대학병원에서는 귀신병을 예방하거나 또는 귀신을 떼어내거나 또는 살과 업을 치료할 수는 결코 없습니다.

이 글을 읽고 있는 독자분과 모든 사람들은 일반과학과 초과학 그리고 정신과학과 심령과학 등을 구별할 줄 알아야 합니다.

현재의 과학수준으로는 그 증명을 해낼 수도 없고 또한 할 수도 없는 초과학분야 천기학의 기(氣)·살(煞)·업(業)·영혼(靈魂)·혼령(魂靈)·신(神)·운명(運命) 등등은 실제로 존재하고 작용하고 있다는 '비밀진실'을 가르쳐 드리는 바입니다.

필자는 영혼과 혼령을 연구하는 심령세계와 신학·종교학·천기학·운명학 등을 연구하는 운명분야에서는 최고의 실력과 능력을 갖추고 있는 신통도술의 영사(靈師)이고 도사(道師)입니다.

박사학위는 인간이 수여하지만, 도사학위는 하늘이 수여를 합니다.

특히 신(神)을 믿는 종교에서는 단순 성직자인 목사·신부·스님보다는 신통도술의 '특별능력'을 겸한 영사(靈師)와 도사(道師)가 가장 높고, 살아있는 '신(神)의 대행자'임을 가르쳐 드리는 바입니다.

세상살이는 공부하는 만큼 얻고, 그릇만큼 담을 수 있으나 그러나 예언술의 천기학과 운명학공부는 아무나 할 수 없고, 신통능력은 아무나 가질 수 없는 '특수 특별 분야'임을 또한 가르쳐 드리는 바입니다.

지금 필자는 이 글을 써 내려가면서 답답함을 느낍니다.

필자의 답답함을 솔직히 말씀드리면, 필자가 알고 있는 체험적 진실과 진리를 글로 표현하는데 전문 글쟁이가 아니어서 다소 서툴기 때문입니다. 비록, 서투른 글 솜씨이지만 이 글들은 남에게 대필을 시키지 않고 필자가 직접 체험하고 알고 있는 것들을 '직감직필'의 육필로 수정 없이 단번에 쓰면서 사실과 진실을 바탕으로 세상에 진리를 가르치면서 이 세상을 이롭고 아름답게 하고자 하는 것입니다.

이 책은 필자가 실제 체험한 구도수행의 '자전 이야기'이지만, 이야기를 전개하면서 중간 중간에 알박기로 천기누설과 잘 살기 위한 처세 방법을 가르쳐 주는 삶의 지침서로서 '삶의 참 지혜'의 길잡이가 되어줄 것입니다.

인생을 살아가면서 삶의 진짜 방법 및 기술과 또한 운명을 바꿀 수 있는 '동기부여'의 이 한 권의 책과의 만남은 커다란 행운입니다.

헛 껍데기 같은 외국 번역 책이나 소설가의 말장난 허구 픽션 가짜 이야기책을 많이 읽은 것은 결코 최선책이 아니라고 생각합니다.

또한 한 사람 작가의 책은 한두 권만 읽으면 그 작가의 지식과 가치관을 모두 알 수 있으니 작가별 한두 권 이상의 책은 더 읽을 필요가 없다고 생각합니다.

책을 읽는 것은 삶에 도움이 되지만, 책을 많이 읽는다고 해서 또는 열심히 노력만 한다고 해서 또는 욕심을 부린다고 해서 모두가 성공출세를 하고, 부자가 되고, 행복해질 수 있는 것은 결코 아닙니다.

태어날 때 복(福)을 못 타고 태어나고 살아가면서 운(運)까지 나쁘면 아무리 공부를 잘한들, 아무리 욕심을 부린들, 아무리 노력을 한들, 안 되는 사람은 안 되는 것입니다.

그렇기 때문에 '운명작용이론'의 비밀법칙들을 꼭 알아야 합니다.

물리학의 법칙·화학의 법칙·수학의 법칙·천기학의 법칙 등 법칙과 진리는 바꿀 수도 없고 바뀌어지지도 않는 것입니다.

일·월·화·수·목·금·토 그리고 산·물은 우주자연에너지의 근원이고, 해·달·별이 존재하는 동안 하늘과 자연의 법칙은 계속 존재할 것이고, 하늘과 자연의 법칙을 이론화하는 것이 주역이며, 필자가 독자적으로 더욱 연구한 것이 필자의 '운명작용법칙'입니다.

필자는 이 책으로 '운명작용법칙'을 공개 발표하면서 인연 닿은 독자분들께만 삶의 가장 중요한 잘 사는 방법의 참지식과 큰 지혜를 그리고 '영혼진화와 영혼구원'의 방법까지 가르쳐 드릴 것입니다.

이 책을 읽은 후, 많은 사람들이 올바로 깨달아서 지금까지의 잘못된 편견과 고정관념들을 과감히 깨부수어 '달걀 속에서 병아리가 나오듯' 또는 '누에꼬치에서 나방이 나오듯' 스스로 의식개혁과 마음혁명을 일으키고 그리고 현재의 삶이 개선되어 자유롭고 행복할 수만 있다면, 필자는 손가락이 부르트더라도 글을 쓸 것이고 또한 책으로 전달시켜 개인과 사회 그리고 인류를 이롭게 해 드릴 것입니다.

필자는 실제체험의 대서사 자전구도 이야기를 계속 펼쳐 나아가면서 이 책에 사실과 진실 그리고 진리만을 기록할 것이며, 이렇게 책으로의 만남도 귀한 '인연'이라 생각하고, 이 글을 읽고 있는 독자분 모두를 반드시 성공·출세시켜드리고, 부자가 되게 해드리고, 무병장수 100세 이상 잘 살게 해드리고, 그리고 행복하게 해드릴 것입니다.

필자와 인연이 닿은 사람에게는 반드시 그렇게 해드릴 것입니다.

훗날에 인연이 닿은 사람은…….

제12장
죽음까지도 각오하고 마지막 시험을 통과한다

다시 천둥산 산(山)기도의 상황현실로 들어갑니다.

첩첩산중 깊고 높은 천둥산 산속에서 도(道)를 닦고 있습니다.

계절이 바뀌고 또 바뀌고 여러 번 바뀌어갑니다.

오늘도 깊은 명상삼매에 들어가 천기신통초월명상으로 인간세계와 신령세계 간의 경계의 벽을 뚫고 신령계의 세계로 들어갑니다.

오늘도 어제처럼 삿갓 쓴 스님과 큰칼 든 장군이 백발노인 산신령님을 모셔옵니다.

두꺼운 책을 손에 들고 계신 백발노인 산신령님께서는 어제처럼 오늘도 내가 쌓아올리고 있는 돌탑 위에 높이 걸터앉으시고, 삿갓 쓴 스님과 큰칼 든 장군은 나와 똑같이 하여 내 곁에 앉습니다.

한창 신나게 천기공부를 하는 중에 산신령님께서 목이 마르다고 하시기에 나는 물을 뜨러 옹달샘으로 갑니다.

옹달샘으로 걸어가다가 무심코 뒤를 돌아보니 내가 그대로 토굴 안에 '명상삼매'로 앉아있는 것입니다.

나는 순간 놀라고 하도 신기해서 토굴 안에 앉아 있는 나를 보기도 하고, 옹달샘으로 물을 뜨러 걸어가고 있는 또 다른 나를 보기도 하며, 둘이 된 나를 번갈아 보면서 갸우뚱거리며 바가지에 옹달샘 물을 떠 옵니다.

둘인 나를 번갈아 보며 물을 떠오다가 한눈을 팔고 발이 돌부리에 걸려 넘어지려는 순간, 장군이 나를 부축을 하고 물바가지는 이미 백발노인 산신령님의 손에 들려있습니다.

이 모든 상황을 가부좌로 앉아 깊은 초월신통술명상의 삼매경에 들어 있는 또 다른 내가 모두 '주시'로 지켜보고 있는 것입니다.

"나도 이제 유체이탈을 하는 건가?!"

"나도 이제 신통술과 도술을 부리는 건가?!"

나는 방금 전의 상황을 분석하면서 돌이켜 생각을 해봅니다.

개소리 닭소리 사람소리가 전혀 들리지 않는 첩첩산중 깊고 높은 천등산 산속의 토굴에서 한 번도 산(山) 밖을 나가지 않은 '두문불출'로 한 5년쯤 도(道)를 닦으니 내 모습은 머리칼이 길게 자라서 등허리까지 내려오고, 수염도 길게 자라서 앞가슴까지 내려오고, 다 헤진 누더기 옷차림을 하고 있습니다.

처음에는 기도를 하였지만, 이제는 명상을 합니다.

명상은 주의깊은 관찰이고 관조이며 초연하게 '주시'를 합니다. 주시는 객관적 이해와 깨달음을 얻는 최고의 근본방법입니다. 신통력은 진리발견과 깨달음을 얻기 위한 최고 방편입니다…….

산속에서 한 5년쯤 두문불출 토굴 기도로 도를 닦으니 앉아서 만 리를 보고, 서서 구만리를 볼 수 있는 등등 신통력과 함께 별의별 신기한 일들이 일상처럼 벌어지고 있습니다.

지금은 수도(修道)생활 7단계의 시험까지 통과를 하고 기도공부에 가속도가 붙어서 진도가 잘 나아가고 있습니다.

하지만, 처음 산(山)기도를 시작할 때는 신령세계와 인간세계 사이 경계의 벽을 뚫고, 천문(天門)을 열고, 직접 신(神)들과 통신(通神)을 하기까지의 고통과 그 후 단계 단계의 모든 장애와 시험을 통과하면서의 엄청 힘든 고행이 계속되어 왔습니다.

오랜 세월 동안 인적이 끊겨 개소리 닭소리 사람소리가 전혀 들리지 않는 첩첩산중 깊고 높은 산속에서 오직 나 혼자만 살고 있는데 기이한 여러 가지 일들이 벌어지곤 합니다.

캄캄한 어두운 밤중에 토굴 밖의 숲속에서 부스럭~부스럭~ 거리는 정체불명의 소리와 소쩍~소쩍~ 하고 울어대는 소쩍새의 울음소리는 머리칼이 쭈뼛쭈뼛 거꾸로 서는 무서움과 애간장을 녹이는 구슬픔을 느끼게 하고, 또한 한밤중 저승세계가 가장 많이 열리는 시간 때 밤 12시경에 천신(天神)기도를 하기 위해 옹달샘으로 정한수 물을 뜨러 갈 때, 또는 100m 거리쯤 멀리 떨어져 있는 화장실 뒷간을 캄캄한 어두운 밤중에 다녀올 때에 머리카락을 풀어헤치고 하얀 소복차림의 여자 귀신이 불쑥 나타나면 정말로 머리칼이 거꾸로 섭니다.

그리고 신안(神眼)과 영안(靈眼)이 열리면서부터는 밤낮 구분이 없이 어느 때고 귀신과 혼령들의 모습 그리고 신(神)들의 모습이 보이니 시도 때도 없이 섬뜩섬뜩합니다.

죽은 혼령들의 모습은 사람으로 살면서 ① 가장 성공할 때의 모습 ② 평상시 삶의 모습 ③ 죽을 때의 모습 등등으로 상황과 필요에 따라 달리해서 보여지고 또한 나타나기도 합니다.

혼령과 귀신들의 모습을 실제로 보면 목이 잘려 피가 철철 흘러내리는 목 없는 귀신, 대나무 죽창에 찔려서 피를 흘리고 다니는 귀신, 총 맞은 자리에 구멍이 뻥 뚫리고 피를 흘리고 다니는 귀신, 농약을 마시고 구역질을 하면서 흰 거품을 흘리고 다니는 귀신, 목에 밧줄을 매달고 혀를 늘어뜨리고 다니는 귀신, 온몸에 불이 훨훨 타서 뜨겁다고 소리소리 지르며 뛰어다니는 귀신, 춥다고 덜덜 떨고 다니는 귀신, 배고프다고 손을 벌리고 다니는 귀신, 시집 못가서 발가벗고 다니는 처녀귀신, 따돌림받고 너무나 슬퍼 보이는 할멈 귀신, 히죽거리며 돌아다니는 미친 귀신, 하얀 소복차림에 눈에 쌍심지를 켜고 다니는 원한 귀신 등등으로 불쑥불쑥 보이고 나타납니다.

또한 신령님의 모습도 실제로 보이고 불쑥불쑥 나타납니다.

눈이 하나뿐이거나, 머리가 두 개이거나, 다리가 세 개이거나, 팔이 여러 개이거나, 머리에 뿔이 생겨 있거나, 눈이 왕방울만큼 크거나, 키가 하늘 높이만큼 커다랗거나, 어깻죽지에 날개가 달려 있거나, 머리는 사람이고 몸통은 짐승의 모습 등등 기이한 모습들을 하고 있기도 합니다.

그리고 천둥·번개·폭풍·회오리가 칠 때 신(神)들의 성난 모습과 또한 흰 구름 푸른 하늘에 또한 큰 나무와 바위에도 신(神)들과 정령들이 생생히 직접 보이기도 합니다.

때로는 하늘의 신령님들께서 귀신들에게 명령을 내려 나의 산기도 공부를 시험하기도 합니다.

오랜 세월 동안 수많은 여러 가지 시험들 중에서도 외로움의 시험이 가장 힘들고 고통스럽습니다.

산속에서 도 닦는 공부는 100일을 넘기기가 힘이 듭니다. 그러나 나는 벌써 5년 동안을 버텨내고 있습니다.

이처럼 한 사람의 도사(道士)가 만들어지기까지는 엄청난 하늘의 시험과 오랜 세월의 고통과 인내가 따르는 수행수도 생활을 반드시 거쳐야 합니다.

산속에서 도(道) 닦는 공부는 단계 또 단계의 별의별 장해와 시험을 다

겪으면서 반드시 이겨내고 또한 통과를 해야 합니다.

단계 단계의 장해를 이겨내고 시험을 통과하면서 공부와 도(道)의 정도가 점점 높아가면서 이 몸 이대로 우주와 합일체가 되어갑니다.

보통 사람들은 무의식상태로 일상생활을 하지만, 무의식에서 의식으로 그리고 점점 의식의 각성으로 깨어나 올라가면 순수의식·초월의식·우주의식 등이 되고, 신통술이 저절로 생겨서 신통술을 방편으로 깨달음의 대각(大覺)을 이루면 해탈의 대자유를 얻게 됩니다.

아주 옛날 하늘의 천명에 따른 성인과 성자들처럼 또한 도(道)의 교조인 노자와 석가모니·예수님·달마대사·소태산·상월처럼…….

계절이 바뀌고 또 계절이 바뀌어 나아갑니다.

오늘도 하루가 그냥 지나갑니다.

요즘 며칠 동안은 계속 명상삼매에 깊이 들지를 못하니 천기신통초월명상이 잘 안 되어 산신령님으로부터 영적 공부 개인교습을 받지 못하고 있습니다.

자만심과 교만심의 정신해이로 인한 마장(魔障)에 걸려서 7번째 단계의 시험에 걸리고 말았습니다.

마음으로는 명상삼매에 들어가야 한다고 하면서도 정신이 해이해져 잘되지가 않습니다. 내 스스로 내 점(占)을 쳐보니 신(神)들의 시험 마장에 딱 걸려들었습니다.

이쯤에서 신(神)들의 마장에 걸리면 대부분 미쳐버리거나, 병신 또는 폐인이 되어 버리기도 하는 등등 엄청난 고생을 치러야 합니다.

내 삶을 이렇게 두 눈 뻔히 뜨고 또다시 실패를 할 수는 없습니다.

몸부림을 치고 울부짖으며 잘못과 실수의 원인을 분석하면서 초심의 원칙으로 다시 되돌아갑니다.

처음 입산했을 때처럼 다시금 약쑥을 뜯어와 짓이겨 쑥물을 만들어 약쑥물 목욕을 하고, 향을 부수어 물에 담그고 향물을 우려내어 향물 목욕을 합니다. 또한 기도처 주위에 약쑥을 태워 약쑥 연기를 피우고, 굵은 소금을 사방으로 뿌리고, 맑은 물 청수를 사방으로 뿌립니다.

매일 여러 번씩 몸을 씻고 매일 기도처를 정화(淨化)합니다.

다시금 싸릿대나무 회초리를 준비합니다.

회초리를 손에 들고 팔을 머리위로 높이 들어 올려 내 등짝을 내 손으로 내리치면서 자만과 교만으로 해이해진 마음과 정신을 다잡아보려고 무진 애를 씁니다.

혹시나 부정이 타서 그런가 하면서 부정풀이도 해 봅니다

또다시 내 스스로 내 점(占)을 쳐보니 역시 신(神)들의 마장에 단단히 걸린 것을 알겠습니다.

운이 좋을 때는 아무리 딴 짓거리를 해도 잘 나아가지만, 운이 나쁠 때는 아무리 노력을 해도 잘 안 되고 오히려 더 꼬이고 엎친 데 덮치기도 합니다.

하늘이 벌을 내리거나 또는 시험과 시련을 줄 경우에는 꼭 나쁜 운때를 고르니, 대부분 나쁜 운때에 손해·실패·사고발생·이혼·구설수·망신살·관재수·좌천·명퇴·큰 질병·죽음 등등을 당하게 됩니다.

그렇기 때문에 운세와 운수 그리고 운때를 미리 알고서 사전에 그 준비 및 대비와 대응을 잘 해야 합니다.

그러나 나는 지금 천기공부중이라 어쩔 수 없는 신(神)들의 계획에 따른 마장에 걸려 정말 미쳐버릴 만큼이나 괴롭고 고통스럽습니다.

해이된 정신과 마음을 다잡아 보려고 내 팔뚝을 내 이빨로 물어뜯으며 몸뚱이에 긴장을 주어 봅니다.

연이틀 간격으로 오른쪽 팔뚝을 물어뜯고, 왼쪽 팔뚝까지 물어뜯으면서 몸뚱이에 긴장감을 점점 가중하다가 결국에는 내 이빨로 내 팔뚝의 살점을 뜯어내고야 맙니다.

양쪽 팔뚝을 메리야스 속옷을 찢어서 감싸고 묶어놓으니, 무더운 여름날 자기이빨에 살점이 뜯겨나간 상처는 덧이 나서 퉁퉁 붓고 짓무르기 시작합니다.

나는 지금 신(神)들의 시험 마장으로 인해 너무나 지쳐있습니다.

하루 한 끼니씩 생식으로 먹는 음식까지 끊고 금식을 합니다.

나쁜 운때에 신들의 계획된 마장의 시험에 걸려들었기 때문에 이런 방법을 써보고 저런 방법을 써보지만 제대로 통하지가 않습니다.

"오! 내 인생이 여기서 끝나버리다니, 유서까지 써놓고 산기도를 들어왔는데……."

이제 나로서는 최후의 방법을 쓸 수밖에는 없습니다.

최선의 노력을 하는 것은 잘 살려고 하는 것이고, 잘 살려고 하는 것은 행복하기 위해서이며, 궁극의 행복은 깨달음을 얻어 마음과 영혼의 해탈과 구원이니 이제 절차의 방법을 바꾸어 버립니다.

우주자연의 이치는 무상(無常)하여 모두가 변화없는 변화의 법칙을 따라서 화려한 꽃들도 시들어가고, 뭇생명들도 죽음은 피할 수 없으니 '덧없음'을 받아들이려 합니다.

"그래, 깨달음을 많이 얻었으니 차라리 초월을 해 버리자!"

기진맥진한 육신을 이끌고 기어가다시피 하여 옹달샘으로 갑니다.

옹달샘 물로 마지막 목욕을 하고, 빨아둔 새 옷으로 갈아입고, 길게 자란 머리칼과 수염을 정갈하게 쓰다듬고, 평안한 얼굴 표정을 짓고, 그리고 가부좌의 명상할 때 모습으로 앉아서 내 영혼을 가장 좋은 곳 하늘나라의 '하늘궁전'으로 인도하고자 스스로 의지적 죽음의 의식을 나 홀로 쓸쓸히 치르고 있습니다.

나는 해탈열반경과 함께 최고 높은 등급의 하늘천국행 극락왕생 주술진언을 계속 외우고 또한 내 영혼을 스스로 달래면서 직접 내 영혼에게 안내지시를 합니다.

"내 영혼아! 내 영혼아! 태어남과 죽음을 초월해 버리자. 영원한 해탈열반 대자유로 가자꾸나. 하늘나라 7단계의 최고 높은 33천 천국행 극락왕생을 하자꾸나. 천년왕국 만년왕국 하늘궁전으로 올라가자꾸나. 하늘천국극락왕생진언~옴 마리 다리 훔바탁 사바하! 옴 마리 다리 훔바탁 사바하!……."

이렇게 가부좌로 앉아서 내 영혼을 내 의지에 따라 하늘나라 33천의 천국과 천당 중에서도 가장 좋은 '하늘궁전'으로 극락왕생을 시킬 수만 있다면, 내 영혼을 영원한 대자유와 자재를 누리는 하늘나라 최고 높은 등급의 신(神)으로 올라서게 할 수만 있다면, 그렇게만 죽을 수 있다면 가장 성공하는 삶이려니 또한 정말로 가장 멋스럽게 죽음을 맞이하는 것이려니 생각하면서 해탈열반경과 하늘궁전 천국행 극락왕생 주술진언을 계속 외웁니다.

나는 나의 자유의지에 따라서 죽음을 선택하고 그리고 좌탈입망(座脫立亡) 방법의 가부좌로 앉아 경문과 진언을 밤낮으로 외우면서 스스로 가장 잘 죽는 죽음을 실행하고 있습니다.

이제 서서히 나의 의식이 가물가물해집니다…….

나는 신(神)들의 마장에 걸린 지 21일 만에 가부좌로 앉아서 좌탈입망의 모습으로 스스로 죽어버립니다…….

내 영혼은 몸뚱이를 빠져나가 길을 떠나갑니다.

다른 사람들은 죽을 때 저승사자가 데리러 오기도 하고, 또는 조상님이 마중을 나오기도 한다는데, 나에게는 저승사자도 나타나질 않고 조상님도 나타나지 않습니다.

이윽고 커다란 강이 눈앞에 나타납니다.

나는 '저 강만 건너면 되는구나!' 하고 생각하면서 강을 막 건너려고 하는 순간 하늘에서 눈부신 흰빛이 내 앞으로 쭉~ 뻗어옵니다[신령세계의 빛은 ① 흰색 빛 ② 파란색 빛 ③ 붉은색 빛의 3종류로 크게 나누고 빛의 색깔과 밝고 어두움에 따라 구분을 할 수 있으니 눈부시게 밝은 '흰색 빛'을 최상급 신령의 빛이라 합니다].

나는 하늘에서 내게로 비춰온 눈부신 흰 빛 속으로 들어갑니다.

'이 눈부신 흰 빛은 극락천국 하늘나라로 인도하는 빛이구나!' 하고 생각하면서 흰 빛을 타고 하늘나라로 올라갑니다.

12궁의 천당·천궁과 33천의 천국 하늘나라로 올라가니 금은칠보로 장식한 궁궐이 나타납니다. 궁궐을 바라보니 궁궐 앞에 '제석천궁(帝釋天宮)'이란 현판이 황금색 빛깔로 빛나고 있습니다.

황금색으로 빛나는 궁궐 현판을 유심히 바라보니 언젠가 본 듯한 모습입니다.

내가 전생(前生)에 살던 하늘나라의 하늘궁전 '제석천궁'입니다.

반가운 마음으로 제석천궁의 궁전대문을 확~ 밀치고 들어섭니다.

하늘궁전 안 맞은편 정면의 높은 자리에 앉아 계시는 '제석천왕(帝釋天王)'님께서 뇌성 같은 큰 소리로 호통을 치십니다.

"그대는 천등산으로 다시 돌아가도록 하라! 10단계까지의 시험을 통과해서 인류의 위대한 성자들처럼 7신통 8해탈을 꼭 이루도록 하라! 아직, 하늘나라에 올 때가 아니니라! 그대의 몸뚱이에 악령이 들어가기 전에 속히 천등산으로 다시 돌아가도록 하라!……."

나는 하늘나라 제석천궁까지 올라갔다가 제석천왕님의 호통소리만 듣고, 다시 수도처인 천등산으로 되돌아옵니다.

아직도 내 몸뚱이는 토굴 안에서 가부좌의 모습으로 그대로 앉아 있습니다.

악령과 귀신들이 몸뚱이에 들어가지 못하도록 하늘의 신장들이 갑옷을 입고, 창검을 들고, 내 몸뚱이를 지키고 서 있습니다.

내 육신의 모습은 기다란 머리칼과 기다란 수염에 다 헤져 꿰맨 누더기 옷을 입고, 메리야스 천으로 양쪽 팔뚝을 감싸 묶고, 기진맥진한 모습으로 앉아 있습니다.

내 영혼은, 최고의 '깨달음'을 완성하기 위해서는 반드시 몸뚱이가 필요하기 때문에 또다시 몸뚱이 속으로 쑥~들어갑니다.

또다시 삿갓 쓴 스님과 큰칼 든 장군이 나타납니다.

삿갓 쓴 스님이 처음 보는 약초를 손에 들고 보여주면서 약초가 있는 곳의 지형을 가르쳐 줍니다.

큰칼 든 장군이 나를 부축하고 산신령님도 나를 부축하여 일으켜줍니다. 나는 삿갓 쓴 스님과 큰칼 든 장군 그리고 산신령님과 신장들의 부축과 도움으로 기진맥진한 몸을 이끌고 가서 약초를 뜯어옵니다. 뜯어온 약초를 짓이겨 팔뚝 상처에 싸매고 그리고 약초 즙을 몇 모금 마시면서 기운을 차려봅니다.

깊은 산속의 수많은 요정들과 정령들이 모두 지켜보고 있습니다.

신들의 시험에 내 스스로 의지적 죽음이란 배수진을 치고 최후방법의 초강력 대응법을 쓰니 또 한 단계의 시험을 통과시켜줍니다…….

이처럼 마지막 방법으로 죽을힘을 다하여 덤비거나 또는 죽음을 각오하고 버티면 안 되는 것이 없습니다.

그러나 값비싼 댓가의 죽음을 몸소 체험하면서 자만심과 교만함이 얼마나 나쁜가를 뼈저리게 후회하며, 이제부터는 마음을 더욱 다잡아 철저히 경계를 합니다.

값비싼 댓가를 치르면서 계속 정진과 겸손을 배우며 나아갑니다.

우리들 주변을 살펴볼 때도 한때는 화려하게 잘 나가던 정치인과 연예인들이 한순간 게이트나 스캔들을 일으켜서 구설수와 망신살을 당하고 감옥을 가기도 합니다.

이처럼 자만심과 교만함은 시기질투의 대상이 되기도 하고, 신(神)들로부터 경책으로 벌을 받기도 합니다.

높은 곳에서 떨어질 때는 날개없는 추락을 합니다. 잘 나갈수록 자만심과 교만심을 철저히 경계하길 꼭 충고합니다.

잘 나갈 때는 교만함과 자만심 경계를…….

제13장
깊은 산(山)속에서 신선(神仙)처럼 살아간다

계절이 바뀌고 또 바뀌고 또 바뀌면서 세월이 흘러갑니다.

시간 개념을 잊어버리고 살아가니 자연의 변화를 보면서 세월의 흐름을 짐작할 뿐입니다.

하루 한 개씩 돌을 주워와 쌓고 있는 돌탑이 이제는 내 키의 두 배 높이까지 올라갑니다.

돌탑을 쌓기 위해 가까운 곳에 있는 돌은 다 주워와 버렸으니, 돌 한 개를 주워오려면 이제는 멀리까지 가서 주워 와야 합니다.

쌓고 있는 돌탑이 높이 올라갈수록 나의 도(道)도 함께 올라갑니다.

신령님으로부터 직접 개인교습을 받는 영적 가르침은 명상삼매로 들어가 천기신통초월명상 속에서 이루어지고 신(神)들의 계시와 공수는 어느 때고 주어지며, 평상시가 명상이고 명상이 평상시로 되면서 평상시와 명상의 구분이 없어지고 행주좌와가 매일 똑같이 일여합니다.

필자는 처음 입산(入山)을 할 때 신통술의 초능력을 얻어 초인·진인·신인이 되고 싶었습니다.

결국에는 신통으로 하늘의 비밀 천기(天氣)를 다 통달하였습니다.

신통력을 방편삼아 의식의 계속된 각성으로 대각(大覺)을 이루면 그때부터는 신선(神仙)이 되어 하늘과 자연의 섭리와 순리에 따르며 무위로 살아가게 됩니다.

"사람이 자연 속에서 신통력으로 도통을 하는 것은 위대하다."

신통력(神通力)은 여러 가지가 있고 특별히 하늘이 내려줍니다.

신통력은 먼저 천안통이 있고, '천안통'은 의식의 집중만하면 보이지 않는 것을 볼 수 있고, '천이통'은 들리지 않은 소리를 들을 수 있으니, 모든 존재물의 참 모습과 운(運)을 다 알아낼 수 있습니다.

'신족통'은 축지법을 쓰고 유체이탈을 할 수 있고, '타심통'은 상대를 꿰뚫어 볼 수 있고, '숙명통'은 먼 옛날의 과거도 볼 수 있고 또한 먼 훗날의 미래도 볼 수 있습니다.

'약신통'은 모든 질병을 알아낼 수 있고 또한 치유도 할 수 있고, '누진통'은 스스로 모든 번뇌를 떨칠 수 있습니다.

필자는 이것을 '7신통'이라 명칭을 합니다.

이제 도(道)의 7단계까지 올라서니 신선(神仙)처럼 살아갑니다.

요즈음 나의 모습은 꼭 신선(神仙)의 모습입니다.

머리칼은 길게 자라서 등허리까지 내려오고, 수염도 길게 자라서 앞가슴까지 내려오고, 다 헤진 누더기 옷에 눈빛만 신비하리만큼 빛을 내고 있습니다.

원시 자연인과 신선처럼의 기이한 모습을 하고, 그냥 그대로의 자연 속에서 자연과 함께 살면서 나 홀로 도(道)를 닦아 이제 독성(獨成)으로 나아갑니다.

옛날 옛적에 석가모니께서 독성으로 깨달음을 이룬 것처럼…….

이제 계절이 바뀌어 이곳 깊은 산(山)속에도 수확의 가을철입니다

요즈음은 우주자연의 섭리에 따라 새벽에 일찍 일어나고, 산꼭대기에

서 동쪽을 향하여 명상자세로 앉아 솟아오르는 찬란한 태양의 기운을 받는 '아침태양명상'을 매일처럼 하고 있습니다. 태양과 우주자연의 '생명에너지'를 듬뿍 받아들이고 나서 하루 일과를 시작합니다.

오늘은 망태기를 짊어지고 산열매를 따러갑니다.

오랜 세월 동안 나 홀로 천등산 깊고 높은 산속에 살면서 기도처를 중심으로 생활반경 이내의 산중턱 마당바위까지 산길을 만들어 놓았고, 모든 생활환경은 길을 잘 만들어 놓아야 합니다.

산꼭대기까지도 산길을 만들어 놓았고, 저쪽 작은 봉우리까지도 산길을 만들어 놓았습니다.

이곳 천등산은 한반도의 남쪽 땅 끝 전라남도 고흥(高興)에 위치하고 남해바다 해안가에 해발 555m 높이로 불쑥 솟아 있습니다.

한반도의 백두대간이 남쪽으로 뻗으면서 지리산 노고단에 기(氣)를 뭉치고, 한 줄기 기맥(氣脈)이 남쪽으로 흐르면서 송광사가 있는 조계산을 만들고, 더 남쪽으로 고흥반도까지 따라 내려오면서 남해바다 바닷물을 만나 용호(龍虎)가 합작으로 이곳 천등산(天登山)을 만들어놓으니 엄청난 기(氣)가 하늘로 솟구치고 있습니다.

천등산(天登山)이란 이름은 '하늘로 오르는 산'을 의미합니다.

필자는 이 책을 통하여 풍수지리학계와 모든 이들에게 지금까지 숨겨진 비밀 한 가지를 공개하고자 합니다.

이곳 천등산(天登山, 하늘로 오르는 산)의 바로 앞에는 또 하나의 높은 산인 유주산(榆朱山, 전라남도 고흥군 도화면 구암리 소재)이 남해 바다 해안가에 나란히 우뚝 솟아 있습니다.

그 유주산의 산꼭대기에는 축성 연대를 알 수 없는 높이 6m 가로 6m 세로 6m 정도의 커다란 돌탑이 납작한 자연 돌만 사용하여 정사각형 모양으로 신비하게 만들어져 있다는 것입니다.

이 고을에서는 이 돌탑을 한반도 중심선의 가장 남쪽에 위치한 봉화대라고 합니다. 하지만 필자가 신(神)들께 확인을 해보니 이 돌탑은 본래가 바다신(海神)들께 제사를 올리는 신단(神壇)이라고 합니다.

한반도 중심선의 남쪽 땅 끝 남해바다 해안가 높은 유주산에 우리나라에서 자연석으로 쌓아올린 가장 커다란 신단이 왜 고흥에 있을까?

우리나라에 하나뿐인 나로우주선 발사대가 왜 고흥에 생겼을까? 우리나라의 가장 아래쪽 땅 끝에 위치한 이곳의 지명이 왜 고흥(高興)일까? 등등 관심이 있는 분들은 천등산의 기(氣) 흐름과 유주산 꼭대기에 납작한 돌로 쌓아올린 엄청난 크기의 커다란 '666신단(神壇)'을 꼭 한 번 답사하여 직접 확인해보시길 바랍니다…….

가을철의 쾌청한 날씨에 경치도 구경할 겸 망태기를 짊어지고 천등산 산꼭대기로 올라갑니다.

천등산 산꼭대기에 올라와 사방을 한 바퀴 둘러봅니다.

산꼭대기 위에서 남쪽을 바라보니 유주산 너머로 망망대해의 남해바다와 다도해 해상국립공원이 보이고, 서쪽을 바라보니 녹동[도양]항구와 녹동－제주를 왕래하는 카페리호 큰 배가 보이고, 그리고 남서쪽 사이로 바다 위에 소록도와 거금도·금당도·시산도 등등의 섬들이 보이고 푸른 바다 위에 소록연륙교와 거금 연도교의 교각이 하늘높이 우뚝 솟아 보이고, 북쪽을 바라보니 고흥읍과 봉황산·말봉산이 보이고, 동쪽을 바라보니 산봉우리가 나란히 8개 솟아있는 팔영산과 고흥 나로우주 발사대 시설이 저 멀리 보입니다.

전라남도 고흥군 남해바다 다도해의 가장 큰 섬 거금도의 가장 높은 산봉우리 해발 590m '적대봉'과 녹동항구 앞의 국립 특수시설 관광지로 유명한 '소록도'와 '녹동활어시장' 그리고 '나로 우주발사대'는 우리나라의 유명한 관광명소이기도 합니다.

특히 전라남도 고흥군 금산면에 위치하고 있는 '적대봉'은 푸른파도가 넘실대는 남해바다위의 커다란 섬 거금도의 한 가운데에 해발 590m 높이이고, 산꼭대기에는 태백산 천제단처럼 높은 돌단을 쌓고 돌단위에 가슴높이로 돌담장을 쌓아놓았고, 돌단위에서 360도로 빙~둘러 푸른 바다를 마음껏 바라 볼 수 있습니다.

적대봉 등산길은 네 갈래가 있고, 누구나 가볍게 산을 오를 수 있으며, 산 아래 한가로운 시골 어촌에는 해산물이 풍부하고, 거금연도교 끝지점 전망대 아래의 금진항에서 출항하여 바다유람을 할 수 있는 '거북선 유람선 나로호'는 꼭 한 번 타볼만 합니다.

또한 녹동항구에서 제주항까지 사람과 자전거 및 자동차를 함께 태우고 매일 왕복으로 운항하고 있는 '남해카페리호'를 타고 육지에서 제주도 그리고 제주도에서 육지로의 여행은 시골과 바다를 함께 여행할 수 있고, 아름다운 추억과 함께 몸과 마음의 힐링이 되어줄 것이라 생각하면서 꼭 한 번 추천드리는 바입니다……

다도해 남해바다와 섬들의 경치가 너무나 아름답게 보입니다.

천등산 산꼭대기에서 사방을 한 바퀴 빙~ 둘러 경치를 구경하고, 저쪽 작은 봉우리로 향하면서 산길을 따라 걸어갑니다.

7년 동안의 오랜 세월을 이곳 산속에서 살다보니 능선과 골짜기의 지형을 손바닥 들여다보듯 구석구석까지 모두 알고 있습니다.

어디에 가면 무슨 열매가 있고 또 어디에 가면 무슨 약초가 있는지 모두 다 압니다.

저쪽 작은 봉우리를 향하여 산길을 따라가면서 지난해에 그곳 골짜기에서 산머루와 산다래 그리고 으름 열매를 많이 따와서 잘 먹었기 때문에 올해도 또 그쪽으로 갑니다.

칡넝쿨이 이리저리 얽혀있고 머루넝쿨과 으름넝쿨 그리고 다래넝쿨이 나뭇가지 사이에 얽혀 있습니다.

망태기에 작은 포도송이처럼 생긴 산머루 열매를 따서 담고, 작은 바나나처럼 생긴 으름 열매를 따서 담고, 산다래 열매도 따서 망태기에 담습니다. 산열매를 사나흘 먹을 만큼만 잘 익은 것으로 골라 따서 망태기에 담아 짊어지고 토굴로 돌아옵니다.

토굴로 돌아오는 길에 휘파람소리와 함께 나이가 200살이나 된다는 그 산신동자(山神童子)가 또 불쑥 나타납니다. 이번에는 선재동자와 요술동자 그리고 산속의 많은 요정들까지 따라 왔습니다.

"형아! 가르쳐 줄까? 말까?"

"동자야! 무슨 일인데 선택을 하라는 거냐?"

"형아가 사탕 사준다고 약속을 하면 또 한 가지 중요한 것을 가르쳐줄 텐데."

"그래, 사탕 사줄 테니 말을 해 보거라!"

(어린아이 동자는 사탕을 좋아하고 어른 신(神)은 술과 고기를 좋아하며, 모든 신령님은 떡·과일 그리고 생화(生花) 꽃을 좋아합니다. 그리고 신과의 약속은 반드시 지켜야 합니다.)

"형아! 약속을 했으니 이쪽으로 따라와 봐!"

동자들과 요정들이 나를 따라오라고 하더니 저만치 보이는 숲속의 작은 바위 쪽으로 데리고 갑니다. 앞서 걸어가고 있는 산신동자가 바위아래에서 멈춰 서더니 또 말을 건네옵니다.

"형아! 이 근처에 보물이 있는데 그것이 뭐~게?"

"동자야! 사탕을 사준다고 약속했으니 그냥 가르쳐 주거라."

"형아! 보물이 있는 장소까지 왔으니 뚝딱 점(占)을 쳐봐."

산신동자가 자꾸 보물이 있다고 해서 나는 의식을 집중하여 신통술로 신안(神眼)을 열고 주위를 살펴봅니다.

서서히 신통술 신안(神眼)으로 주위를 살펴보니 양지 바른 곳에 산삼(山蔘)이 보입니다.

의식의 집중을 풀고 산신동자한테 보물을 찾았노라고 말을 합니다.

"동자야! 그 보물이라는 것이 산삼이 맞지?"

"형아! 산신할아버지께서 오늘 일러주라고 해서 가르쳐준 거야."

"동자야! 항상 고맙구나."

"형아! 사탕 사준다는 약속은 꼭 지켜야 해!"

할 말이 끝나자 산신동자는 함께 온 선재동자와 요술동자 그리고 많은 요정들을 데리고 순간 뿅 ~ 하고 사라집니다.

조금 전에 신안으로 보았던 지점에서 빨간 열매가 달려있는 산삼을 발견합니다. 주위를 자세히 둘러보니 5그루나 자라고 있습니다.

그 중에서 가장 큰 것으로 하나만 조심스레 캐어 산열매가 담겨있는 망태기에 함께 넣고 토굴로 돌아옵니다.

이곳 깊은 산속에는 나 혼자만 오랜 세월 동안 살고 있고 또한 산삼이 있는 곳의 위치도 나 혼자만 알고 있으니, 가끔 필요할 때 하나씩 캐먹기로 하고 나머지 4그루는 그냥 그대로 놔둡니다.

나는 이곳 천등산에서 지금까지 20여 뿌리 야생으로 자란 산삼을 캐먹었고 산더덕·잔대 등을 많이 캐 먹었습니다.

가끔씩 산신동자가 불쑥 나타나서 산삼이 있는 곳을 가르쳐 줍니다. 또한 식물도감과 동의보감에도 없는 약초를 가르쳐 주고, 생약초 사용법도 가르쳐 줍니다. 모든 것이 언젠가는 필요할 테니 나는 신(神)들이 가르쳐준 것들을 모두 기록을 하면서 잘 배워 둡니다.

가을철의 산은 온갖 산열매가 무르익으니 먹을 것이 풍성합니다.

옹달샘이 있는 토굴 주위의 산 아래쪽 숲속에는 자생하고 있는 밤나무가 많습니다. 밤알을 따러 나무에 올라가지 않아도 익으면 밤송이가 저절로 벌어지면서 잘 익은 알밤이 땅에 떨어지니 그냥 주워오기만 하면 됩니다.

낙엽 사이에 숨어버린 알밤은 다람쥐와 산동물들 몫으로 내버려두고, 눈에 보이는 것만 주어와도 충분히 먹고도 남습니다.

나는 산속에서 도를 닦으며, 생식(生食)을 하기 때문에 요즘처럼 가을철에는 산속에 있는 온갖 산열매로 늘 끼니를 해결하고 있습니다.

가을철의 산은 온갖 열매가 풍성하고 온갖 단풍이 울긋불긋하니 몸도 마음도 여유롭고 풍족함을 느낍니다.

우리의 삶이 가을철의 산(山)만 같으면 좋으련만 하고 작은 소망을 가져 봅니다.

소박한 작은 소망을…….

제14장
천상세계 하늘나라의 옥황선녀를 만나다

깊은 산(山)속에서 신선과 선녀의 만남이?!······.

입산수도(入山修道) 7년째의 봄과 여름 동안은 내내 부적도술을 배우면서 첩첩산중 깊고 높은 천등산(天登山) 산속에서 나 홀로 도(道)를 닦고 있습니다.

머리칼은 길게 자라서 등허리까지 내려오고, 수염도 길게 자라서 앞가슴까지 내려오고, 다 헤진 누더기 옷에 눈빛만 신비하리만큼 빛을 내고 있습니다.

원시 자연인 같은 모습을 하고 그냥 그대로의 자연 속에서 무위자연법(無爲自然法)으로 자연과 함께 더불어 살면서 나 홀로 도(道)를 닦아 이제 독성(獨成)으로 나아갑니다.

이제 도(道)의 9단계까지 올라서니 신선(神仙)처럼 살아갑니다.

도(道)의 9단계까지 오르니, 눈을 감고 있어도 무엇이든 볼 수 있고, 의식의 집중만으로 시간과 공간을 초월해서 멀고 먼 옛날 일이나 또는 미래 앞날의 일도 다 알 수 있습니다.

의문을 가지면 곧바로 스스로 답을 다 알 수 있는 엄청난 지혜의 혜안(慧眼)과 신안(神眼)이 열리게 되었습니다.

훤히 밝은 대낮에 신(神)들의 모습이 그냥 보이고, 아무 때나 필요 의지에 따라 신(神)들과 대화를 나누기도 합니다.

혹시, 독자분 중에는 영매 역할로 무녀(巫女)가 신점(神占)을 치거나 조상굿을 할 때 '신(神)들림' 상태가 되어 행동과 목소리가 바뀌고, 때로는 눈으로 본 것처럼 맞추기도 하는 모습을 목격한 사람이 있을 것입니다. 이처럼 신(神)들림의 영매적 신통력이든 또는 산(山)속에서 도(道)를 닦은 도사(道士)의 신통력이든 특별한 사람은 직접 신(神)을 볼 수 있습니다.

그러나 자기 자신의 '자유의지'에 따라 도력(道力)으로 신(神)을 다스릴 수 있느냐, 또는 다스리지 못하고 오히려 구속이 되느냐 하는 엄청난 능력의 차이가 있을 뿐입니다.

무녀(巫女)들은 대체로 신(神)들로부터 자유롭지 못하지만, 도사(道士)들은 신(神)들로부터 자유롭고 또한 신(神)을 부릴 수도 있게 됩니다.

나는 이제 도(道)의 9단계까지 오르니, 어느 정도 신(神)을 다스릴 줄 알게 되고 귀신(鬼神)을 마음대로 처리할 줄 알게 되었습니다.

나는 지금 첩첩산중 천등산(天登山) 깊고 높은 산(山)속에서 '초월자유인'의 모습으로 나 홀로 도(道)를 닦고 살아갑니다.

오늘은 한창 여름철의 날씨가 너무나 무더워 토굴 밖 나무그늘 아래서 웃통을 벗은 채 돌탑과 돌 제단을 향해 가부좌로 앉아 잠시 쉬고 있습니다.

초목이 우거진 숲 속에서는 매미가 맴맴맴~ 노래를 부르고 산새들도 노래를 부릅니다.

옹달샘도 물이 넘쳐흐르면서 졸졸졸~ 노래를 부르고, 나뭇가지도 노래를 부르고, 풀 잎사귀도 노래를 부르고, 하늘에 흘러가는 흰 구름도 노래를 부르고, 대지도 노래를 부르고, 우주 만물이 모두 노래를 부릅니다. 들리지 않는 소리까지 들을 줄 알게 되고, 보이지 않는 모습까지 볼 줄 알게 되니 모든 우주만물이 신기하고 경이로울 뿐입니다.

나는 지금 신안(神眼)과 영안(靈眼) 그리고 혜안(慧眼)과 도안(道眼)이 열린 눈과 귀로 우주 자연을 보면서 또한 우주 자연의 교향곡을 들으면서 지극히 평안한 마음으로 나무 그늘에 앉아 잠시 쉬고 있습니다.

깊고 높은 산(山)속에 신선(神仙)처럼 앉아있습니다.

이제 휴식을 취했으니 명상에 들어가려고 지그시 눈을 감으려고 하는 찰나, 신기한 일이 벌어집니다.

하도 신기하고 놀라운 일들이 늘 일어나기 때문에 웬만한 일은 상관치도 않건만 지금 이 상황은 그냥 넘길 일이 아닙니다.

날씨가 너무 무덥고 나 홀로 깊고 높은 산(山)속에 있기 때문에 웃통을 벗은 채로 나무 그늘 아래서 가부좌로 앉아 이제 막 명상에 들려고 하는데 난데없이 하늘에서 천상의 아름다운 음악 소리가 들려옵니다.

나는 눈을 감으려다 말고 고개를 들어 하늘을 올려다봅니다.

하늘에서 아름다운 천상의 음악 소리와 함께 일곱 색깔 무지개가 내가 앉아있는 곳을 향해 쫙~ 내리 뻗어옵니다.

그러더니 내 옆의 옹달샘으로 쑥 들어갑니다.

비도 오지 않는 햇빛이 쨍쨍한 날씨에 일곱 색깔 무지개가 생기는 것입니다.

내 옆의 옹달샘과 하늘 사이에 무지개다리가 생겼습니다.

산(山)속 생활 7년 동안에 이렇게도 아름다운 무지개는 난생 처음 봅니다.

천상의 음악 소리와 무지개의 황홀경에 빠지면서도 이번에는 또 무슨 일이 벌어지려나!? 하고 생각합니다.

나는 지금 멀쩡한 눈과 귀로 황홀경에 있습니다.

천상음악을 들으면서 조금을 기다리니, 하늘에서 조그마한 여자아이가 무지개를 타고 스르르~ 내려옵니다.

사람의 나이로 치면 7살쯤 되어 보이는 여자아이의 모습은 머리칼은 머리 위 양쪽 모서리에 방울처럼 둘둘 말아서 묶고, 옷차림새는 얇게 하늘거리고, 손에는 예쁜 부채를 하나 들고 있습니다.

초롱초롱한 눈으로 인사를 하면서 사뿐히 내 앞에 내려섭니다.

나는 하늘에서 무지개를 타고 내려온 예쁜 여자아이 선녀(仙女)에게 먼저 물어봅니다.

"하늘 무지개를 타고 내려온 너는 누구냐?"

"하늘나라의 천상선녀(天上仙女)야."

"무슨 연유로 이곳에 내려왔느냐?"

"옥황선녀님 심부름으로 내려왔어."

"무슨 심부름이냐?"

"옥황선녀님이 곧 내려온다고 먼저 내려가서 전해 달랬어."

"옥황선녀가 이곳에 내려온다고?!"

나는 하늘나라 천상 높은 곳 옥경궁의 옥황선녀(玉皇仙女)가 이곳 천등산에 내려온다는 기별을 전해 듣고는 우선 경계의 의심부터합니다.

남자 홀로 살고 있는 첩첩산중에 하늘나라의 옥황선녀가 내려온다기에 하늘나라의 옥황선녀도 여자인데 혹시, 또 나를 시험해보려고 하늘 신령계에서 모사를 꾸미는 것은 아닐까?

"아무리 옥황선녀를 내세워 미인계를 써도 어림도 없지, 어디 한 번 올 테면 와봐라!"

조금을 기다리니 하늘에서 더 크고 더 아름다운 천상의 음악 소리가 들려옵니다.

하늘에서 7명의 칠 선녀가 일곱 색깔 무지개를 타고 스르르~ 하늘~ 하늘~ 내려옵니다.

여러 명의 선녀들을 거느리고 하늘나라 천상 옥경궁의 우두머리 옥황선녀가 앞장을 서서 이곳 천등산으로 내려옵니다.

눈이 부실 정도로 예쁜 하늘 천상의 옥황선녀가 내려옵니다.

깊은 산(山)속 옹달샘 옆의 나무 그늘 아래 웃통을 벗은 채로 신선(神仙)처럼 가부좌로 앉아있는 내 앞에 옥황선녀와 선녀들이 사뿐히 내려섭니다.

너무 너무나 아름답고 예쁜 옥황선녀가 내 앞에 서 있습니다.

옥황선녀의 모습은 사람의 나이로 치면 24살쯤의 성숙한 여인의 모습으로 머리칼의 일부는 생머리로 길게 늘어뜨리고, 일부는 위로 올려서 두 개의 커다란 둥근 고리모양을 하고, 능수버들처럼 가냘픈 허리에 관능미가 넘치고, 옷차림새는 얇게 하늘거립니다.

옥황선녀는 한 손에는 부채를 또 다른 손에는 여의봉을 들고 너무나도 맑고 예쁜 눈으로 미소를 지으며 먼저 인사를 해옵니다.

"장군님! 소녀 인사드리옵니다."

나는 잠시 의아해하며 당황을 합니다.

나를 전생의 신분이었던 '장군'이라 부르고, 자기를 소녀라 말하는 선녀 중의 우두머리격인 옥황선녀이기에 당황할 수밖에 없습니다. 진짜 옥황선녀인지? 아니면 꼬리가 아홉 개 달린 천년 묵은 구미호 불여우인지? 모를 일입니다. 그리고 함께 따라온 저 선녀들은 떼거리로 몰려다니면서 남자의 혼을 빼버리는 불여우들인지도 모르기 때문에 구분의 확신이 설 때까지 나는 단단히 경계를 합니다.

나는 마지막 단계의 시험에 걸려들지 않기 위해 바늘구멍의 틈이라도 경계하면서 시치미를 떼고 대꾸를 합니다.

"그대는 누구신데 자기를 소녀라 하고 나를 장군이라 부르시는가?"

"장군님! 소녀를 몰라보시는지요?"

"소녀는 옥황선녀이옵고, 장군님은 전생에 제석궁의 칠성장군님이셨으며, 소녀의 낭군님이셨습니다."

나는 내 앞에 서 있는 여인이 너무 너무나 예쁘고 상냥하여 도대체 이 여인이 천년 묵은 구미호 불여우인지? 아니면 진짜 옥황선녀인지?를 확인하기 위해 계속 시치미를 잡아떼면서 대꾸를 합니다.

"그것은 전생(前生) 때의 일들인데 이 상황에서 어쩌란 말이오?"

"장군님의 공부가 거의 완성되어 간다고 하여 너무도 보고 싶어 하늘의 규칙을 어기고 잠시 내려왔사옵니다."

"나는 그대가 진짜 옥황선녀인지? 아니면 천년 묵은 구미호 불여우인지? 그것부터 먼저 알아야겠소."

나는 이 상황에서 초월명상으로 들어갈 수는 없기 때문에 나의 전생영혼인 큰칼 든 장군을 불러내어 물어봅니다.

나의 분신 큰칼 든 장군은 '진짜 옥황선녀가 맞다'고 대답을 해주면서 옥황선녀에게로 다가가더니 뜨거운 포옹을 하는 것입니다.

곁에 있던 산신령님과 동자도 '진짜 옥황선녀가 맞다'고 가르쳐줍니다.

나는 '진짜 옥황선녀가 맞는가보다'라고 판단을 내리지만, 혹시 신(神)들의 마지막 시험일지도 모르니 조심은 해야지 하면서 경계를 풀지는 않습니다.

옥황선녀가 다시금 내게로 말을 건네옵니다.

"장군님! 소녀도 인간으로 환생하여 장군님과 다시 만나고 싶사옵니다."

"그대는 내 공부를 방해 말고 어서 돌아가도록 하시오!"

"아니 되옵니다. 소녀는 장군님께서 인간계로 내려오신 이후로 지금까지 오랜 세월을 기다려왔사옵니다."

"그대가 하늘나라에서 전생에 내 낭자였다고 하여도 지금 그대는 신(神)이고, 나는 사람이니 신(神)과 사람의 사랑은 이루어질 수 없는 법이오. 그러하니 그냥 돌아가도록 하시오!"

"장군님! 신(神)과 사람의 사랑은 이루어질 수 없사오나, 우리의 사람은 이루어질 수 있사옵니다."

"어떻게 이루어질 수 있다는 말이오?"

"장군님이 사람으로 환생하셨으니 소녀도 사람으로 환생하면 되옵니다."

"그대가 지금 사람으로 환생하여 성숙한 여인이 될 때쯤이면 나는 이미 할아버지가 될 텐데 그것은 안 되는 말이오."

"장군님! 어린 아기 사람으로 직접 태어나지 않고 성숙한 예쁜 여자를 골라 몸만 빌려서 환생을 하면 되옵니다."

"그렇다면, 여자 무녀(巫女)의 몸을 빌려서 나를 다시 만나겠다는 생각이시구먼?"

"그렇사옵니다. 장군님께서 이곳 천등산에서 도(道)를 다 닦고 하산(下山)을 하시게 될 것이옵니다. 하산을 하고 그로부터 1년이 되면 지금의 소녀모습을 쌍둥이처럼 꼭 빼닮은 예쁜 처녀를 서울에서 만나게 될 것이옵니다. 그때에 그 처녀를 거두어 주시면 되옵니다. 꼭 그렇게 해주셔야 하옵니다!……."

옥황선녀는 내 눈에 도장이라도 찍듯 자기 모습을 자세히 보여주고 하산(下山) 1년 후에 서울에서 꼭 만날 것을 일방적으로 알려주고는 다시 선녀들을 거느리고 하늘 무지개를 타고 하늘로 올라갑니다.

옥황선녀와 선녀들이 하늘 높이 올라가자 하늘 무지개는 땅에서부터 서서히 사라져버립니다.

나는 산(山)속의 옹달샘 옆 나무 그늘 아래에 그대로 가부좌로 앉아 옥황선녀가 사라져버린 하늘을 올려다보며 이렇게 중얼거립니다.

"천년동안의 인연법이 있으니 훗날에 또 만나겠지……."

전생(前生)의 업(業)과 인연 따라 만나고 헤어질지라도 또다시 현생에서 짝으로 만난 인연은 너무나도 소중한 것입니다.

모든 사람은 자기의 짝으로 만난 배우자 또는 애인과 연인에게는 사랑과 경제적으로 정말 잘 해주길 진심으로 당부드립니다.

소중한 인연으로 만났기에 이기적인 자기 주장만을 내세우기 전에 짝으로서의 '의무'에 더욱 충실하고, 함께하는 세월과 시간이 끝날 때까지 서로 의리와 신뢰를 지키면서 지극한 사랑으로 행복하게 잘 살아가길 진심으로 당부드립니다.

그러나 인연이 끝나서 어쩔 수 없이 헤어진 짝에게는 헤어지게 된 연유가 무엇이었던 간에 절대로 미운 마음 또는 원한 마음을 갖지 말고 또한 악담의 말도 하지 말고, 뒤돌아보지도 말고, 반드시 성공출세하고 부자가 되어 헤어질 때보다 더욱 잘 살아가길 또한 당부드립니다.

지나가버린 과거보다 앞으로의 삶이 더욱 중요하기 때문에…….

제15장
방편도술로 깊은 산(山)속 옹달샘을 보호한다

계절이 또 바뀌어 산(山) 기도 생활 8년째입니다.

처음 입산(入山)할 때 산신령님께서 산(山) 기도 기간을 10년 정도라고 말씀하시더니 8년 전에 해주시던 그 말씀이 주변 환경변화를 볼 때 적중할 것 같습니다.

미래운명은 수십 년 전에 또는 수백 년 전에 또는 수천년 전에 이미 모두 예정되어서 '예정된 운명의 프로그램'대로 진행되고 있다는 신령님의 가르침이 점점 더 신뢰가 갑니다.

지금까지 신령님의 가르침은 모두 다 들어맞고 있습니다.

나는 신령님의 가르침에 따라 천기(天氣)를 공부하면서 모든 존재물의 생긴 모양과 이름에 따른 기운(氣運)작용을 배웠습니다.

내가 산(山) 기도공부를 하고 있는 이곳 천등산(天登山)의 이름을 풀이하면 '하늘로 오르는 산'이란 좋은 의미와 기운을 나타내고 있습니다.

이처럼 이름에는 그 이름에 따른 기운이 형성되고 또한 운명으로 정확히 작용한다는 것입니다.

그렇기 때문에 기업·회사·빌딩·상품·가게 등등의 이름을 짓는 '상호작명'과 사람의 이름을 짓는 '성명작명'은 가장 중요하다고 생각합니다.

이름은 처음 지을 때 정말로 잘 지어야 하고, 잘 지은 이름은 평생 동안의 기운(氣運)을 좋게 만들어갑니다.

사용하고 있는 이름이 나빠서 운(運)이 안 좋을 경우에는 반드시 '개운법(開運法)'으로 즉시 '개명(改名)'을 해주어 좋은 이름으로 바꾸어줘야 합니다.

요즈음은 개명과 개명신고가 잘되고 있습니다.

모든 이름은 처음 지을 때에 잘 짓는 것이 중요하고, 별명·아호·예명·세례명·법명 등등 함께 불러주는 이름도 정말로 중요합니다.

특히, 장사재수운과 직결된 가게이름 '상호'는 아주 중요하고, 인기운과 직결된 연예인의 '예명'은 정말로 중요하니 반드시 잘 지어야 합니다.

(필자는 그동안 수많은 사람들의 운명감정을 해주면서 수많은 상호와 가게이름 그리고 사람들의 이름을 지어주었고, 그리고 유명 예술인과 연예인 신〇진, 김〇수, 김〇아, 김〇희, 박〇진, 이〇연, 이〇희, 송〇아, 전〇연, 최〇지, 고〇라 등등 수많은 유명인들의 '예명'을 지어주었으며, 영화배우 손예진의 예명도 직접 지어주면서 당시 매니지먼트회사에게 최고 유명 연예인이 될 것이니 잘 키우라고 정확한 예언까지 해주었음을 증명합니다.)

이처럼 이름을 잘 짓는 '작명'은 운(運)과 직결되기 때문에 정말로 중요합니다.

유명한 상품 또는 상호나 유명한 사람, 유명한 지명 등등의 이름을 분석해보면 신비하리만큼 정확함을 알 수 있습니다.

특히, 오래된 옛 지명은 이미 그 이름에 따른 기운이 계속해왔기 때문에 나는 이곳 천등산(天登山)에서 최고의 득도와 해탈을 이루고 반드시 하늘로 오르게 될 것입니다.

지금 이 글을 읽고 있는 독자분 중에 혹시 도(道)를 공부하는 사람이나, 신(神)을 공부하는 사람이나, 신(神)을 대상으로 깊은 신앙생활을 하고 있는 종교인들은 이 책의 이야기 현장이고 또한 필자가 산(山) 기도 공부를 한 대한민국 한반도 남쪽 땅 끝 전라남도 고흥군에 위치하고 있는 천등산(天登山) 답사를 꼭 한 번 해보시길 진심으로 권유합니다.

고흥반도의 남쪽 남해안에 위치하고 있는 천등산(天登山)은 고흥군의 도화면·풍양면·포두면 등등 3개 면으로 나뉘어져 있고 산꼭대기가 그 분기점이 되고 있습니다.

그런데 이곳 천등산(天登山)이 산불예방과 철쭉꽃 관광 및 등산로 개발이란 명분으로 도화면 신호리 탑사골과 풍양면 사동리 뱀사골 사이에 자동차가 통행할 수 있는 임도 산길이 뚫리고 있습니다. 현재는 공사를 하고 있는 모습이 직접 눈의 시야에는 보이지 않지만, 앞쪽 산골짜기 저 멀리 능선 너머 아래편과 뒤쪽 산 고개 너머 저 멀리 반대쪽 아래편의 양쪽 끝에서부터 중장비들에 의해 나무들이 베이고 땅이 파헤쳐지는 모습들이 신안(神眼)으로 다 보입니다.

이로 인해 이곳 천등산(天登山) 산신령님께서 엄청 진노하고 계십니다.

나무들도 쓰러지면서 비명소리를 지릅니다.

산짐승들이 자기들의 생활터전을 침범한다고 시위를 합니다. 온갖 생물들이 일방적인 파괴의 괴력에 총궐기로 저항을 합니다.

그렇지만 사람들은 이를 보지 못하고 듣지를 못하고 있습니다.

나는 너무나도 안타까움을 느끼고 있습니다.

이곳 천등산(天登山)도 다른 지역의 관광지 산(山)들처럼 개발바람이란 못된 바람이 불어 닥쳐 개발계획의 예정된 운명에 따라 자연훼손이 진행되고 있습니다.

천등산 임도 산길을 뚫는 공사가 여러 달을 지나니, 이제 저 멀리 산골짜기 아래편에서 공사하는 모습이 시야에 보이기 시작합니다.

산신령님께서 나에게 잠시 산 아래편 공사현장에 내려가 기왕에 공사가 진행 중이니 산길의 방향이라도 다른 쪽으로 설계변경을 요구하라고 하십니다.

나는 산신령님께서 시키시는 대로 산 아래편 공사현장까지 내려갑니다.

한창 임도 산길을 뚫는 작업을 진행 중인 공사현장 사람들은 인적이 없는 깊은 산속에서 원시인처럼 모습을 하고 나타난 내 모습을 보고는 기겁을 하고 작업을 모두 멈추는 것입니다.

나는 공사현장 책임자에게 나의 신분을 밝히고, 임도 산길의 설계도면과 설명을 부탁하니 산신령님의 말씀대로 임도 산길이 옹달샘을 관통해서 산고개를 너어가게 되어 있음을 확인합니다.

공사현장 책임지에게 산신령님의 말씀을 전달하면서 설계변경을 요구하니 이미 결정이 되어 공사가 진행 중이기 때문에 설계변경은 불가능하다고 합니다.

나는 산신령님의 진노와 옹달샘이 훼손되어 없어지게 되는 것을 어떻게든 해결하려고 궁리를 하면서 이런저런 얘기를 꺼내며 지혜를 발휘합니다.

'즉석에서 기적을 보여주면 관계기관과 공사시행자에게 보고가 들어가게 되고 또한 중간 설계변경도 가능하겠지'라고 생각을 하면서 공사현장 책임자와 공사진행 앞날의 사고발생을 정확히 점(占)을 쳐줍니다.

"내가 사람의 운명을 좀 볼 줄 아는데 한마디해도 되겠습니까?"

"예, 말씀해 보시지요!"

"공사현장 책임자 당신의 얼굴을 보니, 당신 아버지는 술병으로 죽었고,

재산은 별로 없고, 당신도 지금 술병에 걸려있구먼. 혹시 맞습니까?"

"예! 맞습니다요, 그러면 앞으로 어떻게 살아야 잘 살겠습니까?"

"당신의 얼굴 관상만으로 간단히 운명을 볼 때 현재하고 있는 기술자 직업이 가장 적합하고, 당신의 수명은 59세까지이고 결국 술병으로 죽게 될 것입니다. 아버지가 술병으로 죽었고 당신도 술병으로 죽으면 당신 아들도 술병으로 죽게 될 것입니다. 당신의 운명은 그렇게 되어 있기 때문에 당장 생명보험에 가입을 해두고 술을 끊고 마음공부를 하면서 선행을 베풀어야 합니다. 그렇게 할 수 있겠습니까?"

"예! 그렇게 하겠습니다. 그러나 술을 워낙 좋아해서 알코올중독까지 되면서도 끊지를 못하고 있으니 어떻게 하면 되는지요?"

"그것은 술병으로 죽은 당신 아버지의 핏줄내림현상으로 핏줄동기감응 작용으로 나타나기 때문이니, 당신 자신이 강한 의지로 당장 술을 끊든지 또는 술병으로 죽은 당신 아버지 혼령을 해원천도와 영혼치료를 동시에 해주든지 양자택일을 꼭 해야 해결이 될 것입니다. 자기 자신과 자식을 위한다면 나쁜핏줄운내림현상은 반드시 해결을 해야 할 것입니다."

"예! 잘 알았습니다. 꼭 그렇게 하겠습니다."

공사현장 책임자와의 얘기를 듣고 있던 건설 중장비 포클레인 기사가 곁에서 간단하게 자기 운명도 좀 봐달라고 부탁을 해옵니다.

나는 포클레인 기사의 나이만 물어보고 신안(神眼)으로 그 사람의 얼굴을 보면서 아주 짤막하게 점(占)을 쳐줍니다.

"포클레인 기사 당신의 얼굴을 보니 당신은 전생업살 때문에 성질과 성격이 너무 강하여 인간 덕이 없고, 토목공사하러 다니면서 죽은 이들의 묘와 땅을 함부로 마구 파헤쳐서 동토살을 맞아 3년 전에 외동아들이 죽고 부인은 집 나가버렸구먼. 혹시 맞습니까?"

"예! 딱 맞습니다요. 그럼 앞으로 제 인생은 어떻게 되겠습니까?"

나는 포클레인 기사의 이름을 한 번 물어보고 신안(神眼)으로 그 사람의 얼굴을 보면서 또 답을 해줍니다.

"당신의 운명은 앞으로 혼자 독신으로 살게 되고, 수명은 68세까지이며, 욕심과 재물운은 가지고 태어나서 집문서를 3개씩이나 소유하게 되지만, 외롭고 쓸쓸한 죽음을 맞이하게 될 것입니다."

"앞날의 운명이 그렇게 되어 있다면 어떻게 하면 좋은지요?"

"당신은 전생업살 때문에 외로이 혼자가 되고 또한 성질과 성격이 강해서 그렇다고 했으니, 당장 성질머리부터 고치고 항상 동토살을 조심하고 반드시 업장소멸을 꼭 해야 할 것입니다."

"전생업살이 그렇게도 무서운 것입니까?"

"전생업살을 타고난 사람은 현생을 마칠 때까지 평생 동안 업살작용 때문에 고통과 고생을 당하게 되니 정말 무서운 것입니다. 이것이 바로 인과응보의 정확한 법칙인 바, 반드시 업(業)과 살(殺)을 풀어주고 당장 성질머리를 고치고 선행을 베풀어야 할 것입니다."

"예! 잘 알았습니다. 꼭 그렇게 하겠습니다."

나는 그 자리에서 즉석으로 공사현장 사람들의 운명을 짤막하게 봐주면서 포클레인의 포크 삽에 검은 혼령 군웅(軍雄)이 붉은 피를 흘리고 앉아 있는 모습을 신안(神眼)으로 보면서 우락부락하게 생긴 포클레인 운전기사에게 조심하라는 경고를 해줍니다. 그러면서 공사현장 책임자에게 결정적 쐐기를 박는 신수점(占)을 쳐줍니다.

"오늘로부터 3일 훗날 사시경에 포클레인이 뒤집히고 운전하던 기사는 몸을 크게 다치는 부상을 당하게 될 것입니다. 지금까지의 내 점(占)이 맞고 또한 3일 후의 사고발생 예언이 맞거든 당장 공사를 중지하고 관계기관과 공사시행자에게 그대로 보고를 해서 설계변경을 하도록 하십시요!"
라는 말을 남기고 다시 산(山)을 올라옵니다.

그로부터 3일 후가 되었습니다.

산신령님께서 다시 산(山) 아래편의 공사현장에 내려가 보라고 하십니다.

나는 신안(神眼)을 열고 산 아래편을 우선 살펴봅니다.

미리 앞날의 점(占)을 쳐주었던 그대로 사고가 발생했습니다.

나는 산(山) 아래편의 공사현장으로 다시 내려갑니다.

공사는 중지되었고 양복차림의 사람들이 서너 명 와있습니다.

공사현장 책임자가 나를 보자마자 허겁지겁 뛰어오더니 급하게 말을 합니다.

"도사님이 예언을 해 주신 대로 중장비 포클레인이 큰 사고가 나서 운전자는 몸을 크게 다쳐 고흥병원으로 급하게 후송되었습니다. 그래서 모든 상황보고와 함께 공사시행이 군청이기 때문에 군수님께서 직접 현장조사를 나오셨습니다."

나는 군수님과 인사를 나누고나서 확실한 믿음을 확인시켜 주고자 즉석에서 군수님의 운명을 한마디 말해줍니다.

"군수님의 얼굴을 보니, 당신의 전생은 학자선비였고 또한 조상님 중에 관직을 지낸 분이 있으니 관록을 타먹는 공직이 잘 맞고, 고흥군 최초로 3선까지 군수를 해먹을 것입니다. 3선 군수직이니 계속 출마하시고, 천기누설은 함구를 꼭 당부합니다."

군수님은 내 손을 덥석 잡더니 눈빛을 내면서 말을 합니다.

"도사님 말씀이 족집게처럼 꼭 맞습니다. 금번 지자체장에 또 출마를 하면 틀림없이 당선이 되겠습니까?"

"틀림없이 당선이 됩니다."

"도사님! 무엇이든 말씀을 해주십시요. 도사님의 청원은 다 들어드리겠습니다."

"천기의 비밀은 운때까지 또는 목적과 목표를 이룰 때까지 반드시 감추어 비밀을 유지해야 합니다. 당신에게 가르쳐준 당신의 미래운(運)은 당신 혼자만 알고 있어야 하며 철저한 준비와 대비를 잘 해야 합니다. 그렇게 할 수 있겠습니까?"

"예! 꼭 그렇게 하겠습니다."

그러자 군수님을 따라온 수행원들이 자기들의 운명도 한마디씩만 간단히 봐달라고 부탁을 해옵니다.

나는 이렇게 만나는 것도 인연법이거늘 하고 생각하면서 신안(神眼)으로 얼굴 관상을 보면서 한마디씩만 간단히 그들의 '타고난 운명'을 가르쳐줍니다.

그들은 나의 점(占)치는 능력을 지켜보면서 계속 감탄을 하고 또 감탄을 합니다.

나의 점(占)치는 능력에 감탄을 하고 있는 그들을 보면서 나는 객관적인 나의 신통력을 체크하고 확인하면서 다시금 삶의 보람을 느낍니다.

나는 오랜 세월만에 사람으로서의 보람을 느껴봅니다.

그리고 그 후, 천등산(天登山)의 자동차 임도 산길은 산 능선과 산골짜기를 구불구불하게 휘감아서 옹달샘 옆 작은 능선 저쪽 편으로 약 100m 거리를 두고 지나가게 되었습니다.

이로써 천년 동안 유지되어온 천등산(天登山) 산속의 옹달샘을 지키게 된 것입니다.

천등산의 운명 속에는 이곳 옹달샘이 훼손되어지게 되어 있었습니다. 그러나 나쁜 쪽으로의 운명을 미리 알고 설계변경과 공사변경을 하도록 하여 옹달샘을 지키게 된 것입니다.

우리 사람들의 운명과 인생도 마찬가지입니다.

예를 들면, 활시위를 떠난 화살은 쏘는 방향으로의 운명을 진행하면서 분명히 공중을 계속 날아가게 됩니다. 그러나 공중을 날아가고 있는 그 화살에 정확하게 어떤 힘을 작용시키면 화살의 진행방향을 바뀌게 할 수 있다는 것입니다.

이처럼 사람의 운명은 분명히 예정되어 있지만 또한 바꿀 수도 있습니다.

운명을 좋은 쪽으로 바꾸려면 자기의 운명과 운(運)을 미리 정확히 알아내야 합니다.

자기의 타고난 운명과 운(運)을 '운명감정'을 통하여 미리 알아내어 앞날에 대한 준비와 대비를 잘 해내는 사람만이 성공·출세·부자가 될 수 있고 그리고 행복하게 살아갈 수 있다는 것을 분명히 가르쳐드리는 바입니다.

이 글들은 모두 사실이고 진실이며 또한 진리입니다.

필자는 이 책에 사실과 진실 그리고 진리만을 이야기 형식으로 기록하면서 진심 어린 마음으로 많은 사람들에게 '지혜의 가르침'을 주고자 합니다.

지금 필자의 이러한 글들을 읽고 있는 독자분은 정말 행운을 만난 것이고 또한 필자와 직접 만나게 되면 더욱 크고 더욱 값진 행운을 만나게 될 것입니다.

이 글들은 진실임을 거듭 밝혀드리는 바입니다.

제16장
우리민족 동포들에게 간절히 호소를 한다

진실한 소망은 꼭 이루어진다…….

계절이 바뀌고 다시 봄이 되니 도 닦는 공부가 9년째로 접어듭니다.

천등산 탑사골 깊고 높은 산(山)속에서 나 홀로 도(道)를 닦으며 무위자연법으로 살아가고 있습니다.

신선(神仙)처럼 우주자연의 생명에너지 생기(生氣)를 먹고 살아가니 하루 이틀에 한 끼니만 생식(生食)을 하고도 잘 살아갑니다.

생식으로 한 끼니 먹고 한 번 명상에 들면 하루 이틀 동안 그대로 삼매경(三昧境)에 빠져 신통술초월명상에 들어 있기도 합니다.

요즘은 생시와 꿈속 그리고 평상시와 명상의 구분이 없고 또한 좌선(坐禪)과 행선(行禪)의 구분도 없어졌습니다.

행·주·좌·와를 구별하지 않으니 평등심과 평상심이 선정으로 하루하루가 지극히 안정이 잘되어 있습니다.

또한 단순하고 간소하게 살면서 하늘의 섭리와 순리에 따르고 도리를 잘 따르면서 이쪽과 저쪽, 선과 악, 사랑과 미움, 승리와 패배 등등 분별심과 차별심을 초월하는 제3의 현상으로 '주시자'가 되어 내 자신의 내면적인 사념·감정·행위·의식·영혼까지 주시를 하게 되니 마음작용에 끄달리지 않고, 나쁜 기운에 영향을 받지 않으면서 7가지 신통력으로 '전지전능자'가 되어 신선(神仙)처럼 살아 갑니다.

나는 이제 신안(神眼)과 영안(靈眼) 그리고 도안(道眼)과 혜안(慧眼)이 열린 눈으로 우주자연 모든 존재물을 있는 그대로의 '참모습'을 보면서 더불어 함께 살아갑니다.

나는 신통관상과 관심법으로 모든 대상을 꿰뚫어 봅니다.

사람의 얼굴을 보면 눈을 통해서 그 사람의 내면과 영혼 모습을 직접 볼 줄 알고, 그 사람의 전생과 현생 그리고 래생까지 모두 알 수 있습니다. 또한 얼굴 생김새를 함께 보면서 객관적인 자세한 성격·소질·재주·체질·두뇌·질병·수명운까지 동시에 비교분석을 하기 때문에 보석감정사가 보석을 보면서 보석감정을 하듯, 그 사람의 타고난 운명과 운세·운수·운때와 관재구설수·큰 재앙과 질병·성공출세운·관직운·재물운·애정결혼운 그리고 수명운 등등을 종합적으로 정확히 운명감정 및 운명진단으로 '운명예언'을 합니다.

천등산(天登山)에 들어와 두문불출 토굴생활 무문관 산(山)기도명상을 9년째 계속하면서 나 홀로 독성을 이룬 진리의 스승 석가모니불처럼 도를 닦아 스스로 도사(道士)가 되었습니다.

"발 없는 입소문이 천리를 가고 만리를 간다."

내가 도를 닦고 있는 천등산에 산불예방과 철쭉꽃 관광 및 등산로 개발이란 명분으로 자동차가 통행할 수 있는 임도 산길을 뚫는 공사를 진행하던 중에 사고가 발생하여 현장 포클레인 운전기사가 고흥병원에 입원을 한 후, 군수님과 지방순시 중인 국회의원 그리고 군청 직원들이 찾아오게 되고 또한 산(山)사람 내가 점(占)을 쳐준 사실이 여러 사람들을 통해 입소문이 돌면서 새로 뚫은 임도산길을 통해 이 깊고 높은 산속까지 가끔씩 외부사람이 찾아옵니다.

어떤 사람은 이 깊고 높은 산속까지 걸어서 땀을 흘리며 올라오기도 하고, 어느 사업가와 높은 공직에 있는 도지사님 그리고 도지사님의 친구인 어느 국회의원은 깊고 높은 산속에 있는 나를 만나보기 위해 4륜 구동 지프차를 타고 서너 번 찾아오더니 아예 천등산 산꼭대기 근처에 헬기장까지 만들어 놓고 단골로 찾아오곤 합니다.

이곳 천등산에 자동차 임도 산길이 완공되자 삼사일에 한 명 정도 찾아오던 외부사람이 이젠 매일 한두 명씩 찾아옵니다.

이 깊고 높은 천등산 8부 능선 옹달샘 토굴에서 나 홀로 수도수행을 하고 있는 자연인 산(山)사람 도사(道士)를 찾아옵니다.

요즘은 찾아오는 외부사람들 때문에 조금 시끄럽고 불편하는 등 수도와 수행생활에 방해를 받고 있습니다.

그렇지만, 나는 산(山)기도 천기공부는 이미 끝났고 또한 나의 신통력과 도술을 시험도 해볼 수 있기 때문에 '인연법'에 따라 고생스럽게 찾아오는 사람들을 거절하지는 않고 있습니다. 오히려 긍정적인 생각과 자비의 마음으로 많은 사람과 영혼들에게 가야 할 바른 길을 가르쳐 줄 수 있어서 보람을 느껴봅니다.

그러면서 힘들고 고생스럽게 이 깊고 높은 산(山)속까지 나를 만나보러 찾아오는 사람들이 자기 영혼의 전생과 자기 핏줄의 운(運)내림을 전혀 모르고 살아가고 있음을 확인하면서 안타까워합니다.

많은 사람들이 자기가 태어날 때 어떤 운명을 타고났는지도 모르고 또한 자기의 운이 어떻게 진행되고 있는지도 모르는 등등 운명작용을 전혀 모르고 그냥 열심히 노력만 하면 되는 줄 알거나 또는 행여나 하다가 운이 나쁜 사람들이 타고난 사주팔자운명의 프로그램에 따라 손해를 당하고, 실패를 당하고, 감옥에 가고, 이혼을 당하고, 사고를 당하고, 불치병에 걸리고, 죽고 하는 등등 '날벼락'처럼 억울함을 당하게 되니 눈뜬 장님 같고 귀머거리 같아 너무나 안타까울 뿐입니다.

모든 사람은 태어날 때 각자의 타고난 사주, 즉 생년·생월·생일·생시와 얼굴 및 손금에까지 그 사람의 평생운명이 모두 나타나 있다는 '진실'을 분명히 알고 살아가야 합니다.

모든 종교들의 경전이나 성경내용에도 '각 사람의 얼굴과 손금에 부호의 표식으로 모두 가르쳐 준다'라고 분명히 말씀하고 있습니다.

요즈음은 대학교에서 명리학과 동양철학을 가르치고 있고, 점성술은 인류역사와 함께 가장 오래 되었으며, 명상은 정신수련 및 자기 성찰의 최고 방법으로 사용되고 있습니다.

사람들은 모두가 각자의 '의식수준'에 따른 영혼을 가지고 있습니다.

너무나도 소중한 '영혼들의 삶'이기 때문에 꼭 잘 살아야 합니다.

필자는 모든 사람이 다 성공·출세·부유함·무병장수 그리고 행복하기를 바라는 진심 어린 마음에서 이 글을 쓰고 그리고 책으로 진실된 진리를 널리 알리고자 합니다.

그러나 혹시, 필자의 글을 읽고 있는 독자분 중에서 현재 개인 순재산이 100억 원 이상의 부자이거나 또는 무엇에 푹 빠져 이미 미쳐버린 사람들은 이 책을 읽지 마시길 바랍니다.

왜냐하면, 부자재벌들은 태어날 때 복(福)을 잘 타고났기 때문이고, 사람이 사상·이념이나 종교에 깊이 빠져들면 외눈깔 사람이 되어 버리고, 외눈깔 사람은 객관적이고 합리적인 사리판단력을 잃어버리며, 결국에는 그 사상·이념이나 종교에 미쳐버려 편견과 고정관념에 사로잡힌 추종자에서 결코 벗어날 수 없기 때문입니다.

종교들의 경전은 교묘한 방법으로 사람들에게 '죄의식'을 심어 주고, 평생 동안 죄인으로 살아가게 하면서 저마다의 교리만 강조를 합니다.

종교들이 신도를 묶어두기 위해 가르치는 '교리공부'에 빠지면 평생 동안 몸뚱이와 정신 그리고 영혼까지 '노예'가 되어 버립니다.

무엇에든 노예가 된 사람들은 가장 어리석은 '바보천치'들입니다.

교리공부와 글자를 믿는 신앙은 절대로 하늘나라 천국극락에 올라 갈 수가 없으니, 자기 목에 '구속의 굴레'만 계속 씌울 뿐입니다.

"종교들의 전문적인 교리공부와 청빈은 '성직자'에게만 필요하다."

이 글을 읽고 있는 독자분은 이 시간부터 순수한 믿음과 깨달음을 필요로 하는 올바른 신앙과 마음공부를 함께 하여 '깨우침'으로 자기 영혼의 진화와 함께 영혼구원 받으시길 축원하는 바입니다…….

필자는 의식의 최고 각성상태로 항상 깨어있고, 또한 신안(神眼)과 영안(靈眼) 그리고 도안(道眼)과 혜안(慧眼)이 열린 상태이기 때문에 필요에 따라서 또는 생각의 집중만 하면 보이지 않는 모습을 볼 수 있고, 들리지 않는 소리를 들을 수 있고, 느끼지 못한 느낌을 느낄 수 있으니 무엇이든 알아낼 수가 있습니다.

인간계와 신령계 그리고 이승세계와 저승세계 양쪽 모두와 과거 · 현재 · 미래를 훤히 꿰뚫어 볼 수 있습니다.

요즘의 나는 생각과 바람의 차원이 도사(道士) 또는 도인(道人) 그리고 성자(聖者)의 경지에서 모든 것을 헤아리게 되었습니다.

삶의 가치관이 바뀌고 마음씀씀이 높아지니 우리 모두와 중생들을 구제해야 한다고 스스로 나 자신이 변화해 갑니다. 그래서인지 죽은 사람의 혼령들이 너무나 많이 보입니다. 어떤 때는 토굴 밖에 수십 명 또는 수백 명 또는 수천의 혼령들이 모여들어서 자기들의 원한 좀 풀어달라고 또한 영혼구원 좀 해달라고 하소연들을 해옵니다.

그들은 대부분 과거 일본의 점령 때 또는 6·25 한반도 남북전쟁 때에 억울하게 죽은 우리의 불쌍한 선조님들의 원혼(冤魂)들입니다.

수많은 우리민족 선조님들의 원한 서린 아우성과 하소연에 매일 같이 시달리다가 힘들면 가끔씩 신통술초월명상으로 들어가 버립니다.

신통술초월명상 속에서 내 의식체겸 영혼체는 나의 자유의지에 따라 시·공을 초월한 '유체이탈'을 합니다.

하늘의 명기(明氣)는 산(山)을 통하여 땅에 내리니, 나는 요즘 유체이탈로 동양권의 신령스런 영산(靈山)인 히말라야·카일라스산·태산·황산·구화산·후지산 그리고 백두산과 지리산에 자주 다녀옵니다.

가끔씩 그리스의 델피신전과 미국 애리조나주의 세도나와 네팔의 피시테일성산에도 다녀옵니다.

또한 가끔씩 천사들의 안내로 로마의 베드로성당에도 다녀옵니다.

중국 북경의 자금성과 일본 동경의 황궁에도 다녀옵니다.

유명한 산들의 명기(明氣)를 받으러 다니기도 하고, 또는 아주 옛날 과거 전생에 인연이 있던 곳을 다녀오기도 하고, 또는 국가 차원적 기운 회복(氣運回復)을 위해 다니기도 합니다.

과거 일본이 우리나라 한반도를 침략하고 강점하면서 한반도 금수강산 우리 산맥의 정기를 쇠말뚝으로 혈을 끊었듯이, 나도 우리나라의 도사(道士)로서 내 손으로 일본 후지산의 정기를 끊으려고 쇠말뚝을 들고 쳐들어가기를 수없이 시도를 합니다.

하지만, 그때마다 후지산 산봉우리에서 후지산 산신령과 일본의 천황대신 그리고 정체불명 검은 모습의 일본 고승이 앞을 가로 막습니다. 나는 번번이 실패를 하지만 시도를 하고 또 시도를 하고 또 시도를 계속

합니다.

나의 이러한 생각과 행동은 큰 신통력을 지닌 도사(道士)와 상극적 관계에 있는 나라신(國神)들 간의 기(氣) 싸움입니다.

이러한 기(氣)싸움을 경험하면서 우리나라의 나라신(國神)이 아직도 약함을 뼈저리게 실감을 합니다.

지난날 우리 선조들을 많이 죽이고 우리 땅을 강점하면서 우리 문화재까지 약탈한 일본 사람과 일본 나라신(日本國神)을 이길 수 있을 때까지 나는 옛날의 고승이신 사명대사처럼 계속해서 도력과 법력을 더 쌓아 더욱 강해지고 싶습니다.

어떠한 명분으로든 사람을 많이 죽인 나라와 통치자는 억울하게 죽은 원혼(冤魂)들의 저주와 하늘의 법칙인 '인과응보'로 반드시 댓가의 벌을 받게 될 것이고 또한 받아야 합니다.

또한 무고한 사람들에게 고통만 주는 독재국가도 모두 인과응보법칙으로 벌을 받게 되어 결국 망할 것이고, 자살폭탄과 테러로 무고한 사람들을 많이 죽이고 평화를 해치는 나쁜 종교와 나쁜 정부의 지도자들도 본인과 그 후손들까지 모두 벌을 받게 될 것입니다.

그리고 지난날 약소국가와 약소민족을 침략한 나라와 그 국민들은 지도자와 조상을 잘못 둔 '죄업'으로 최소한 100년 동안은 반성과 사죄를 해야 마땅한 것입니다.

이것은 조상과 후손간의 지은 대로 받아야 하는 '하늘법칙'입니다.

하늘은 그 지역과 국가의 운때와 그 사람의 운때에 맞춰서 반드시 심판을 하고 천벌(天罰)을 내리게 되어 있습니다…….

그러나 현재의 지금 상황과 기운(氣運)의 논리에서 필자는 억울함을 느끼면서 통탄을 하고 또 통탄을 합니다.

필자가 초월명상 중에서도 실제 행동으로도 그리고 나라의 국력으로도 일본과 후지산을 이기지 못하는 것은 우리나라의 나라신(韓國神)의 힘이 약하기 때문입니다.

필자는 이 책을 통하여 7천만 우리민족 동포들에게 두 주먹을 불끈 쥐고 결연한 심정으로 꼭 한 가지 공개적으로 호소를 하고자 합니다.

우리도 이제는 제발 우리의 것이 소중함을 깨달아 자기 자신이 종교 신앙으로 섬기는 신과 함께 우리나라의 민족신(民族神)과 선조신(先祖神), 즉 하늘 천륜의 법칙인 우리민족의 시조, 자기 성씨의 시조와 자기 조상 그리고 위대한 공적을 남기신 위인들과 호국장군 등등의 우리의 조상(祖上)님도 함께 잘 섬기자고 우리민족 동포들에게 피눈물로 간절히 호소를 드립니다.

우리 민족국가의 전통성을 잘 지켜야 되지 않습니까?!

우리 자신의 근본뿌리를 잘 찾아야 되지 않습니까?!

이 세상 천지만물 중에 뿌리 없는 나무가 있습니까?!

우리나라 주변의 강대국인 일본과 중국은 자기 나라의 조상신을 너무나도 잘 섬기고 있다는 진실과 사실을 알아야 합니다.

이제부터 우리도 우리의 조상신(祖上神)을 잘 섬기면 분명히 강해질 수 있고, 강해지면 잘 사는 부자 나라가 될 수 있습니다.

신령과 조상신들은 땅에서 강하면 하늘에서도 강해지고, 하늘에서 강하면 땅에서도 강해집니다.

'모든 신(神)들은 섬김을 받을수록 더욱 강해지고, 조상신은 핏줄을 통해서 가장 강하게 작용한다'는 진실을 꼭 가르쳐 드립니다.

필자는 이러한 진실적 비밀진리를 7천만 우리민족 동포들의 양심과 심장을 향하여 호소하는 심정으로 꼭 알려드리는 바입니다……

이러한 메시지를 꼭 전달하면서 필자는 현재 상황에서 내가 해야 할 일을 내 스스로 찾아서 실행을 합니다.

필자는 이제 도사(道士)가 되었으니, 금수강산 이 땅에서 처참하고 억울하게 죽은 우리민족 동포 선조님들의 원한 서린 하소연들을 모른 체할 수가 없습니다. 금수강산 이 땅에서 억울하게 죽은 원혼들을 달래주고 천도시켜서 땅을 깨끗이 정화하는 일부터 시작을 하려합니다.

하늘의 기운이 대우주의 역(易)의 법칙에 따라 큰 변화를 하고 있고, 지구의 기운(氣運)도 동쪽에서 서쪽으로 한 바퀴를 돌면서 다시 동쪽의 동양으로 오고 있으니, 큰 변화의 대운(大運) 맞이를 우리는 미리 준비를 잘 해야 합니다.

지구의 기운은 2050년쯤 되면 '동양 주도권시대'가 시작됩니다.

필자는 하늘에서 신(神)들이 인정하고 보호해 주는 도인(道人)이고 도사(道士)이기 때문에 그러한 '큰 운 맞이'를 미리 준비하기 위해 우선 이 땅의 땅부터 깨끗하게 정화를 시키려고 합니다.

금수강산 이 땅에서 과거 일본의 강점 당시에 그리고 6·25 한반도 남북전쟁 당시에 처참하고 억울하게 죽은 우리의 불쌍한 선조(先祖)님들이 아직까지도 유령(幽靈)과 좀비로 전국 산천과 방방곡곡을 구름떼처럼 몰려다니면서 큰 사고들을 일으키고 다니는 저 원혼(寃魂)들을 그냥내 버려둘 수는 없습니다.

오죽이나 억울하면 원한귀신들이 되어 유령·영산·수비·좀비로 몰려다닐까 하고 생각도 해보지만, 영혼들의 세계는 인과(因果)의 법칙과 업(業)의 법칙 때문에 혼령으로서의 영혼은 자기 스스로 자기의 길을 결코바꿀 수가 없습니다.

의식수준과 영적능력이 낮은 죽은 사람의 영혼은 '자신의 능력으로는 자기의 길을 바꿀 수 없다'는 하늘의 법칙 때문인 것입니다.

'저 불쌍한 귀신(鬼神)으로 전락한 혼령들도 사람으로 살아있을 때에는 모두가 다 우리의 조상(祖上)님이셨는데' 하고 생각을 하면 너무나도 가슴이 찢어질 듯 아픕니다.

한 핏줄 동포끼리의 불행한 싸움통에 이름도 모른 산천에서 피를 흘리고 죽은 한 많은 저 원혼들(독자분 당신의 집안에도 한 사람쯤은 전쟁 때 죽은 조상이 있을 것입니다)이 아직까지도 구천을 맴돌며 이 나라 금수강산을 구름떼처럼 잡귀신 유령과 좀비로 떠돌아다니면서 대형 사고를 치고 온갖 재앙을 초래하는 저 원한 많은 혼령들을 독자 여러분들이여 어떻게 할까요?!

사람으로 태어나서 불치병 또는 각종 사고 등등으로 비명의 한 많은 죽음을 당한 저 불쌍한 원귀·악귀·요귀의 원한 서린 저 원혼들(독자분 당신의 가족 중에도 한 사람쯤은 불치병이나 각종 사고로 원한 많게 죽은 가족이 있을 것입니다)도 구천을 맴돌며 이 나라 금수강산을 유령과 좀비로 떠돌아다니면서 수비·영산·잡귀신으로 전락하여 후손이나 살아있는 가족들에게 해코지를 하고 다니는 저 원한 맺힌 혼령들을 독자 여러분들이여 어떻게 할까요?!

독자 여러분! 당신이라면 과연 어떻게 하시겠습니까?

필자는 지금 독자 여러분의 진심어린 가슴과 양심 그리고 효심과 자비심(慈悲心)을 향하여 질문을 던지고 있습니다.

저 불쌍한 혼령들 속에는 내 조상님도 끼어있을 수 있고 여러분의 조상님도 끼어있을 수 있으며, 모두가 우리의 선조님들인데 과연 독자 여러분은 어떻게 하시겠습니까?

당신도 죽으면 혼령으로 돌아가고 사람으로 살 때의 삶의 질에 따라서 잡귀신이 될 수도 있는데 과연 어떤 대답을 하시겠습니까?

지금, 당신의 대답을 신(神)들과 당신 조상(祖上)님 그리고 당신의 양심과 영혼이 바라보고 있는데 과연 어떤 대답을 하시겠습니까?…….

지금 바로 대답을 주저하시는 독자분께서는 이 책을 놓으십시요!

잠시 생각을 해보고 그리고 찾아가십시요!

당신의 친부모 · 친형제 · 친자매 · 친자식 등 당신의 핏줄 가족들이 어떻게 살아가고 있는지 꼭 한 번 찾아보고 살펴보십시요!

당신의 조상님과 부모님의 묘소와 납골함이 잘 보존 관리되고 있는지 꼭 한 번 찾아보고 살펴 보십시요!

당신의 조상님과 부모님의 제사와 추도식에는 정성껏 잘 참여하는지 자신을 돌이켜 살펴보십시요!

사람으로 태어나서 지금까지 어떻게 살아왔고 또한 지금은 어떻게 살아가고 있는지 자기 자신을 잠시 생각해 보시길 바랍니다…….

당신은 지금 누구입니까?

당신은 지금 어떻게 살고 있습니까?

'당신이 지금 살고 있는 그 모습을 하늘과 조상님 그리고 당신 영혼이 두 눈을 부릅뜨고 지켜보고 있다'는 진실을 꼭 알아야 합니다.

사람으로서의 기본 도리(道里)를 지키고 따를 줄 알아야 합니다.

자식과 후손으로서의 효도(孝道)의무도 이행할 줄 알아야 합니다.

짐승도 지어미가 아프거나 죽을 때는 곁에 있어 줍니다…….

효심 · 효도 · 효행은 자식과 후손의 근본도리이며, 핏줄인연의 법칙은 하늘법칙이기 때문에 정말로 중요하다는 것을 꼭 전달합니다.

핏줄은 천륜으로 계속 죽은 후에까지 연결되어 있고, 영혼들은 죽지 않고, 자기가 지은 대로 '과보의 법칙'만 따를 뿐입니다.

죽음은 끝이 아니고 또 다른 시작이며, 저승세계에서 볼 경우에 인간세계가 오히려 저승이고, 영혼들은 심판과 윤회를 반복할 뿐입니다.

그렇기 때문에 항상 하늘의 순리(順理)를 따라 도리(道理)를 지키며 살아가야 한다는 것을 진심으로 가르쳐 드리는 바입니다.

필자는 하늘에서 신(神)들이 인가한 도사(道士)가 되었습니다.

저 수많은 혼령들은 내가 신통력 도사(道士)의 능력을 지녔기 때문에 나를 찾아 온 것입니다.

필자는 이제 도인(道人)이기 때문에 도사(道士)로서의 사명감을 가지고 도(道)의 삶과 도(道)의 길을 가야 합니다…….

나는 오늘도 특별한 목적으로 신통술초월명상으로 들어갑니다.

내 조국 금수강산 이 땅에서 살아가는 우리민족 동포들이 잘 살려면 우선 한반도 이 땅에서 많은 사람이 죽는 '전쟁'을 꼭 막아야 하고, 새로운 운맞이를 위해 금수강산 이 땅을 깨끗이 '정화'를 시켜야 하며, 땅을 정화하려면 원한 서린 우리의 조상님들을 '해원천도(解冤薦度)'를 시켜드려야 합니다.

나는 오늘도 어제처럼 우리나라의 영산(靈山) 백두산 천문봉 산봉우리로 갑니다. 백두산은 한반도 전체의 명기와 지령을 총괄하고, 지리산은 남쪽지역을 주관하기 때문에 백두산 천문봉 산봉우리로 갑니다.

나는 백두산 천문봉 산봉우리에서 하늘을 향해 소원을 빕니다.

지극 정성스런 마음으로 눈물을 흘리며 빌고 또 빕니다.

비나이다 ~~. 비나이다 ~~. 하늘 신령님께 비나이다!

우리나라 내 민족 동포에게 사랑과 자비를 내려주소서!

비나이다 ~~. 비나이다 ~~. 모든 신령님께 비나이다!

한반도 이 땅에서 전쟁을 꼭 막아주시고, 내 민족 동포가 서로 싸우다가 금수강산 이 땅에서 붉은 피를 흘리며 비명에 죽고, 죽어서는 원한귀신이 되어 유령·좀비로 떠돌아다니니 불쌍한 이들의 넋을 달래고 해원시켜 극락천국 좋은 곳으로 인도해 주소서!

또한 교통사고·화재사고·폭발사고·추락사고·익사사고 등등 날벼락처럼 각종 사고로 비명에 횡사·객사를 당하고, 죽어서는 원한귀신이 되어 구천을 헤매며 떠돌아다니니 불쌍한 이들의 넋을 달래고 해원시켜 극락천국 좋은 곳으로 인도해주소서!

또한, 자살·급살·동토살·상문살·주당살·객사살·심장병·뇌진탕·폐암·췌장암·뇌사·정신병·치매 등등의 불치병이나 각종 사고로 비명횡사의 살(煞·殺)을 맞아죽고, 죽어서는 원한귀신이 되어 후손이나 살아있는 가족에게 핏줄대물림 우환 또는 핏줄내림병으로 해코지를 하면서 구천을 헤매며 떠돌아다니니 불쌍한 이들의 넋을 달래고 해원시키고 특수 영혼치유까지 해서 극락천국 좋은 곳으로 인도해주소서!

비나이다 ~~. 비나이다 ~~. 하늘 신령님께 비나이다!

비나이다 ~~. 비나이다 ~~. 모든 신령님께 비나이다!

우리나라 금수강산 이 땅의 이름 모를 산천에서 전쟁으로 죽고, 각종 사고로 비명에 죽고, 각종 불치병으로 한 많게 죽은 유주무주 혼령 넋들을 달래고 해원시켜주소서! 또한 영혼치유까지 해서 극락천국 좋은 곳으로 천도·인도를 해주시고, 우리나라와 민족 동포에게 남북통일과 평화·행복을 내려주소서! 평화·행복을 내려주소서!~~

만조상 해원진언, 옴 삼다라 가다 사바하!

극락천국 왕생진언, 옴 마리다리 훔바탁 사바하!…….

나는 백두산 천문봉 산봉우리에서 하늘을 향해 소원을 빌고, 땅을 향해 진언과 독경을 합니다.

소원을 빌고 해원경과 진언을 읊으면서 한없이 눈물을 흘립니다.

우리나라 금수강산의 산천과 구천세계에서 원한귀신으로 떠돌아다니는 유주무주 혼령들이 원한을 풀고 좋은 곳으로 '해원천도'가 잘되고, '영혼치유'가 잘되어야 온갖 불치병과 핏줄내림병 및 핏줄대물림우환 그리고 각종 사고 발생 재앙들이 줄어들거나 없어지게 됩니다.

그래야 이 땅에서 살고 있는 우리민족 동포 백성들이 운(運)이 좋게 되고 복(福)을 받을 수 있게 될 것이라고 확신을 합니다.

나는 도사(道士)로서 그리고 이 땅에 태어나 먼저 가신 선조님들의 후손으로서 도리를 따르고 사명감과 의무감을 이행하고자 눈물을 흘리며 백두산 천문봉 산봉우리에서 하늘을 향해 소원을 빌고 땅을 향해 독경(讀經)과 진언(眞言)을 읊습니다.

억울하고 한 많은 불쌍한 우리의 모든 조상님들을 위하여 지극한 효심과 도심으로 기도의 눈물을 흘리고 또 흘립니다.

보통사람들은 다른 사람이야 잘못되든, 굶어죽든, 손해 보든, 억울하든 말든 자기 자신과 자기가족만 잘 먹고, 잘 입고, 잘 쓰고, 잘 살려고 아귀(餓鬼)다툼처럼 살고 또한 이 나라 이 땅 자기의 조국을 버리고 이민을 가고 또한 이중국적까지 취득해서 여차하면 조국을 버리려고 하지만 나는 도저히 그럴 수가 없습니다.

"배은망덕과 배신을 하면 반드시 훗날 댓가를 꼭 받는다."

나는 후손으로서 도저히 배은망덕과 배신을 할 수 없습니다.

내가 죽으면 저승에서 또다시 선조와 조상님들을 만나 뵐 텐데 외면을 하거나 도저히 양심과 도리를 저 버릴 수는 없습니다.

나는 도인(道人)이고 도사(道士)가 되었으니, 도(道)의 길을 가면서 도(道)를 행하여야 하기 때문에 이 한목숨을 바쳐서라도 우리민족 동포를 모두 다 잘 살게 할 수만 있다면 또한 우리민족 동포의 선조님들을 하늘나라 천당과 천궁의 극락세계로 모두 다 천도·인도할 수만 있다면 두견새가 밤새도록 피를 토하면서까지 울어대듯 나 또한 이 생명 다할 때까지 해원천도경과 해탈열반경을 독송하리라!!

이 한평생을 바쳐서라도 억울하게 죽은 저 많고 많은 우리의 조상 원혼들을 해원천도시켜 드리기 위해 반드시 국사당(國祠堂)을 지으리라!!

이 나라에는 불교의 사찰도 많고, 천주교의 성당도 많고, 기독교의 교회도 많지만 우리민족과 우리 국가를 위한 국사당(國祠堂)은 아직 없습니다. 국가에서도, 정부에서도, 재벌기업에서도, 사회단체에서도 아직까지 제대로 된 국사당(國祠堂) 하나 짓지를 않고 있습니다.

필자는 과거와 현재의 각 분야의 지도층과 기업 재벌들에게 진심의 마음으로 또한 모든 동포와 국민들에게 호소를 합니다.

누구나 죽으면 저승세계 영혼과 혼령들의 세계로 돌아갈 텐데 저승가서 조상님들 뵐 면목은 떳떳하십니까?!

자기 가슴과 양심에 손을 얹고 진심으로 생각들을 좀 해보십시오!

그동안의 통치자와 지도자 그리고 재벌기업인과 정치인·종교인·교육자와 지식인들을 포함하여 기성세대의 어른들은 반성 좀 해야 합니다. 일본놈들한테 빌붙어 사리사욕을 채운 사람들과 그 후손들은 죽을 때까지, 죽어서라도 반성해야 하고 또한 사죄를 해야 합니다.

외세들에게 금수강산 이 땅을 점령당하고, 주권을 빼앗기고, 억울하고 처참하고 가난했을 때 과거를 돌이켜 생각 좀 해보십시오!

정말로 우리는 국민의식을 바꾸어야 하고, 준비와 대비를 잘 해야 하며, 국사당(國祠堂) 건립으로 '정신적 구심점'이 꼭 필요합니다.

"모든 사람은 죽어서 저승을 가니 저승보험을 가입해 둬야 한다."

죽어서 저승세계로 돌아가 보면 모두가 '확인'이 될 것입니다.

살아있을 때의 그 행실과 행업에 따라 반드시 '심판'을 받으니, 죽을 때 저승세계의 심판대에 서보면 모두가 확인이 될 것입니다.

역사 이래로 '애국자'가 왜 존경을 받는지 생각해 보시길 바랍니다. 큰 애국자와 큰 위업 및 큰 공덕을 남긴 사람들은 죽은 후 반드시 '인격신(人格神)'이 된다는 진실을 꼭 가르쳐 드립니다……

필자는 이제 도사(道士)가 되었으니, 우선 국가와 민족을 위해 반드시 국사당(國祠堂)을 지어서 원한으로 죽은 많고 많은 우리의 조상님들을 모두 다 영혼치유와 함께 해원천도를 시켜드리고, 또한 영혼승천을 시켜드리겠다고 '큰 서원(大誓願)'을 세워봅니다.

"위대한 가치의 큰 서원은 꼭 이루어진다."

나는 한없는 눈물을 흘리며 백두산 천문봉 산봉우리에서 기도를 계속합니다.

모든 신령님께 우리 '민족신전 국사당(民族神殿國祠堂)'을 내 손으로 꼭 지을 수 있도록 해달라고 간절한 마음으로 소원을 빌고 또 빌면서 말씀에 권능이 따르는 '진언'을 계속 말합니다.

업장소멸진언, 옴 아르늑게 사바하!

만조상 해원진언, 옴 삼다라 가다 사바하!

무량겁 멸죄진언, 옴 모니모니 새야모니 사바하!

소원성취진언, 옴 아모카 살바다라 사다야 시베훔!……

[필자는 이 책을 출간하면서 우리민족 신전 '국사당' 건립을 추진합니다. 이미 필자 개인의 자비 부담으로 우리나라 한반도 최고 산줄기 백두대간의 남쪽 제일 명산 지리산 입구, 경상남도 하동군 화개면 범왕리(凡王里) 산 100번지 임야 약 2만 평과 백두대간의 설악산 입구, 강원도 속

초시 도문동(道門洞) 산 306번지 임야 약 4만 평을 매입해서 국사당 지을 터를 준비해 두고, 계속해서 '건축비용'을 마련 중입니다. 우리민족 동포라면 직업과 신분 그리고 종교를 초월하여 누구라도 자신의 능력에 따라 개인이든 기업이든 많은 사람들이 '동참'해 주시길 바라고, 진심으로 가치있고 보람있는 곳에 돈을 잘 쓰고, 그 인과적 '선행공덕'으로 살아서나 죽어서나 또는 이승과 저승세계에서 자기 자신과 자손들까지 함께 복(福)받으시길 축원하고 기원하면서 이 책을 통하여 이제 조용히 세상에 공개를 합니다.

우리 다 함께 민족과 나라의 '국운(國運)'을 우뚝 일으켜 봅시다!!]

필자는 이제 나이 들면서 NGO로 '공익사업'을 합니다. 필자가 마지막 평생의 공익사업으로 추진하고 있는 우리민족과 국민의 '천성소질인간계발' 국민계몽 및 연구사업과 우리민족 신전(神殿) '대한민국 국사당' 건립에 진심으로 참여 의사가 있으신 분들은 필자가 육필로 쓴 필자의 저술 책을 많이 구입해 주시고 그리고 주위사람들에게 '책 선물'로 많이 나누어 주시길 희망합니다.

우리나라와 우리민족은 인적 자원뿐이니 '인간계발'을 잘 하여 민족과 국민의 경쟁력을 키우는 것이 최선책이라 생각하기 때문입니다.

최선의 인간계발은 저마다의 타고난 성격과 지능·소질·건강·수명·신체조건 등과 타고난 운명에 따른 '천성소질인간계발론'입니다. 천성소질적 삶은 가장 합리적인 삶이라 생각합니다.

필자는 이 책의 수익금과 모든 시주헌금 및 후원금 등은 인간계발과 국사당 건립자금으로 모두 쓰여진다는 진실을 밝혀드립니다.

필자가 펼치고 있는 '공익사업'에 우리민족 동포라면 2040년까지 누구나 참여하실 수 있고, 사람들에게 깨달음을 위한 이 책의 '책 선물'과 영혼들의 영혼진화를 위한 이 책의 '책읽기 운동'에 많은 동참을 진심으로 기대하는 바입니다.

"인간은 오직 '선행공덕'만이 죄사함과 복을 받는 방법이다."

현재의 인생은 영혼들이 인연법에 따라 잠시왔다 가는 '나그네길' 같은 것이고, 착한 선행과 깨달음 공부를 많이 해서 조금이라도 더 '영혼진화'를 해 나아가는 것이 영혼들 삶의 본질입니다.

사람으로 살 때의 삶은 잠깐 세월이지만, 영혼의 삶은 수백 년 또는 수천 년의 오랜 세월이 계속 되기 때문에 지금 사람의 몸을 가지고 있을 때 착한 일 '선행'을 많이 하여 공덕을 쌓고, 이 세상 최고의 '하늘은행'에 예금을 하고 또한 죽은 후의 '저승보험'에 미리 잘 가입해 둔다는 마음으로 많이 '동참'해 주기를 진심으로 바라는 바입니다.

세상과 인생살이는 지은 대로 받고, 뿌리는 대로 추수를 합니다…….

이 책을 구입하고 읽어주신 독자님께 진심으로 감사를 드립니다.

또한, 책 선물을 많이 베풀어주신 많은 독지가와 기업인께도 진심으로 고마움의 감사를 드리는 바입니다.

진심으로…….

제17장
절대존재 하늘 신(天神)들의 '가르침'을 전한다

계절이 바뀌고 또 바뀌고 또 바뀌어갑니다.

필자는 지금 첩첩산중 깊고 높은 산속에서 10년째 산 밖을 한 번도 나가지 않는 두문불출 토굴 기도를 하며 나 홀로 우주자연의 진리탐구로 산도(山道)를 닦고 있습니다.

내 모습은 10년째 한 번도 머리칼을 자르지 않고 수염도 깎지 않아서 머리칼은 기다랗게 자라 등허리까지 내려오고, 수염도 기다랗게 자라 가슴까지 내려오고, 다 헤진 누더기 옷에 눈빛만 신비하리만큼 빛을 내고 있는 자연인의 모습을 하고 있습니다.

시간과 공간의 개념을 초월해 버리고, 삶과 죽음의 개념도 초월해 버리고, 그냥 그대로의 자연 속에서 하늘자연을 벗 삼아 섭리와 순리 그리고 도리에 따라 '무위자연법'으로 살아갑니다.

이제 도(道)의 10단계까지 올라서니 신선(神仙)처럼 살아갑니다.

하루·이틀에 한 끼니만 생식(生食)으로 물에 불려 둔 생쌀과 생콩을 약초와 산야채들과 함께 먹고, 생수(生水)와 생명에너지 생기(生氣)를 먹으며 살아갑니다.

하루 한 개씩 돌을 주워와 쌓아올린 돌탑은 이미 완성이 다 되어서 돌탑의 꼭대기까지의 높이는 내 키의 3배쯤이 됩니다.

10년 동안 하루 한 개씩 돌을 주위와 쌓아올린 나의 돌탑입니다.

처음 입산할 때 산신령님께서는 '산기도로 도 닦는 기간을 10년 정도가 될 것'이라고 말씀하셨지만, 나는 그냥 이 산속에서 계속 한평생을 '은둔자로 살아버릴까' 하고 생각을 해봅니다.

7평짜리 움막집 토굴도 있고, 텃밭도 있고, 공기도 좋고, 물도 좋고 그리고 조용하고 평온하니 차라리 이 산속에서 신선(神仙)처럼 은둔도사로 계속 이대로 살고 싶습니다.

번뇌·망상·근심·탐진치(貪嗔癡)·분별심과 살생심이 없으니 지극히 평안하고, 까마귀·비둘기·다람쥐·노루·토끼 등등의 산짐승과 산새들이 벗이 되어 내가 산길을 거닐면 나를 따라다니고, 내가 좌선으로 명상에 들면 내 곁에 함께 앉아 있습니다.

산짐승과 산새들과 함께 식사도 하고 함께 잠도 잡니다.

동물들과 영적으로 의사소통을 할 줄 알고 또한 살생심이 없어지니 산짐승과 산새들이 나를 잘 따릅니다.

"인생은 사랑과 자비가 필요하고 가슴으로 살아야 한다."

나는 지금 첩첩산중 깊고 높은 산속에서 평온하게 신선(神仙)처럼 자연과 함께 살아가고 있습니다.

하루 두세 명 정도의 깊고 높은 산속까지 나를 찾아온 외부 사람과의 만남 장소는 저만치 산 아래편에 또 한 채의 움막집을 만들어 사용하고 있습니다.

산 아래편 만남의 장소 움막집 주위에는 자생하고 있는 키가 작은 대나무들이 군락으로 있고, 뒤쪽은 큰 바위가 솟아 있는 곳인데 이 산속에서 두 번째로 좋은 명당(明堂)자리입니다.

그곳의 명당자리는 사시사철 항상 생기(生氣)와 온기(溫氣)가 서려있어 그곳만큼은 겨울철에도 눈이 쌓이지 않습니다.

"야생동물들의 보금자리는 대체로 명당자리가 분명하다."

살아 있는 사람의 집터와 죽은 사람의 묘터는 반드시 '명당터' 혈 자리를 잘 잡을 줄 알아야 합니다.

명당 혈 자리 좋은 터에 빌딩·공장·사찰·기도원·별장·주택 등등의 집터나 또는 공동묘원·납골탑이나 조상님의 묘터를 잘 잡으면 반드시 '개운 발복'이 되어 본인과 자손이 잘되고 사업 및 영업이 잘되고 선거당선 및 승진이 정말로 잘됩니다.

그러나 거꾸로 나쁜 터에 집을 짓거나 조상님의 묘를 잘못 쓰면 반드시 여러 가지 나쁜 일이 생기고 결국에는 망하게 됩니다.

요즘은 시대가 변화하면서 생활편의 위주로 인생관도 바뀌면서 조상묘 관리가 힘들어진다는 가벼운 잘못된 생각으로 3~4년마다 돌아오는 윤년과 윤달에 '조상묘개장'을 덩달아 많이들 하고 있는 바, 꼭 전달해 주고 싶은 말은 조상묘개장을 계획하고 있거나 또는 조상묘개장을 하고 나서 집안에 나쁜 우환이 발생을 하면 반드시 '조상영혼해원천도재'를 꼭 한 번 해 드리길 진심으로 전달해 드리는 바입니다.

큰 정치가와 재벌부자들은 모두가 종중선산과 조상묘가 양지바른 명당터 좋은 자리에 보기 좋게 잘되어 있고, 태어나고 자라고 살고 있는 집터도 대체로 좋은 곳에서 살고 있다는 사실적 진실들을 알아야 합니다.

윤년과 윤달에 '조상묘개장'은 못사는 서민들이 많이 하고 있습니다.

"인생살이는 자기 눈높이로 보고, 자기 그릇크기만큼 담는다."

훗날 각종 '터감정'과 '조상묘개장' 등은 상담을 요청해 오거나 또는 인연이 닿는 독자분들께 반드시 증명을 해 드리겠습니다……

필자는 이제 천기신통술초월명상으로 최고의 '해탈경지'에 올라섰으니 사람으로 다시 태어나서 영적으로 또는 정신적으로 더 이상 부러울 게 없습니다.

삶과 죽음까지도 초월을 해버리니 마음과 몸이 함께 평안하고 자유와 행복을 마음껏 누리고 있습니다.

항상 수호신장이 나를 지켜주고 있고, 신장들을 움직여 나쁜 사람에게는 벌을 줄 수도 있으며, 의식의 집중만으로 또는 점(占)을 치면 무엇이든 다 알아낼 수 있고, 어디를 가고 싶으면 유체이탈로 어디든 시간과 공간을 초월해서 다녀올 수도 있습니다.

내가 어디에 살든 거주하는 장소의 제한을 받지 않습니다.

그러하기 때문에 공기 좋고 물 좋고 그리고 조용하고 간섭이 없는 이 산속에서 무위자연법으로 신선처럼 은둔도사로 살고 싶습니다.

인간으로 환생을 한 후에 처음에는 몰랐지만, 다시금 나를 도사(道士)로 공부시켜준 신령님과 그리고 모든 존재들께 이 책을 통하여 진심으로 머리 숙여 지극한 마음으로 고마움과 감사함을 표하는 바입니다!!!

잠시 생각을 돌이켜 해 봅니다.

필자는 인생 중반에 큰 사업 실패로 모든 것을 잃고, 이제 나이 들어서 마지막 방법으로 유서를 써 놓고 입산(入山)을 하고, 죽음이란 배수진을 치고 강인한 정신력으로 모험과 도전을 하여 삶의 위기로부터 또 다른 기회를 그리고 실패로부터 성공을 이루어 가면서 오히려 가치관을 바꾸어 삶의 궁극적인 목표와 내 영혼의 바람까지 함께 성공시키면서 최고의 커다란 이상을 실현시키고 있습니다.

지난날의 실수와 실패를 분석해서 더욱 많이 배우고 깨달아 이젠 방법을 달리하여 분명한 목표와 계획을 세우고 준비를 철저히 하여 하나씩 실천하면서 새로운 더욱 큰 성공으로 나아가고 있습니다.

또다시 도전하여 열정과 끈기로 꾸준히 한 걸음씩 한 계단씩 10년 동안을 계속 쌓아올려 드디어 큰 성공을 이루고 있습니다.

작은 성공에 멈추지 않고 더욱 정진하여 드디어 최고가 되었습니다.

지금, 이 글을 읽고 있는 독자분들께 진심으로 충고를 합니다.

어느 분야에서든 최고가 되려면 도전정신과 열정 그리고 결코 포기하지 않는 끈기가 있어야 하고 그리고 운(運)을 알아야 합니다.

무슨 일을 하든지 간에 목표·계획·준비가 없거나 또는 열정과 집중 그리고 끈기가 없거나 또는 운(運)을 모르면 결코 성공할 수 없고, 운(運)이 나쁘면 반드시 실패와 손해가 따르게 됩니다.

눈에 보이지 않는 기운(氣運)들이 눈에 보이는 것들을 모두 움직이고 있다는 진실적 '비밀진리'를 꼭 알고 살아가야 합니다.

사람의 운명은 자기 자신의 전생과 조상핏줄의 '업(業)작용'에 따라 생년·생월·생일·생시의 사주가 이미 90% 정도의 '운명프로그램'으로 설정되어 버립니다.

그러하기 때문에 두 눈을 뻔히 뜨고 교통사고를 당하고, 이혼을 당하고, 투자사기를 당하고, 명퇴를 당하고, 망신을 당하고, 사업 실패를 당하고, 관재수로 감옥에 들어가고, 자폐증·우울증·정신분열증에 걸리고, 각종 난치병과 불치병에 걸리고, 또한 아무리 노력을 하여도 평생 동안 가난과 고생을 못 벗어나기도 합니다.

또한 많은 공직자들이 한때는 잘 나가다가 한방에 감옥을 가고, 주도권과 정권까지 바뀌고, 또한 회사와 기업이 망하고, 사장과 회장이 구속이 되는 것을 TV뉴스로 많이 보았을 것입니다.

사람의 운명은 전생과 조상의 '업(業)작용'에 따라 사주를 타고나고, 그리고 타고난 사주에 따라 인생이 진행되어 갑니다.

자기 영혼의 전생과 자기 조상의 '업(業)작용'으로 태어날 때 타고난 자기 자신의 '사주운명'은 평상시에 꼭 알고 있어야 하고, 또한 나쁜 운(運)들은 사전에 예방을 해서 반드시 '운명프로그램'을 바꿔주지 않는 한 다른 해결책은 결코 없습니다…….

우리 인간들은 영혼을 가진 최고의 영적 존재물입니다.

영혼과 혼령 및 조상과 전생의 업(業)작용 그리고 음양·오행의 운(運)작용은 오묘한 비밀의 형이상학적 초과학입니다.

과학이 아무리 발전을 하여도 물질과학으로 결코 영혼과 혼령을 제조하지는 못하고 또한 개선하지도 못하기 때문에 영혼을 가지고 있는 인간의 나쁜 운을 과학 및 의술로는 결코 해결할 수 없습니다.

대학병원에서 의술로 귀신을 떼어 낼 수 있거나 또는 해원천도 및 영혼진화를 해낼 수 있으면 필자가 '1억 원 현상금'을 내걸겠습니다.

심령과학분야는 '초능력'으로만 해결할 수 있다는 것을 확신합니다.

생명과 영혼을 가지고 태어난 우리 인간은 '천기작용'이라는 법칙에 따라서 반드시 '운명작용'을 하기 때문에 모든 사람은 ① 자기 영혼의 전생을 알아야 하고 ② 자기 핏줄의 DNA를 알아야 하고 ③ 자기 핏줄의 동기감응현상을 알아야 하고 ④ 풍수지리의 기운작용을 알아야 하고 ⑤ 음양오행의 역리작용 등등을 반드시 알아야 합니다.

"세상은 아는 만큼 보이고, 인생은 운(運)과 능력만큼 살아간다."

우리는 이러한 것들을 알고 활용할 줄 아는 것을 '지혜'라 합니다.

이러한 고차원의 지혜적 지식들 심령세계와 천기의 '비밀작용'에 대해서는 여러분의 부모님에게서도, 학교에서도, 종교에서도, 그 누구 또는 그 어디에서도 결코 배울 수 없지만 삶을 살아갈 때는 정말로 귀중한 실용가치적 최고의 '고급지식'임을 꼭 알아둬야 합니다.

모든 학교교육의 교과서와 모든 종교의 경전 책에는 보편적 지식과 진리만을 가르치지만, 필자는 공자와 맹자 그리고 부처님과 예수님도 가르쳐 주지 않은 하늘의 비밀 '천기(天氣)'를 누설하여 특별한 비밀진리와 지혜를 사람들에게 가르쳐 주어 삶의 경쟁 진검승부만 존재하는 강호에서 반드시 승리와 성공을 하면서 함께 깨달음까지 이룰 수 있는 최고의 가르침을 전해 주고자 합니다…….

이곳 천등산에는 진달래꽃이 활짝 피었습니다.

처음 입산할 때도 진달래꽃이 피는 봄이었으니, 이제 산속에 들어온 지도 10년이 되었고, 열 번째의 진달래꽃이 피었습니다.

한반도 남쪽 땅 끝 전라남도 고흥군 남해바다 해안가에 우뚝 솟은 천등산에서 아름다운 다도해 바다를 내려다봅니다.

훗날, 남해안을 여행할 기회가 있거든 또는 기회를 만들어서라도 세계적인 힐링랜드 '순천만'의 갈대숲을 구경하고, 벌교에서 꼬막정식을 먹어보고 그리고 조금 더 남쪽으로 고흥반도로 직행하여 남쪽 땅 끝 전라남도 고흥군의 천등산과 팔영산·유주산·나로우주발사대와 우주체험관을 구경하고, 녹동항구에서 참장어탕을 맛보고, 소록도·거금도·적대봉 등등을 꼭 한 번 여행해 보시길 바랍니다.

동양의 나폴리항이라 불릴 만큼 아름다운 시골 어촌 '녹동항구'에서 연륙교를 건너 소록도를 구경하고, 또다시 세계 최초로 위층은 자동차가 다니고, 아래층에는 자전거길과 인도가 있는 특수 2층 다리구조의 바다 수면 위 약 2km 소록거금연도교 푸른 바다 다리를 걸으면서 다도해 풍광을 만끽해 보고, 거금연도교 끝 섬 입구 전망대에서 또다시 바다경치와 함께 소록도 앞모습 섬을 바라보면 왜 소록도(小鹿島, 작은 사슴섬)

인지 알 수 있을 것입니다.

특히 녹동항구의 신항(제주 카페리호 여객선이 닿는 동쪽 부두)과 구항(수산어시장 회센터와 어선들이 닿는 서쪽 부두) 중간쯤의 구름다리 옆 해안 도로가에 있는 아주 작은 절 '녹동 용궁사'(옛날부터 어부들이 소원을 빌던 바닷가에 '용바위'가 있었고 바다 매립을 하면서 매립된 용바위 위에다 이 책의 필자가 바다용궁기도를 하면서 신(神)들의 계시로 소박하게 직접 건립한 전설이 있고 영험한 기도처)'를 꼭 한 번 직접 방문하여 '해수보살'님을 친견해 보시길 바랍니다.

신(神)해수보살과 화신 女최고역술가 해수보살이 함께 계십니다.

녹동용궁사의 2층 법당에는 해수보살상과 필자가 꿈속에서도 보고 용궁기도 할 때도 늘 보았던 해수보살과 관음보살의 그림이 있고, 1시간만 기도를 하고 돌아가면 반드시 그 사람의 꿈속에 나타나고 그리고 한 가지 소원을 꼭 들어주십니다. 다이아몬드는 작아도 최고의 가치가 있는 것처럼 절과 기도터는 소박하여도 '영험한 곳'이 최고이고, 바닷가 용바위 위에다 소박하게 세운 고흥군 남해안 녹동항구의 '녹동용궁사'는 필자의 특별한 '바다기도처'이고, 또한 가끔씩 휴식을 하는 곳입니다.

바다 해안가의 영험한 장소 명당터의 용궁기도는 특히 재물재수발원과 꼭 한 가지 소원성취가 잘 이루어집니다……

이제 다시금, 필자는 하늘의 계시를 받고 철쭉꽃이 활짝 피어있는 천등산 산꼭대기 가장 높은 산봉우리로 올라갑니다.

항상 그림자처럼 따라다니는 나의 수호신장 삿갓 쓴 스님과 큰칼 든 장군 그리고 도사의 신변을 지켜주기 위해서 하늘의 특명으로 내려온 신장(神將)들이 함께 하고, 노루가 뒤따르고 까마귀들이 앞서거니 뒤서거니 머리 위를 날면서 까악~까악~ 노래를 부릅니다.

천등산 산꼭대기 가장 높은 산봉우리에 도착을 합니다.

하늘의 신(天神)들로부터 중대한 계시를 받고 산봉우리로 올라왔고, 중대한 계시라고 하니 정확한 내용을 알기 위해 '천기신통초월명상'으로 들어가 보기로 합니다.

풀잎을 한 아름 뜯어와 넓은 바위 위에 펼쳐 풀잎방석을 삼고 앉아서 4방의 하늘을 한 번 빙~ 둘러봅니다.

그리고 나서 이제 천기신통술초월명상으로 들어갑니다.

먼저 준비운동 '온몸진동법'으로 몸과 기혈을 가볍게 풀어줍니다.

다음으로 배가 쑥~ 들어갈만큼 후! 소리를 내면서 여러 번 길게 '날숨'으로 몸을 이완시키고, 입을 다물고 옴! 소리를 여러 번 길게 내면서 머리와 뇌에 진동을 주고, 그리고 나서 조심스레 바른 자세를 취합니다.

두 다리는 오므려 포개어 가부좌로 앉고, 허리는 쭉 펴서 반듯하게 세우고, 두 손은 손바닥을 위로 하여 양쪽 두 무릎 위에 올려놓고, 두 눈은 지그시 감아 눈동자를 아래쪽으로 코끝을 바라보면서 고성시키고, 마음을 편안히 합니다. 그리고 호흡은 처음에는 깊고 길게 하다가 차츰 고르게 하면서 들숨과 날숨에 집중을 하고, 의식은 상단전 앞이마의 중앙 '명궁'을 통하여 우주공간에 둡니다(모든 종교들의 신자 및 기도자와 수도인 그리고 정신수련자 및 명상가들은 이 세상 최고의 기도명상법을 꼭 배워두시길 바랍니다).

몸과 마음 그리고 의식이 아주 편안해지면서 고요해집니다.

들숨 날숨의 호흡을 의식하고, 의식의 변화진행을 관찰 및 관조를 하면서 점점 더 깊이 명상에 집중을 하고, 내 의식체와 우주하늘자연과의 주파수 사이클을 맞추며 몰입을 해 들어 갑니다.

우주하늘자연의 존재계와 기운이 연결되면서 몸에 진동과 떨림이 오고, 전율이 온 몸에 찌르르~ 통하면서 쫙~ 퍼집니다.

몸뚱이가 공중에 붕~ 뜨는 무중력을 느낍니다.

머릿속에 뇌수와 기운이 꽉 차 오름을 느낍니다.

상단전의 명궁 앞이마가 뜨거워지면서 멍~해집니다.

엄청난 기(氣)흐름의 쾌감과 무아지경의 황홀감이 찾아옵니다.

무아지경의 정점에서 무한대의 고요정적이 오고, 그리고 모든 것이 정지하면서 '초월의식'이 되어 시간과 공간이 없어지고, 하늘우주와 합일체가 되면서 '우주의식'이 됩니다.

드디어 '천기신통초월명상'이 시작됩니다.

나는 지금 천등산 산꼭대기 가장 높은 산봉우리의 바위에 가부좌로 앉아서 '천기신통초월명상'에 들어있습니다.

이제 나의 의식체와 영혼체는 자유로이 인간계와 신령계 사이의 경계의 벽을 뚫고 신(神)들의 세계로 들어갑니다.

내 몸뚱이는 수호신장들이 창검을 들고 지키고 있습니다.

하늘 문을 활짝 열고 신령계로 들어가 보니, 하늘 신령님들께서 나의 진로를 놓고 하늘에서 천상회의(天上會議)를 했었나 봅니다.

지금까지 10년 동안의 오랜 세월 동안 나에게 하늘의 천기(天氣)와 명기(明氣)를 주시고 또한 가르침을 주시던 신령님과 모든 신령님들이 다 모습을 나타내십니다.

천황상제 옥황상제 구천상제 황천상제 일월성신 북두대성 칠원성군 탐랑성군 거문성군 녹존성군 문곡성군 염정성군 무곡성군 파군성군 태을성군 태상노군 천존대왕 염라대왕 산신대왕 용궁대왕 삼불제석 제석천왕 태을천왕 도리천왕 도솔천왕 칠성여래 대일여래 보승여래 다보여래 약사여래 일광보살 월광보살 관음보살 문수보살 보현보살 약왕보살 약

사보살 지장보살 미륵보살 해수보살 천상신장 지하신장 일월신장 자미
신장 태을신장 태음신장 태양신장 여래신장 화엄신장 의술신장 천문신
장 지리신장 백마신장 뇌성신장 벼락신장 풍운신장 풍랑신장 지진신장
팔미신장 육정신장 육임신장 육갑신장 둔갑신장 도술신장 군웅신장 검
무신장 철망신장 철퇴신장 옥갑신장 옥추신장 금위신장 오방신장 구천
신장 천상장군 지하장군 칠성장군 백마장군 백호장군 청룡장군 황룡장
군 흑룡장군 백룡장군 용마장군 천마장군 뇌성장군 벼락장군 번개장군
태풍장군 천신장군 산신장군 용신장군 사신장군 별상장군 군웅장군 작
두장군 질대장군 관운성제 문창대군 천신도사 선관도사 일월도사 천문
도사 글문도사 지리도사 칠성도사 약왕도사 약명도사 의술도사 마의도
사 화타의성 허준의성 부적도사 육갑도사 둔갑도사 도술도사 나반존자
유마거사 독성거사 옥천대사 달마대사 혜능대사 원효대사 의상대사 무
학대사 서산대사 사명대사 진묵대사 대각국사 원각국사 묘각국사 보우
국사 도선국사 범일국사 도의선사 초의선사 일월선사 천신대감 지신대
감 천복대감 일월대감 칠성대감 불사대감 산신대감 용궁대감 천룡대감
군웅대감 벼슬대감 부귀대감 명예대감 명성대감 판관대감 별상대감 본
향대감 당산대감 도당대감 터주대감 성주대감 상업대감 무역대감 술역
대감 도깝대감 천상대신 지하대신 자미대신 일월대신 칠성대신 천왕대
신 산왕대신 용왕대신 불사대신 본향대신 상산대신 당산대신 말문대신
글문대신 천문대신 지리대신 풍수대신 부적대신 약왕대신 약사대신 의
술대신 경문대신 법사대신 염라대신 육갑대신 둔갑대신 육정대신 육임
대신 육효대신 팔괘대신 구궁대신 관상대신 도술대신 옥황선녀 일월선
녀 천신선녀 산신선녀 용궁선녀 별상선녀 천신도령 산신도령 용궁도령
광림도령 천신동자 산신동자 용궁동자 일월동자 옥동자 칠성동자 뇌성

동자 번개동자 육갑동자 둔갑동자 도술동자 요술동자 말문동자 글문동자 의술동자 법승동자 선재동자 문수동자 일광제석 월광제석 세존제석 제석불사 천궁불사 일월불사 옥황불사 천존불사 칠성불사 산신불사 용궁불사 진둥불사 업불사 복불사 명불사 미륵불사 본향불사 당산불사 도당불사 안당불사 대신불사 천왕승 아미타불 석가모니불 비로자나불 로사나불 보명불 아촉불 무량광불 자재통왕불 약사불 미륵불 천황님 옥황님 상제님 천제님 천주님 천존님 칠성님 사천왕 시바 비슈누 크리슈나 가브리엘 미카엘 라파엘 우리엘 라지엘과 수많은 요정과 동자 등등 엄청난 숫자의 팔만 사천 신령님들이 하늘땅이 꽉~ 차도록 모두 다 모습을 나타내십니다.

[앞에 열거한 것처럼 하늘 땅 자연 속에 존재하는 신(神)들이 무수하게 많다는 진실에 대해서는 맨 눈으로 신(神)과 영(靈)을 볼 줄 아는 극히 소수자는 100% 공감하실 겁니다.]

하늘과 땅의 많고 많은 신령님들께서 하늘땅이 울리는 한 목소리로 하문(下問)의 공수말씀을 내리십니다.

"제자야! 우리 신(神)들이 하늘에서 천상회의를 했으니 이제 제자의 진로를 선택하도록 하라. 이 산속에서 계속 은둔도사로 신선처럼 살아갈 수도 있고 또는 하산하여 국사당을 짓고 보람있는 제2의 삶을 살아갈 수도 있으니, 그 둘 중 하나를 선택하도록 하라."

"신령님들이시여! 어떤 선택을 해야 더 좋겠는지요?"

"하산(下山)을 하여 인간세상으로 다시 돌아가서 국사당과 신전들을 짓고 보람있는 제2의 삶을 다시 시작하는 것이 더 좋을 듯싶구나."

"정녕 그러하신다면 하산(下山)을 준비하도록 하겠습니다. 하오나, 신령님들께서는 사람들의 삶 중에서 가장 귀중한 의문들에 대한 가르침을 주실 수 있을는지요?"

"그러하겠노라. 어떤 방법으로 가르침을 주면 되겠는가?"

"문답식 방법의 가르침이 좋을 듯합니다."

"그러하겠노라. 먼저 질문을 하도록 하라!"

"그럼, 사람들이 가장 알고 싶어 하고 그리고 꼭 알아둬야 할 몇 가지의 의문들에 대한 질문을 드리도록 하겠습니다."

나는 사람들이 인생을 살아가면서 혹시나 또는 확실치가 않아서 잘못을 범할 수 있는 귀중한 의문들과 우리나라 내 민족 동포를 위한 미래운명의 지혜를 얻고자 신령님들께 질문을 드립니다.

"신령님! 신(神)은 정말로 존재하는지요?"

"제자야! 지금 직접 신(神)을 보면서 대화까지 나누고 있으니 신(神)은 분명히 존재하고 있고, 스스로 존재신과 인격신으로 구분하느니라."

"신령님! 사람들이 어떻게 하면 신(神)을 직접 볼 수 있는지요?"

"제자야! 처음부터 하늘의 전령자로 사명을 받고 태어났거나 또는 영매적 능력으로 무녀(巫女)가 됐을 경우 또는 영매적 신끼를 타고난 사람이 신들림 현상과 빙의현상이 나타날 경우 그리고 제자처럼 도(道)를 닦아 신통능력을 지니게 되면 신의 모습을 직접 볼 수가 있게 되고 또한 신의 음성을 직접 들을 수 있게 되느니라."

"신령님! 귀신(鬼神)들림 현상과 빙의현상의 정신이상증세가 나타날 경우에는 어떻게 해야 되는지요?"

"제자야! 신(神)은 반드시 신(神)으로 다스려야 하니, 신들림현상과 빙의현상 그리고 정신질환이 나타날 경우에는 반드시 신통력으로 점(占)을 쳐서 정확한 원인을 밝혀내고 또한 반드시 신통술과 도술로 특별 치유를 해 주어야 되느니라."

"신령님! 귀신(鬼神)들림 현상과 빙의현상의 정신이상증세를 물질과학인 최첨단의 서양의술로 치유가 되는지요?"

"제자야! 신(神)은 반드시 신(神)으로 다스려야 하기 때문에, 더욱 쎈 신통력과 도술로만 치유할 수 있고 해결할 수 있느니라."

"신령님!, 저승세계는 정말로 존재하고 있는 것인지요?"

"제자야! 물질적 몸뚱이가 없는 신(神)과 정령(精靈) 및 귀신(鬼神)의 세계는 분명히 존재하고 있으니 그곳이 저승세계이니라. 또한 저승세계에서 볼 경우에는 사람들의 세계가 저승세계이고, 영혼(靈魂)이 이쪽으로 저쪽으로 왔다 갔다 하면서 인연의 법칙과 인과의 법칙에 따라 윤회와 환생으로 변화만 하고 있을 뿐이니라."

"신령님! 천국세계와 지옥세계는 정말로 존재하는 것인지요?"

"제자야! 극락천국과 고통지옥은 분명히 존재하고 있고, 살아가면서의 행업(行業)에 따라 인과응보로 그 결정이 되느니라."

"신령님! 하늘나라 극락천국에 태어나게 할 수 있는 것이 종교 신앙과는 상관이 있는 것인지요?"

"제자야! 종교 신앙과는 상관이 없고, 종교와 신앙을 통하여 착한 일 선행을 많이 하거나 또는 종교 신앙이 없어도 착한 일 선행공덕을 많이 쌓거나 또는 진리를 깨우치고 많이 깨달은 영혼들은 스스로 하늘나라 극락천국에 태어나느니라."

"신령님! 서방정토극락과 천국 및 천당에 태어나는 것보다 더 좋은 것이 있는지요?"

"제자야! 일반적인 서방정토극락과 천국 및 천당에 태어나는 것보다 더 좋은 것이 있으니, 그것은 최고로 좋은 하늘궁전 '천궁'에 태어나거나 또는 천기신통초월명상 '전지전능자'가 되는 것이니라."

"신령님! 진실과 진리를 다 깨우치고 깨달음을 이룬 도통(道通)을 하려면 어떻게 해야 되는지요?"

"제자야! 옛 성현들의 가르침인 종교의 경전을 통달하면 좋으나, 종교의 경전들은 시대적 배경의 차이와 옮겨 적은 사람과 해석의 잘못 그리고 종교 체제유지를 위한 의도성으로 내용 변경 등 변질이 되어 엉터리 내용이 많고 또한 경전은 아주 옛날 그 종교의 교주가 살던 그 지역동네와 그 민족의 이야기뿐인 바, 그러한 구시대적이고 또한 잘못된 경전 책을 공부하는 것보다는 신통도술을 얻는 '천기신통초월명상'을 통하여 신(神)과 직접 대화를 나눌 수 있는 통신(通神)으로 직접 신통력을 지니면 스스로 진리를 다 깨달게 되고 진실을 모두 다 알게 되느니라. 일반 사람들은 신통과 도통을 크게 이룬 큰 스승의 가르침을 잘 따르면 되느니라."

"신령님! 기도하는 신령스런 산(山)을 선택할 경우에는 어떤 산이 좋은지요?"

"제자야! 기도하는 산(山)을 선택할 경우에는 높고, 깨끗하고, 조용하고, 명기(明氣)가 서려 무서운 기운이 감돌고, 특히 산 까마귀가 계속 살고 있는 산을 선택하면 좋으니라."

"한반도의 대표적 신령스런 산(山)을 가르쳐 주실는지요?"

"한반도의 대표적 신령스런 산(山)의 이름은 백두산·묘향산·칠보산·구월산·금강산·설악산·오대산·태백산·소백산·일월산·삼각산·도봉산·관악산·계룡산·지리산·가야산·영축산·팔공산·금정산·조계산·월출산·두륜산 그리고 천등산 등이니라."

"신령님! 산(山)기도가 종교 신앙과 상관이 있는지요?"

"제자야! 분명히 종교 신앙과 상관이 있으니 신(神)을 대상으로 하는 모든 종교 신앙자는 산(山)기도를 잘 해야 하고, 태초부터 지금까지도 하늘의 계시와 명기는 산을 통하여 땅에 내려지기 때문이니라.

옛날 옛적에 모세와 예수·마호메트 그리고 석가모니와 달마·고승 그리고 명상가·도사들이 모두가 산속에서 기도하여 신(神)과 도(道)를 통하고 깨달음을 얻어 최고의 '인격신(人格神)'들이 되었느니라."

"신령님! 서양 종교를 믿는 신자는 어떻게 해야 선지자·예언자처럼, 그리고 예수님처럼 신통기적을 일으킬 수 있는지요?"

"제자야! 서양 종교를 믿는 신자가 신통을 간절히 소망할 때는 반드시 '천왕대신!' 또는 '여호와여!' 등등 고유명칭적 하늘신(天神)의 신명호를 밤낮으로 부르면 신유의 능력과 신통을 할 수 있게 되고, 글자 공부에만 매달리는 사람은 결코 신통기적의 능력을 얻지 못하느니라."

"신령님! 서양 종교를 믿고 예언력이나 병 고침 치유의 능력을 지니거나 또는 구마의식을 행하는 신부·목사와 신내림의 무녀가 점을 치는 예언이나 병 고침 치유의 능력은 어떤 차이인지요?"

"제자야! 예언이나 병 고침 치유의 능력은 신부·목사나 무녀나 똑같으니라. 거슬러 올라가면 인간 석가부처도 예수도 성자도 도사도 모두가 하늘신과 인간 땅을 이어주는 무인(巫人)들이고 역할이니라."

"신령님! 석가부처님이나 예수님 경지는 어느 만큼의 존재인지요?"

"제자야! 인간으로서 최고로 높은 인격신(人格神)이고, 그 경지가 되려면 그 영혼은 100번 이상의 영혼진화와 환생으로만 가능하며 인간 5,000억 명 중 1명 정도로 태어난 귀한 존재이니라."

"신령님! 기도를 할 때에는 어떤 방법이 좋은지요?"

"제자야! 기도는 반드시 진실한 원(願)이 있어야 하고, 정성스러움과 간절함을 가지고 조용한 장소에서 은밀하게 행해야 하느니라."

"신령님! 기도를 하고자 할 때에는 어느 시간이 좋은지요?"

"제자야! 기도를 하는 시간은 기도의 목적과 사람에 따라서 모두가 다를 수 있으나 대체로 한밤중이 첫째로 좋고, 아침 태양이 솟을 무렵이 둘째로 좋고, 저녁 태양이 질 무렵이 셋째로 좋으니라. 특히 신(神) 제자와 신부·목사·스님 등등 신(神)을 대상으로 큰 신통력을 얻고 싶거나 또는 영성과 불성을 크게 사용하고 싶은 특별한 신앙인과 수도인들은 한밤중의 자시기도가 가장 중요하니 매일 1시간씩 꼭 실천을 해야 하느니라."

"신령님! 특별한 신(神) 제자들은 어떻게 기도를 해야 되는지요?"

"제자야! 신(神) 제자들의 기도는 ① 직접 입산(入山)수도를 하거나 또는 신내림굿으로 오방신장과 백마신장의 도움을 받아 하늘 문(天門)을 열어야 하고 ② 산에서는 산왕대신을 찾고, 물에서는 용왕대신을 찾고, 기타 장소에서는 천왕대신·칠성대신·불사대신·말문대신·약사대신 등 주로 대신을 찾아야 하며 ③ 자기 자신의 통신 말문이 언제 열릴 것인지를 정확히 알아야 하고, 자기전생과 조상핏줄로 신(神)줄인지 또는 도(道)줄인지를 정확히 알아야 하고, 선거리 만신줄인지 또는 앉은 거리 보살줄 또는 법사줄인지를 정확히 알아야 하며 ④ 자기 자신의 신통력이 어느 분야로 계발되고 발전할 것인지를 정확하게 알아야 하고 ⑤ 자기 자신의 신통력의 등급이 1등급·2등급·3등급 등등 어느 등급을 타고 났는지 또한 얼마만큼 계발·발전할 수 있을지를 정확히 알아야 하며 ⑥ 나이가 몇 살쯤에 통신(通神)의 말문이 열릴 것인지 정확한 운때를 알아야 하고 ⑦ 조상가리와 몸주 신(主神)을 알아야 하고 ⑧ 본향산을 알아야 하고 ⑨ 소당·육당·중당과 상단·중단·하단 그리고 탱화 그림과 가운데 중당의 중심에 어느 신(主神)을 모셔야 하는지 등등 신당(神

堂) 또는 법당(法堂) 꾸미는 법을 알아야 하고 ⑩ 점(占)보는 통변의 방법과 각종 풀이하는 방법 그리고 운처방과 비방하는 비법을 알아야 하고 ⑪ 기(氣)는 충전과 방전의 원리가 있기 때문에 항상 충전의 상태를 유지하기 위해서 모든 신(神) 제자들은 한밤중의 자시기도를 1시간씩 꼭 해야 하느니라."

"신령님! 신(神) 제자가 말문을 못 여는 것은 무슨 이유 때문인지요?"

"제자야! 신(神) 제자가 말문을 못 여는 것은 여러 가지 이유가 있지만 가장 큰 이유는 ① 자기 자신이 도(道)줄 제자감인데 신(神)줄 무녀(巫女)를 찾아갔을 경우 ② 신통력의 등급이 제자보다 낮은 스승을 찾아 갔을 경우 ③ 자기 자신의 전생과 조상핏줄을 정확히 모르고 덤볐을 경우 ④ 정확한 운(運)때를 모르고 시행착오를 일으킬 경우 ⑤ 조상가리가 잘못되거나 또는 몸 주신(主神)을 모를 경우 ⑥ 산기도 방법 또는 신내림 굿의 방법이 틀릴 경우 ⑦ 자기 전생의 업살(業殺)이 너무도 무거울 경우 ⑧ 60갑자 일진법에 따른 기(氣) 주파수 사이클을 못 맞출 경우 등등이고, 신내림굿은 한 번에 반드시 말문을 열어야 하느니라."

"신령님! 신(神) 제자와 무당제도는 누가 왜 만들었는지요?"

"제자야! 신(神) 제자와 무당제도는 신(神)들이 인간들을 다스리기 위해 만들었으며, 넓은 의미에서는 신부·목사·스님 등등도 신(神)과 인간의 '중개역할'을 담당하는 무당(巫堂)이고, 인연법과 전생(前生)의 특별한 업(業)이 많은 영혼들과 칠성줄 또는 공줄이 쎈 영혼들을 신(神)들이 심부름꾼으로 사용하기 위한 것이니라."

"신령님! 모든 사람들의 기도응답과 소원성취는 누구나 모두가 다 이루어지는 것인지요?"

"제자야! 그러하지 않느니라. 모든 사람에게는 자기 전생(前生)의 존재가 현재의 자기 영혼으로 들어와 있기 때문에 반드시 자기 전생의 업(業)이 먼저 풀려야 죄가 소멸이 되고, 그리고 죄가 소멸되어야 기도응답과 함께 비로소 운이 열리게 되며 또한 자기영혼 및 자기조상이 신앙으로 섬기는 신이 서로 잘 맞아야 하고, 기도하는 날짜의 일진과 기도하는 시간의 운때가 맞아야 하며, 반드시 지극 정성스러워야 기도응답과 소원성취를 이룰 수 있느니라.”

“신령님! 전생(前生)은 정말로 존재하는 것인지요?”

“제자야! 모든 사람과 존재물(存在物)은 각각의 전생(前生)이 다 있고, 진짜 주인공 혼(魂)들은 지옥도 · 아귀도 · 아수라도 · 축생도 · 어생도 · 인간도 · 천상도 등을 자기가 지은 대로의 업(業)과 습성에 따라서 순서와 기간이 없이 ‘7도윤회법칙’이 계속되며 그 앞전이 곧 전생이고, 지금의 현생은 죽은 후의 전생이 되느니라.”

“신령님! 몽매한 보통 사람들이 자기 전생의 좋고 나쁨을 어떻게 대충이라도 짐작할 수 있는지요?”

“제자야! 보통 사람들이 자기 전생의 좋고 나쁨을 대충이나마 짐작하려면, 현재 자기 자신의 삶이 얼마나 복(福)이 많고 적은가 또는 운(運)이 얼마나 좋고 나쁜가로 판단할 수 있느니라.”

“신령님! 자기 전생과 조상님의 업살(業殺)로 현재의 삶이 복이 없고, 운이 나쁘고, 고생만 하는 사람들은 어떻게 하면 되는지요?”

“제자야! 업은 인과응보의 하늘법칙에 따라서 반드시 지은 대로 나타나기 때문에 현재의 삶이 복이 없고 운이 나빠 고통과 고생만 따르는 사람은 자기 전생과 조상님의 업(業)과 타고난 사주팔자에 들어있는 나쁜 기운작용 살(殺,煞)을 풀어서 반드시 ‘업살소멸’을 해주어야 하고 또한 반드시 착한 일 ‘선행’을 많이 행하여야 하느니라.”

"신령님! 복과 운이 좋은 사람은 어떻게 살아야 하는지요?"

"제자야! 복과 운이 좋은 사람이 선행공덕을 행하지 않으면 다음 생(來生)에는 처지가 뒤바뀌게 될 것이니라. 태어남과 죽음의 현상은 영혼작용이고 영혼이 이승과 저승을 왔다 갔다 하면서 반드시 지은 대로의 과보가 따르기 때문이니라."

"신령님! 사람들의 유전인자적 핏줄내림병과 원인을 모르는 큰 질병 및 난치병과 불치병들을 치유할 수 있는지요?"

"제자야! 유전인자적 핏줄내림병과 원인을 모르는 큰 질병 및 난치병과 불치병들을 치유하려면 나쁜 질병으로 한 많게 죽은 조상영혼을 '해원천도'와 '영혼치유'를 해 주고 '업살풀이'로 함께 나쁜 기운 소멸을 해버리면 깨끗하게 치유할 수 있느니라."

"신령님! 운명(運命)과 운(運)의 작용은 정말로 실제하는지요?"

"제자야! 모든 존재물의 운명과 운의 작용은 각각의 일정한 하늘 법칙에 따라서 반드시 작용을 하기 때문에, 사람의 운명도 운세·운수·운때로 분명히 작용을 하느니라. 하늘과 땅·해·달·별·바다·비·바람이 존재하고 탄생과 죽음이 작용하는 동안 우주자연의 모든 존재물에게는 각각의 운명과 운이 항시 작용하고 있느니라."

"신령님! 핏줄업내림과 핏줄대물림의 유전은 정말로 작용하는지요?"

"제자야! 핏줄적 DNA 유전자 검사는 99.99%까지 정확하니, 조상부모의 나쁜 핏줄내림은 오직 '사전예방'이 최선책이니라."

"신령님! 남의 조상이 내 집안과 우리민족을 도와주는지요?"

"제자야! 천륜적 핏줄관계는 최우선으로 항시 작용을 하기 때문에 남의 조상이 내 집안과 우리민족을 결코 도와주지 않느니라."

"신령님! 사람도 죽어서 신(神)이 될 수 있는지요?"

"제자야! 사람도 죽어서 신(神)이 될 수 있으니, 높은 큰 도(大道)를 이루거나 또는 깨달음으로 위대한 업적을 쌓으면 죽어서 인격신(人格神)이 될 수 있고, 영혼과 혼령의 궁극적 목표와 소망은 모든 존재로부터 인정과 대접을 받는 신(神)이 되고 싶은 것이니라."

"신령님, 사람이 죽으면 그 영혼은 어떻게 되는지요?"

"제자야! 사람이 죽으면 그 영혼은 몸뚱이에서 빠져나가 삼혼(三魂)으로 갈라져서 각각의 역할 세계로 돌아가고, 칠백(七魄)으로 흩어져서 자연 소멸이 되니, 즉 3혼으로 갈라지고 7백으로 흩어지느니라."

"신령님! 사람이 죽을 때 그 영혼은 어떻게 대처해야 가장 좋은지요?"

"제자야! 사람이 죽을 때는 어떤 사유로 죽든지 간에 죽음에 직면하면, 그 영혼은 절대로 당황하거나 두려워하거나 미련을 가지지 말고 그대로 순리에 따라서 인로왕보살 및 저승사자(使者)나 마중 나온 선망조상(先亡祖上)을 따라가든지 또는 빛이 나타나면 가장 투명한 밝은 빛이나 밝고 눈부신 흰 빛을 따라가면 좋으니라. 평상시 자기 영혼에게 자기 암시법으로 주입을 시켜 놓으면 좋으니라."

"신령님! 불교의 성불(成佛)과 기독교의 부활(復活)은 참말인지요?"

"제자야! 석가모니 이후로 2천5백 년 동안 부처가 된 사람은 한 명도 없었고, 예수 이후로 2천년 동안 부활된 사람이 한 명도 없었으니 그것은 인간들에게 착하게 살게 하려고 한 선의적 거짓말이니라. 모든 종교의 가르침들은 '상징적 해석'을 잘 해야 하느니라."

"신령님! 서양 종교의 성경책에는 예수님의 성장과정이 그 어디에도 기록되어 있지 않다는데 그 비밀의 진실을 밝혀주실는지요?"

"제자야! 서양 종교 예수의 성장과정은 불교의 성자 동방박사 도사들이 동방의 인도땅으로 데려가 도(道)를 닦게 하고 그리고 신통술도사로 만들어 다시금 돌려보내 주었고, 옛날 시대부터 서양에서는 도사를 박사라 호칭하였느니라.”

“신령님! 신통능력이 없는 성직자는 신의 대행자 자격이 있는지요?”

“제자야! 신(神)을 대상으로 믿는 종교에서 신통능력이 없는 성직자는 신을 대신하는 대행자의 자격이 결코 없느니라.”

“신령님! 하늘천손 배달민족의 대한민국 우리나라에서만 사람의 나이를 계산할 때 한 살을 올려주는 연유는 무엇 때문인지요?”

“제자야! 아이가 어머니의 뱃속에 잉태할 때부터 이미 영혼이 들어와 있기 때문에 영혼이 깃든 태아를 사람으로 인정을 하니 이 셈법은 세계에서 가장 하늘 이치에 맞느니라.”

“신령님! 여성들의 낙태수술행위는 죄가 되는지요?”

“제자야! 태중의 아기에게는 이미 영혼이 깃들어 있기 때문에 낙태수술행위는 살인죄의 큰 죄가 되느니라.”

“신령님! 모든 사람에게는 자기가 지은 대로의 행업에 따라서 그 과보가 따른다는 인과응보의 법칙은 정말인지요?”

“제자야! 인과응보의 법칙은 하늘법칙이니 정말이니라. 모든 사람은 삼생(三生)을 지은 대로의 인과법칙에 따라서 살아 가느니라.”

“신령님! 이 말씀들을 듣기 전에 이미 많은 잘못을 범했거나, 또는 죄를 지었거나, 또는 잘못 살아온 사람들은 어떻게 하면 좋은지요?”

“제자야! 지금부터라도 즉시 잘못을 뉘우쳐 참회·회개를 하고, 그리고 착한 마음씨로 오직 선행(善行)을 많이 행하고, 가지고 있는 것들을 베풀어서 자기 공덕(自己功德)을 쌓으면 죄 값이 경감 소멸되고, 지은 대로 받는 인과응보는 하늘법칙으로 틀림이 없느니라.”

“신령님! 좋고 나쁜 일에는 미리 그 징조(徵兆)가 나타난다고 하는데 정말 그러하는지요?"

"제자야! 모든 일에는 어떻게든 사전에 그 징조가 예고되느니라."

"신령님! 사전예고의 징조들은 어떻게 나타나는지요?"

"제자야! 사전예고의 징조들은 현상적으로 또는 꿈속으로 그리고 얼굴과 손금에 기색(氣色)으로 분명히 나타나니, 큰일과 객관적인 징조는 큰 사고와 자연현상으로 먼저 나타나고, 작은 일과 주관적인 징조는 개인의 신체 이상과 얼굴 손금에 부호와 기색으로 나타나며, 특히 꿈속에서의 계시(啓示)로 나타나느니라. 사전예고의 징조들을 잘 살펴서 사전에 준비와 대비를 잘 하는 지혜가 꼭 필요하느니라."

"신령님! 꿈속에서 미리 계시로 나타나는 좋은 꿈과 나쁜 꿈의 구별을 가르쳐 주실는지요?"

"제자야! 꿈속에서의 계시는 남·녀의 성별과 나이 그리고 직업과 상황에 따라서 조금씩 다르게 나타나고 또한 조금씩 다르게 꿈풀이를 하느니라. 하지만 먼저 좋은 꿈들을 대체로 열거하면 돼지꿈·용꿈·큰구렁이꿈·두꺼비꿈·큰물고기꿈·호랑이꿈·족제비꿈·독수리꿈·봉황새꿈·불꿈·똥꿈·돈뭉치꿈·대통령꿈·귀인을 만나는 꿈·종이문서 또는 고액 수표를 받는 꿈·귀중품을 받는 꿈·백발도인 꿈·조상님이 일러주는 꿈·특별한 숫자 또는 이름 또는 장소를 가르쳐 주는 꿈·맑은 물꿈·목욕하는 꿈·정돈하는 꿈·청소하는 꿈·빨래하는 꿈·과일꿈·불이 잘 타는 꿈·꽃상여를 보는 꿈·싸움을 이기는 꿈·기쁜 소식 꿈·물고기를 많이 잡는 꿈·조개를 많이 잡는 꿈·수확을 하는 꿈·현재보다 좋은 집에서 살고 있는 꿈·잔칫상을 보는 꿈·기도를 하는 꿈·아침에 일어나서 예감과 느낌이 좋은 꿈 등등이니라.

다음으로 나쁜 꿈들을 대체로 열거하면 젊은 여자들 꿈·어린 아기꿈·

갓난아기를 안거나 업고 다니는 꿈·귀신꿈·경찰꿈·군인꿈·검은 옷을 입은 사람 꿈·벌레꿈·소가 덤벼드는 꿈·짐승이 덤벼드는 꿈·쫓기는 꿈·흙탕물 꿈·물이 더러운 꿈·물이 줄어드는 꿈·물고기를 못 잡는 꿈·교량이 끊기는 꿈·큰 사고가 발생하는 꿈·자기 신발을 잃어버리는 꿈·자가용차를 잃어버리는 꿈·자기 물건을 찾으러 다니는 꿈·자기 물건을 빼앗기는 꿈·이빨이 빠지는 꿈·못사는 동네 또는 다른 곳에 옮겨 있는 꿈·죽은 사람이 보이는 꿈·억울한 사람이 꿈속에 나타나는 꿈·헐벗고 굶주린 조상꿈·조상님이 자주 보이는 꿈·가위눌리는 꿈·무서움과 공포를 느낀 꿈·기분 나쁜 꿈·느낌과 예감이 안 좋은 꿈 등등 헤아릴 수 없을 만큼 많느니라.

이러한 좋은 꿈 또는 나쁜 꿈들 중에서 두 번 이상 반복되는 꿈과 특별한 꿈 그리고 새벽 잠자리에서 일어나기 직전에 꾸는 꿈들은 귀중한 계시와 암시가 들어 있으니 반드시 꿈풀이를 잘 해야 하느니라. 특히 사람의 이름 또는 어느 곳의 지명을 가르쳐 주는 꿈이나 글자와 숫자를 가르쳐 주는 꿈 등등은 복권당첨 또는 횡재와 행운을 잡을 수 있는 좋은 꿈이기도 하니 특별한 꿈 또는 이상한 꿈을 꿀 경우에는 반드시 용한 점쟁이를 찾아가 '꿈풀이'를 잘 받아 보아야 하느니라.

꿈 활용만 잘 해도 1년에 서너 번은 반드시 큰 기회를 잡을 수 있으니, 나쁜 꿈은 사전예방을 잘 해서 손해를 막을 수 있고 또한 좋은 꿈은 사전준비를 잘 해서 큰 이득을 볼 수 있으니, 인생을 살아가면서 반드시 '꿈 활용'을 잘 해야 하느니라."

"신령님! 핏줄대물림법칙이 자녀와 후손의 운명에 얼마만큼 영향을 끼치는지요?"

"제자야! 각각의 집안과 개인에 따라서 차이가 있을 수 있지만, 대체로

80~90%까지 자녀와 후손의 운명에 영향을 끼치니 유전인자적 핏줄대물림법칙은 아주 중요하느니라."

"신령님! 전생(前生)이 현생의 삶과 운명에 얼마만큼 영향을 끼치는지요?"

"제자야! 전생의 존재가 현생의 자기 몸속에 영혼으로 들어와 있기 때문에 자기 자신의 타고난 운명을 얼마만큼 알고 있는가? 또는 자기 운명에 맞게 살고 있는가? 아니면 자기 운명도 모르고 잘못 살고 있는가? 등등과 태어나면서 ① 복(福)을 타고났는지 ② 운(運)을 타고났는지 ③ 업(業)을 타고났는지 등등으로 차이가 있을 수 있지만 각각의 전생은 대체로 80~99%까지 현생의 삶과 운명에 영향을 끼치느니라. 이러한 비밀작용과 하늘법칙들을 이해한다면 사람의 삶은 함부로 막살 수도 없고 또한 함부로 막살아서도 안 되니 반드시 잘 살아야 하느니라. 자기 자신이 잘못 살거나 또는 원한 많게 죽으면 자기 자손과 자기 영혼은 함께 이후로 약 10~1,000년 동안 고통받고 고생하고 불행하게 되니 반드시 알아둬야 하느니라."

"신령님! 인간으로 태어나서 어릴 때 또는 젊은 나이에 각종 사고 또는 질병으로 억울하고 한(恨) 많게 죽은 사람들의 영혼은 천도(薦度)가 잘 되는지요?"

"제자야! 인간으로 태어나서 어릴 때 또는 젊은 나이에 각종 사고 또는 질병으로 억울하고 한 많게 죽은 사람들의 영혼은 본래 수명의 나이가 될 때까지 수십 년 동안을 저승세계로 들어갈 수가 없기 때문에 천도가 잘 되지 않느니라. 이러한 조상과 영가는 반드시 신통력으로 법력과 도력이 높은 도사(道士) 또는 도승(道僧)이 '특별 천도재'를 해줘야 해원과 천도가 동시에 이루어지느니라."

"신령님! 여자들의 자궁 속에서 억울한 죽음을 당한 낙태 아이들의 영혼은 어떻게 되는지요?"

"제자야! 여자들의 자궁 속에서 억울한 죽음을 당한 낙태 아이들의 영혼은 태어나서 어른으로 성장하고 죽어야 하는 예정된 수명의 나이가 될 때까지 수십 년 동안을 저승세계로 들어갈 수가 없기 때문에 태중혼령이 되어서 평생 동안 그 어미의 자궁 속이나 몸뚱이에 달라붙어 원한의 복수를 하게 되느니라. 억울한 죽음을 당한 혼령들은 원한의 대상자와 죽음을 당한 그 장소에 붙박이 지박령 원한귀신으로 붙어있기 때문에 교통사고로 사람이 죽은 장소에서는 또 원한의 교통사고로 사람이 많이 죽는 것처럼, 낙태 살인을 한 자궁에서는 '자궁살'이 생겨 자궁암과 불임 또는 남편외도와 부부싸움 · 별거 · 이혼 등등의 벌(罰)이 따르게 되느니라. 낙태 살인을 한 여성으로서 애정운 및 결혼생활이 나빠지거나 또는 아기꿈을 꾸거나 또는 자궁암 등에 걸리면 최대한 빨리 '자궁살'을 꼭 풀어주면서 함께 낙태아기 혼령을 특수도술법으로 반드시 꼭 '해원천도'를 해 주어야 하느니라." 또한 낙태살인을 많이 행한 산부인과 의사들은 인생말년이 반드시 불행하게 되니 '낙태아기천도재'를 꼭 해주어야 하느니라."

"신령님! 불쌍하고 억울하게 죽은 원귀 · 악귀 · 요귀 · 좀비 · 수비 · 영산 등등의 원한이 강한 혼령과 귀신들은 천도가 되는지요?"

"제자야! 원한이 강한 귀신들은 최고의 신통력과 도술법을 사용하지 않고서는 천도가 잘 되지 않느니라. 원한이 강한 혼령과 귀신들은 반드시 신통력으로 법력과 도력이 높은 도사(道士) 또는 도승(道僧)이 '특별천도재'로 해원과 천도를 동시에 정확히 해 주어야 하느니라."

"신령님! 원한이나 미련이 없이 행복하게 장수를 누리고 잘 죽은 사람의 영혼도 조상굿이나 49재 · 천도재가 필요한지요?"

"제자야! 잘 죽은 사람의 영혼들은 스스로 순리를 잘 따르게 되니 조상굿이나 49재 · 천도재가 필요 없느니라."

"신령님! 보통 사람으로 살면서 가장 좋은 일은 무엇인지요?"

"제자야! 보통 사람으로 살면서 가장 좋은 일은 착한 일 선행공덕을 쌓는 것과 많은 깨달음으로 자기 영혼의 영혼진화를 많이 해서 하늘나라 천국 · 천당 · 천궁의 극락세계로 잘 올라가는 것이니라."

"신령님! 사람이 죽음에 이르면 어떤 상황이 벌어지는지요?"

"제자야! 사람이 죽음에 이르면 그 영혼체는 잠깐 졸도 또는 당황을 하다가 살아 있을 때의 가치관과 믿는 종교적 인연법에 따라 어두운 터널이 나타나기도 하고, 또는 출입문이 나타나기도 하고, 또는 초원이 나타나기도 하고, 또는 강이나 바다가 나타나기도 하느니라."

"신령님! 사람이 죽음에 이르면 누군가 안내자가 나타나는지요?"

"제자야! 사람이 죽음에 이르면 핏줄관계인 조상이나 또는 저승세계의 심부름꾼인 저승사자 등의 영혼 안내자가 나타나기도 하고, 또는 아무도 안 나타나기도 하느니라."

"신령님! 사람이 죽을 때 안내자가 안 나타나면 어떻게 되는지요?"

"제자야! 사람이 죽을 때 영혼 안내자가 없으면 당황스럽고, 두렵고, 방황을 하게 되고, 안내자가 없는 영혼들은 대부분 유령이 되고, 수비 영산 좀비가 되느니라."

"신령님! 사람이 죽을 때 또다시 돌아가는 저 세상은 어떻게 구분되어 있으며, 죽은 영혼(혼령)들은 어떻게 분류가 되는지요?"

"제자야! 사람이 죽을 때 또다시 돌아가는 저 세상은 ① 천국 ② 연옥 ③ 지옥으로 구분이 되어 있고, 사람으로 살 때의 행실과 행업에 따라 지은 대로 심판을 받고 분류가 되어 그 만큼의 대접과 형벌이 주어지며, 천국은 너무나 밝고 아름답고 평화스러운 곳이고, 지옥은 너무나 어둡고 무섭고 고통스러운 곳이며, 연옥은 불로 정화를 기다리는 수많은 방들과 출입문이 있는 곳이니라."

"신령님! 이승과 저승의 관계를 좀 가르쳐 주실는지요?"

"제자야! 이승과 저승은 사람과 영혼(혼령) 및 신들의 입장차이이니 사람의 입장에서는 혼령과 신들의 세계가 저승이고, 혼령과 신들의 입장에서는 사람들의 세계가 저승이며, 자기들이 현재 머물고 있는 곳이 이승이고, 사람들의 이승세계는 영혼들이 사람의 몸을 빌려 잠시 와 있는 곳이며, 모든 영혼들은 영혼들의 세계 저승으로 반드시 돌아가야 하니 영혼들의 저승세계가 곧 본향이고 고향이니라."

"신령님! 이승과 저승 중에서 어느 쪽의 삶이 더 중요하는지요?"

"제자야! 잠시 왔다 가는 나그네의 이승 삶도 중요하고, 영원히 살아가고 또한 반드시 돌아가야 하는 저승의 삶은 더욱 중요하느니라."

"신령님! 육체적인 삶과 영혼적인 삶 중에서 어느 쪽의 삶이 더 중요하는지요?"

"제자야! 사람들의 삶은 육체적인 삶도 중요하고, 영혼적인 삶은 더욱 중요하니 반드시 영혼진화와 영혼승천의 준비를 잘 해야 하느니라."

"신령님! 서양종교의 예수님은 진짜 하느님의 아들이 맞는지요?"

"제자야! 예수는 하느님의 진짜 아들이 맞도다. 또한 하늘 하느님의 아들들은 인류 이래 사람으로 7명이 태어났느니라."

"신령님! 서양종교의 기독교와 가톨릭에서 성모마리아님 예수님 그리고 하느님 중에서 누구를 믿어야 하는지요?"

"제자야! 사람잣대의 교리해석을 떠나서 반드시 인간은 신(神)을 믿어야 하니 기독교와 가톨릭에서는 반드시 하느님을 믿어야 하느니라."

"신령님! 서양종교의 종말에 대해서 가르쳐 주실는지요?"

"제자야! 종말이란 전쟁·질병·자연재해 등 세상의 '큰 재앙'들을 의미하고, 종말이라고 일컫는 큰 재앙은 인류역사 이래 100번 이상 있었느니라."

"신령님! 서양종교의 부활에 대해서 가르쳐 주실는지요?"

"제자야! 부활이란 죽은 시체가 다시 살아나는 것이 아니고, 달걀껍질을 깨뜨리고 병아리가 나오듯, 번데기가 껍질을 벗고 나방이 되듯, 오직 자기수행과 기도 원력으로 하늘우주자연의 모든 진리의 도(道)를 깨닫고 그 깨달은 마음으로 거듭나서 병아리처럼 또는 나방처럼 자유로워지는 '완전 자유로움의 경지'를 일컫느니라."

"신령님! 서양종교의 휴거에 대해서 가르쳐 주실는지요?"

"제자야! 휴거란 어둠의 먹구름위로 밝은 하늘 천국으로 끌어 올려준다는 것이니, 사람으로 살 때에 영적 공부와 영혼진화를 많이 하여 진리의 도(道)를 깨우친 사람의 고급 영혼만 특별히 하늘천국 중의 최고 하늘궁전으로 끌어올려 준다는 '영혼구원'을 의미하느니라."

"신령님! 천국과 천당·천궁에 대해서 가르쳐 주실는지요?"

"제자야! 천국은 하늘나라를 의미하고, 천당은 하늘집을 의미하고, 그리고 천궁은 최고로 좋은 하늘궁전을 의미하느니라."

"신령님! 서양종교의 구원에 대해서 가르쳐 주실는지요?"

"제자야! 구원이란 고통과 지옥으로부터 구제해 준다는 것이고, 먼저 몸뚱이와 영혼을 정화하여 반드시 속죄와 면죄를 받고 그리고 헌신과 봉사를 많이 행하면 가난과 질병과 재앙과 지옥의 고통으로부터 육체와 마음과 영혼을 함께 구원받는다는 것을 의미하느니라."

"신령님! 동양종교의 성불에 대해서 가르쳐 주실는지요?"

"제자야! 성불이란 하늘우주자연의 모든 진실과 진리의 깨달음을 이룬 '도통인격체'를 의미하는 것이고, 반드시 7신통 8해탈 10지승을 이루어 인간 최고의 신통력으로 모르는 것이 없고 못하는 것이 없는 석가모니불처럼 '전지전능 경지'를 일컫느니라."

"신령님! 동양종교의 불교에서는 누구를 믿어야 하는지요?"

"제자야! 불교에서의 수행방법은 석가모니를 따르고, 현세에서의 구고구난은 관세음보살을 부르고, 아플 때는 약사불을 부르고, 영혼의 구원과 극락왕생을 위해서는 아미타불을 부르고 믿어야 하느니라."

"신령님! 하늘의 신과 정령 및 조상령들도 음식물이 필요하는지요?"

"제자야! 하늘의 신과 정령 및 조상령들까지도 모두가 기운이 필요하기 때문에 음식물을 흠향해야 하고, 하늘천제와 불공 그리고 추도식과 조상제사 때에는 반드시 제물로 음식물을 받쳐야 하느니라."

"신령님! 신과 정령 및 영들의 세계도 높고 낮음이 있는지요?"

"제자야! 신과 정령 및 영들의 세계는 영적 능력에 따라 직분과 직책 그리고 높고 낮음의 구별과 단계가 있느니라."

"신령님! 하늘과 신령계의 단계는 몇 단계·몇 층이 있는지요?"

"제자야! 하늘은 3단계로 되어 있고, 신령계의 단계는 아래에서 위로 33층까지 있느니라."

"신령님! 사람 영혼들 영계의 단계는 몇 단계나 있는지요?"

"제자야! 영혼들 영계의 단계는 '7단계'까지 있으니 영혼 및 영인 그리고 조상령들은 최고 높은 7단계의 등급까지 올라가는 것이 목표이고 또한 인격신이 되어 신령대접을 받는 것이 최종목표이니라."

"신령님! 하늘천상 신령계의 영역은 어떻게 구분되어 있는지요?"

"제자야! 하늘천상 신령계의 영역구분은 '12궁'의 나라들로 되어 있고, 각각의 궁과 나라에는 또 다른 작은 영역이 많이 있느니라."

"신령님! 천계와 영계의 높낮음은 어떻게 구분되어 있는지요?"

"제자야! 천계와 영계의 높낮음은 땅 지표로부터 공중으로 올라갈수록 높고 반대로 땅속으로 내려갈수록 낮으며, 가장 낮은 곳은 유황불이 이글거리는 불지옥이니라."

"신령님! 신령계의 신분과 직급은 어떻게 구별하는지요?"

"제자야! 신령계의 신분과 직급은 표시와 용모 그리고 옷차림새로 구별할 수 있느니라."

"신령님! 영계의 조상령들의 영적인 상태와 좋고 나쁨 및 등급은 어떻게 구별하는지요?"

"제자야! 영계의 조상령들은 영적 투시 또는 가족의 꿈속에 나타난 모습과 용모 및 옷차림새로 현재 영적 상태의 편안함과 처참함 및 등급을 구별할 수 있느니라."

"신령님! 모든 사람은 죽을 때 반드시 심판대에 서고, 살아 있을 때의 행실에 따라서 반드시 심판을 받는다는데 꼭 그러하는지요?"

"제자야! 모든 사람은 죽을 때 살아 있을 때의 생각과 행실에 따른 심판을 반드시 받게 되어 있고, 또한 반드시 상과 벌이 주어지니 그것은 누구도 피할 수 없는 지은 대로 받는 '인과응보'의 하늘법칙이니라."

"신령님! 사람들은 죽을 때 '돌아간다'는 말은 무엇을 의미하는지요?"

"제자야! 모든 사람은 몸뚱이 속에 각자의 주인공 영혼들이 깃들어 있고, 각자의 영혼들은 몸뚱이가 죽거나 또는 필요 없으면 버리고 본래 살던 곳 영혼들의 세계로 다시 돌아가기 때문이고, 사람들의 인생은 영혼들이 잠시 깃들어 왔다 가는 '나그네' 길이니라."

"신령님! 사람이 죽을 때 복 받을 거야 또는 벌 받을 거야 등의 뜻은 무엇을 의미하는지요?"

"제자야! 모든 사람은 죽을 때 그 영혼은 오직 살아 있을 때의 선행과 악행의 '행업(行業)'에 따라서 정확히 구별이 되고, 냉엄한 심판에 따라 반드시 보상과 형벌이 주어지기 때문이니라."

"신령님! 일반신자들이 기도를 열심히 하면서 소망과 소원을 빌어도 기도응답이 없고 삶이 나아지지 않은 것은 무엇 때문인지요?"

"제자야! 기도응답이 없는 것은 자기영혼과 믿는 신(神)이 전혀 맞지 않기 때문이니, 3년 이상 어느 종교와 신(神)을 믿었는데도 삶이 개선되지 않거나, 질병이 낫지 않거나 등등 기도응답이 없고 오히려 손해와 실패·낙방·각종 사고·이혼·사별 등등 나쁜 일이 생기거든 미련 없이 믿는 대상을 바꾸어야 하느니라."

"신령님! 종교신앙과 공부 및 직업을 바꾸어도 되는지요?"

"제자야! 자기 자신에게 적합하지 않는 것은 바꾸어도 되느니라. 효과가 없는 약을 계속 복용하는 것은 가장 어리석은 바보이니라. 높은 산을 오르는데 산을 오르는 길은 동서남북 여러 갈래의 길이 있고, 자기 자신에게 가장 알맞은 길을 잘 선택하면 되느니라. 종교와 공부 및 직업은 삶의 목적이 아니고 잘 살기 위한 '방편'일 뿐이니라."

"신령님! 정말로 가난한 사람들은 어떤 신(神)을 찾아야 하는지요?"

"제자야! 정말로 가난한 사람들은 하늘의 천복대신(天福大神)을 찾아야 하늘에서 '돈복'을 내려주느니라. 인생살이의 가치를 최우선적으로 삼고 가난의 고통에서 벗어나 사람대접을 받고 싶은 사람은 모든 기도를 할 때 '천복대신(天福大神)'을 주문처럼 계속 외우면 꼭 부자가 되느니라."

"신령님! 믿음과 신앙의 종교기도보다 더 좋은 것이 있는지요?"

"제자야! 종교기도는 복(福)을 달라는 구복과 기복이 본질이니 기도는 무엇인가의 욕망이고, 명상은 욕망들의 버림이고 초월이니 오히려 의식을 각성시켜 깨달음을 이루게 하는 명상이 더 좋고, 신통술 및 축복과 깨달음까지 얻는 '천기신통초월명상'은 최고의 방편이니라."

"신령님! 세상의 모든 사건과 재앙들은 어떻게 일어나는지요?"

"제자야! 모든 사건과 재앙들은 자연현상 변화의 법칙과 인과응보의 법칙에 따라서 처음부터 멸망할 때까지 불가사의하게도 다 '예정'이 되어 있기 때문에 결코 피할 수는 없으니, 지구상의 일어날 사건과 재앙들은 그 사전 준비와 대비로 피해를 줄이는 방법밖에 없고, 그 사전준비와 대비를 잘 하라고 하늘의 전령자와 예언자 그리고 인도자를 내려 보내 주노니 그 가르침을 잘 따라야 하느니라."

"신령님! 다음은 민족과 국민 그리고 국가의 미래를 위해서 가르침을 주실는지요?"

"제자야! 민족과 국가의 미래를 위해서는 의식개혁과 인간계발 그리고 1,000년 계획과 100년 비전의 국가전략이 필요하느니라."

"신령님! 바람직한 방법을 가르쳐 주실는지요?"

"제자야! 천급한 허세 및 허영심과 공짜심리 등을 고치고, 자주독립성과 애족애국심으로의 의식개혁이 필요하며, 사람은 태어날 때 반드시 한 가지씩 저마다의 개성적 소질과 운명을 가지고 태어나기 때문에 각 사람의 타고난 소질과 지능·재능·성격·신체·미추·가치관 그리고 수명과 운세 및 운명에 따른 개성적이고 전문적인 '인간계발'이 꼭 필요하느니라. 각 사람의 타고난 소질과 개성을 꼭 발견하여 반드시 '적성'에 맞게 계발시켜주고, 각 사람의 타고난 운명과 운세에 가장 적합한 '인생진로방향'을 잘 제시하여 선택하도록 해주면 각 사람 개인의 성공과 민족 국가의 발전을 함께 이룩할 수가 있느니라."

"신령님! 인간사회의 대형사고와 자연재해 등등의 재앙과 국가의 정책 실패로 인한 막대한 피해와 손실을 막을 수 있거나 또는 줄일 수 있는 방법을 가르쳐 주실는지요?"

"제자야! 앞날의 예측과 미래예언은 점술가들이 전문가이니, 앞날 예측과 예언능력이 뛰어난 실력 있는 신통력의 점술가를 100명 정도 선정을 하고 7~8명은 국가자문위원으로 위촉하여 하늘에서 계시와 예시가 있을 때마다 중앙 집결 전화에 수시로 기록을 하도록 유도하고 컴퓨터와 전담요원으로 하여금 집계분석을 계속하도록 하여 정확한 준비·대비·대응을 잘 할 수 있도록 하는 '시스템'을 만들어 활용하면 대형사고와 자연재해 등등의 재앙 그리고 정책 실패로 인한 엄청난 피해와 손실을 절반으로 줄일 수 있고 또한 막을 수도 있느니라. 이 시스템은 기업경영과 국가경영 그리고 국가정보와 국가방위 그리고 모든 협상의 전략에도 큰 도움이 될 수 있느니라."

"신령님! 우리민족과 국가의 안정과 평화 그리고 지속적인 발전을 위해서는 어떻게 해야 되는지요?"

"제자야! 좌·우 및 진보와 보수 및 계층 간 그리고 집단 간의 갈등과 대립을 소통을 잘 하여 포용설득과 협의 및 합의 그리고 냉철한 합리적이고 일관된 정책과 통일된 비전 제시로 해결을 하고, 분배식 복지도 중요하지만 '성장발전'을 더 많이 꼭 해야 할 것인 바, 생산과 성장이 없는 나눠주기식 복지는 결국 함께 망하게 될 것이니라. 망하지 않으려면 민족과 국가를 다스리는 행정 및 통치와 정치를 잘 해야 하고, 평화를 위해서는 반드시 한반도전쟁을 막아야 하고, 지속적인 국가발전을 위해서는 글로벌금융과 산업의 변화흐름과 예측으로 금융과 산업 등 경제를 더욱 '발전'시켜야 하느니라."

"신령님! 행정 및 통치와 정치를 잘 하려면 어떻게 해야 되는지요?"

"제자야! 자질과 능력을 갖춘 인물들이 필요할지니, 애족애국심이 결여된 이중국적자와 직무능력이 부족한 자 그리고 민족관·역사관·국가관이 결여된 자 등등은 행정 및 통치와 정치에서 철저히 배제를 시키고, 상벌을 엄하게 하여 군대납품비리범죄·부정식품제조유통범죄 그리고 건강보험 도둑질 및 연구비 도둑질 그리고 공직자와 공무원의 뇌물비리범죄와 국가재정 돈 부정수급자 그리고 부실회계범죄·인터넷 사기범죄·컴퓨터 해외서버 국내범죄 및 해커범죄 그리고 복면폭력시위꾼 등 '고의성범죄' 등은 금액의 10배까지 '징벌형'으로 감히 엄두를 못 내게 하여 '국가기강'을 바로 세우고, 최고지도자는 소통과 화합 및 가슴으로 하는 '감동리더십'으로 그리고 통찰력과 미래비전제시로 '국가방향'을 잘 이끌어야 하느니라."

"신령님! 사람들의 모든 질병으로 인한 고통과 가난 그리고 원한 서린 자살행위 및 각종 재앙으로 인한 사고와 죽음들 그리고 우리민족 남북간의 적대관계의 근본들을 모두 해결할 수는 있는지요?"

"제자야! 해결할 수 있느니라. 인간은 영적 작용(靈的作用)을 하기 때문에 한반도 남북전쟁 때 이 땅에서 피를 흘리며 원한 많게 죽은 수많은 원혼들과 또한 각종 사고와 불치병 등등으로 원한 많게 죽은 수많은 원혼들을 잘 달래고 깨우치게 하고, 영혼치유까지 하는 특수 도술법으로 '해원천도'를 잘 해서 서로 상생(相生)하도록 기도를 해주고, 개운(改運)을 하면 나쁜 운 작용의 근본을 모두 해결할 수 있느니라. 그렇기 때문에 국사당(國祠堂)을 꼭 지어야 하느니라."

"신령님! 현재 2018년도 대한민국의 문재인정부는 정치 및 국정운영을 잘 하고 있는지요?"

"제자야! 제왕적 대통령제 국가에서는 대통령의 인생 가치관에 따른 국가관 및 정치이념 그리고 능력 및 운(運)으로 볼 때에 남북평화는 바람직하지만, ① 탈원전 ② 소득주도성장 ③ 52시간 노동제한 등은 ① 경제 저성장적 ② 공산주의적 ③ 근로의 자유권리 침해적인 나쁜 정책들이고, 10년 큰 변동 대운법으로 반드시 정권이 바뀌게 될 것인 바, 정권이 바뀌면 '업(業)작용'에 따라 지난 대통령들처럼 감옥을 가게 될 것이니라."

"신령님! 미래 우리민족과 국가를 위한 가르침을 더 주실는지요?"

"제자야! 민족과 국가가 비록 약소하더라도 미래사회는 결국 사람의 능력에 달려있으니 개인의 타고난 '천성소질계발'과 함께 결코 무너지지 않는 강인한 '정신력'을 가진 민족성을 기르고, 하늘천손 배달민족은 본래부터 재주가 많고 부지런하고 그리고 신명이 강하니 명상 · 종교 · 기술 · 예술 · 예능 그리고 문화로 세계만방에 이름을 떨쳐 나아가면서 민족과 국가 그리고 개인까지도 앞날의 정확한 '미래예측'을 잘 해내고 또한 준비와 대비를 철저히 잘 하는 전략이 가장 중요하느니라. 더 이상의 가르침은 하산(下山) 후에 차차로 또한 필요하면 때때로 주어질 것이니라……………"

나는 아쉽지만 신령님들과의 문답식 가르침이 끝나자 하늘과 신령님들께 삼배(三拜)로 큰절을 올리고 천등산(天登山) 산꼭대기 가장 높은 산봉우리를 내려옵니다.

해가 지고 있는 노을 진 석양 무렵에 산봉우리를 내려옵니다.

산(山)기도로 도(道)를 닦으면서 10년 동안 하루에 한 개씩 쌓아올린 돌탑은 내 키의 3배 높이만큼이나 높습니다.

나는 돌탑 앞에 서서 합장을 하고 돌탑을 올려다봅니다.

내 손으로 10년 동안 쌓아올린 나의 돌탑을 감회 어린 심정으로 한참 동안을 올려다보고 있습니다.

석양노을의 하늘에서 눈부신 흰 빛줄기가 돌탑을 향해 비춰옵니다.

하늘 빛줄기 속에서 황금색으로 눈부신 아미타불이 모습을 드러내시어 돌탑 꼭대기 위의 공중에 가부좌를 하고 앉으십니다.

"아미타불이시여! 가르침을 주실는지요?"

"제자야! 대광명의 전지전능자재로서 말하노니, 공들여 쌓아올린 이 돌탑은 영원토록 무너지지 않을 것이니라. 이곳 천등산(天登山)에서 오직 홀로 10년 동안 두문불출 토굴기도 천기신통초월명상으로 신(神)들의 가르침에 따라 인간 최고의 신통력으로 도통의 경지에 오른 도사(道士)가 되고 깨달음을 이룬 지존(至尊)에 올라섰느니라.

이곳 천등산(天登山)을 하산하거든 이 나라의 신령스런 명산인 유주산과 팔영산을 거쳐서 조계산·월출산·한라산·무등산·내장산·모악산·계룡산·마이산·지리산·덕유산·가야산·가지산·팔공산·속리산·월악산·일월산·소백산·태백산·오대산·설악산·치악산·불암산·수락산·도봉산·삼각산·인왕산·관악산·남산을 직접 거쳐서 서울 중심으로 들어가도록 하여라.

세간의 사람들 속에 함께 살면서 인간계 최고의 신통술과 관상술 그리고 부적술과 도술을 방편으로 많은 중생들을 도와줄지니, 반드시 종교 종파를 초월하여 구속과 걸림이 없는 해탈한 '대자유인'으로 살며, 교통이 편리한 서울 중심에 만남의 집을 차리고 신통술을 얻는 최고의 기도 명상법 '천기신통초월명상' 가르침과 타고난 천성소질재능을 발견하고 운(運)을 열어주는 '인간계발'을 해주고 또한 '인생상담' 및 '컨설팅' 등등을 해주면서 인연이 닿는 대로 가르침을 많이 베풀도록 하고, 진실한 '하늘메시지'를 전하도록 하여라.

큰 신통력과 도술 그리고 참 지혜를 가진 도사(道士)로서의 삶의 길을 묵묵히 걸어가면 깨우침의 가르침을 받으려는 사람과 공덕을 쌓으려는 사람과 복(福)을 지으려는 사람들이 나타나 국사당(國祠堂)을 짓는 데 함께 동참을 많이 해 줄 것이니라.

사람들의 시주헌금과 후원금으로 백두대간의 최고 명당자리 두 곳에 '국사당'을 짓고 또한 남쪽 바닷가에 '용궁사'를 짓고 '칠성당'을 짓는 등등 반드시 신전(神殿)을 많이 지어 천손의 배달민족이 살아가는 한반도 땅을 세계 제일 강한 기운(氣運)으로 꼭 만들도록 하여라!

제자는 이제부터 현시대 인간계 최고의 신통도술능력으로 중생구제와 영혼들 구원 그리고 대한국의 정신적 구심점을 위한 신전(神殿) 건립이 그 사명이니라. 잘 알아들었는가?"

"예! 잘 알아들었습니다."

"제자는 오직 홀로 도(道)를 닦아 스스로 깨우치고 깨달아 성도해탈을 하였으니 내가 너에게 '독성지존(獨成至尊)'으로 인가하노라 ～～～

제자의 금생 수명은 120살까지이고, 다음 생은 하늘나라 '지혜천궁'의 천왕이 될 것이니라 ～～～"

아미타불의 모습과 음성이 사라지고 이제 고요함만 남습니다.

어두움이 드리워지고 있는 고요한 깊고 높은 산속에서 하늘을 올려다 보고 있습니다.

하늘에서 내 나이 15살 무렵 소년 때에 자주 들었던 '하늘음성'이 하늘 땅이 울리도록 큰 음성으로 또다시 들려옵니다.

"아들아! 하늘 산에서 하늘공부를 잘 하였느니라. 이제부터는 신(神)의 대행자 권능으로 사람들과 영혼들을 잘 구원해 주거라 ~~~"

나는 하늘에다 소리 내어 물어봅니다.

"내 어릴 적과 지금에 하늘음성을 들려주시는 분은 누구신지요? 모습을 보여주실는지요?"

"내 존재는 결코 모습으로 보여질 수 없느니라 ~~~"

"그러시다면 하늘음성으로 가르침을 주실는지요?"

"아들아! 혼(魂)이란 것이 영혼이 되고 혼령이 되는 인간들의 본체이고, 깨달음으로의 거듭남이 부활이며, 깨달음을 이룬 자유로운 영혼체가 곧 영생의 주체임을 잘 가르쳐 올바른 믿음과 함께 사람들과 영혼들을 잘 인도하고 구원하거라 ~~~"

"예! 잘 알아들었습니다."

나는 하늘의 천명(天命)을 받고 책임감을 느끼지만, 천기신통술기도명상으로 깨달음을 이루고, 하늘신(天神)으로부터 직접 인가와 인증까지 받았으니 너무나도 환희롭습니다.

나도 모르게 환희의 눈물이 볼을 타고 흘러내립니다.

동쪽 하늘에서 커다란 둥근달이 떠오릅니다.

밤하늘의 둥근달이 어둠의 대지(大地)를 환하게 비추어 줍니다.

나는 밤하늘의 둥근달을 바라보면서 눈물을 흘립니다.

마음은 즐거운데 눈에서는 눈물이 납니다.

나의 눈에서 눈물이…….

제18장
신통도술의 '초능력자'가 되어 하산(下山)을 한다

천등산에 들어와서 산(山) 밖을 한 번도 안 나가는 두문불출 무문관 10년 토굴기도로 대각(大覺)의 깨달음과 신통도술의 초능력을 얻고, 이제 하산(下山)을 하기 위해 준비를 합니다.

계절이 한창 무르익은 봄철이니 또다시 토굴 옆 산골짜기 비탈의 텃밭에 채소 씨를 심기 위해 땀을 흘리며 괭이질을 합니다.

여러 날 동안 땀을 흘리면서 괭이로 땅을 파 엎고 두둑과 이랑을 만들어 정성스럽게 채소 씨를 심습니다.

누가 먹든지 간에 산속의 텃밭에 채소 씨를 심어놓습니다.

내 스스로 넓은 마음 그리고 큰마음으로 마음을 씁니다.

이곳 천등산이 자동차가 통행할 수 있는 임도 산길이 생기고, 또한 옹달샘 토굴에서 큰 도사(大道士)님이 탄생했다는 입소문이 났으니, 누군가 또 인연 있는 사람들이 이곳을 찾아와 산(山)기도공부를 하게 될 것을 대비해서 깨끗이 청소를 해 놓습니다.

돌탑과 돌제단 그리고 옹달샘과 토굴에 한없는 고마움과 감사함으로 머리 숙여 마음 숙여 골백번 큰절을 올리고 동서남북 4방으로도 큰절을 올리고 그리고 이제 하산(下山)을 합니다.

새로운 삶의 목표로 유언과 유서를 남겨놓고 죽음을 각오하는 배수진을 치고 10년 동안 산도(山道)를 닦아 드디어 성도(成道)를 이루고 해탈 자유인 도사(道士)가 되어 이제 하산(下山)을 합니다.

하늘로부터 특명을 받고 죽을 때까지 도사의 신변을 보호해주고 또한 지시와 명령에 무조건 따르는 여러 명의 수호신장과 신령 그리고 동자들을 거느리고 천등산(天登山)을 내려옵니다.

하늘에서 승리의 축하 음악 소리가 들려오고 산 까마귀들도 머리 위를 날면서 까악~까악~ 축하를 해줍니다.

나는 승리자가 되어 축하를 받으며 산(山)을 내려옵니다…….

집 떠난 지 10년 만에 시골집 생가(生家)로 돌아옵니다.

많은 사람들과 친지 가족들이 나를 반겨줍니다.

한 사람 한 사람 손을 잡아주고 그리고 대청마루에 앉아 계신 육신의 어머님께로 가서 큰절을 올리며 문안 인사를 드립니다.

우리 어머님께서는 이제 허리가 굽은 백발노인으로 늙으셨습니다.

지금도 장독대의 큰항아리 위에 정한수를 떠올리고 계십니다.

손씨 집안으로 시집을 와 첫아이 임신 때부터 아이가 태어나고 자라서 어른이 된 지금까지 매일처럼 장독대 큰항아리 위에 정한수로 물 한 그릇을 떠올리면서 평생 동안 기도를 해 오셨습니다.

당신께서 시집온 손씨 집안과 당신께서 배 아파 낳으신 6남 1녀 7남매 자식들이 오직 잘되기만을 평생 빌어 오고 계십니다.

필자는 이 책을 가장 먼저 나의 어머님 안동 김씨 '김순애'님께 엎드려 받쳐 올리는 바입니다.

그리고 어머님의 7남매 자식을 대표해서 그러하신 어머님의 헌신적인 거룩하신 삶에 한없는 고마움과 존경심을 표하는 바입니다.

그러하신 어머님께서 이제 늙으시니 무릎관절과 허리와 골반 뼈가 아프다고 하십니다.

나는 자식된 도리로 직접 우주자연의 기운을 모아서 어머님의 아픈 곳을 의술통의 신통술로 정성껏 치유를 해 드립니다.

우주자연의 생기(生氣)를 두손에 모으고 병 고침 주술진언의 신통술 '권능'으로 어머님을 치유해드리니 20년 동안의 만성질병 고통이 깨끗이 나아버렸습니다.

또한 시골 옆집에 살고 있는, 귀신이 씌워 시집도 못가고 늙은 부모가 항상 방에 가둬두고 있는 불행한 노처녀의 소식을 전해 듣고는 귀신을 떼어내서 정신이 멀쩡하게 만들어 주고, 다시는 그 몸속에 귀신들이 못 들어가게 몸에다 도술부적을 그려주었습니다.

생가(生家)의 어머님 곁에 잠시 머물면서 가족 모두와 지인 그리고 인연닿아 찾아온 사람들에게 '신통술'로 아픈 곳을 치유해주면서 그 사람에게 꼭 맞는 좋은 말을 한마디씩 해줍니다.

나는 그 사람의 운명과 운(運)흐름에 꼭 맞는 가르침을 줍니다.

그 사람의 타고난 운명을 종합적으로 분석하고 진단하여 현 시점에서 가장 합리적인 가르침을 직설법으로 말해줍니다.

하루는 국회의원님의 소개로 찾아왔다면서 내가 머물고 있는 시골동네에 고급승용차 리무진을 타고 귀부인과 아가씨가 나타납니다.

요즘 이곳 시골동네에 외지사람들의 고급승용차가 자주 찾아옵니다.

고급 리무진 승용차를 타고 온 귀부인이 먼저 입을 열면서 자기가 찾아온 이유를 먼저 맞춰보라고 합니다.

나는 나를 시험하는 이러한 무례함이 가장 싫지만, 멀리서 찾아왔고 또한 소개를 한 국회의원님의 체면도 있고 하여 빙그레 웃음으로 대하며,

신안(神眼)으로 손님의 얼굴을 유심히 살피면서 입을 엽니다.

"여사님! 핸드백 속에 들어있는 두 사람의 사주와 성명이 적힌 종이쪽지가 보이니 꺼내 놓으시지요!"

그러자, 손님은 준비해온 종이쪽지를 꺼내놓습니다.

"어머니가 귀한 외동딸을 억지로 차에 태워서 강압으로 데리고 왔고, 혼인문제와 궁합을 보러오셨지요?"

"예! 도사님, 맞습니다요. 딸 결혼을 앞두고 신점(神占)을 잘 치는 무녀(巫女)를 찾아가서 궁합을 보았더니 나쁘다고 말하고, 철학을 잘 보는 역술원을 찾아가서 궁합을 보았더니 좋다고 말하는 등등 서로 상반된 반대의 점(占)을 쳐서 궁합을 서너 번씩이나 보고도 결정을 못 내리고 있습니다요. 영혼과 운명점을 최고로 잘 본다고 해서 두 사람의 궁합과 혼인의 가부를 결정지으러 왔습니다."

나는 먼저 육갑을 짚어보고, 두 사람의 사주와 성명을 풀어보고, 직접 찾아온 한 쪽의 당사자 얼굴에서 그 사람의 영혼과 타고난 애정궁 및 배우자궁을 아주 세밀하게 관찰을 하고, 두 사람의 각각 전생(前生)과 핏줄운내림까지 정확히 분석하여 각각의 타고난 천성과 결혼운 및 궁합을 동시에 봐주면서 혼인의 가부를 답해줍니다.

"따님은 점이나 철학을 볼 때마다 결혼을 늦게 시키라고 할 겁니다. 그것은 결혼운이 나빠서입니다. 두 사람의 궁합은 70점 정도가 되니 궁합자체는 조금 좋은 편입니다. 그러나 혼인은 절대로 시키지 않아야 합니다. 왜냐하면 남자의 타고난 사주팔자 운명에는 수명이 짧으며 재물이 없고, 여자의 타고난 사주팔자 운명에는 결혼이 두 번 들어 있으니 만약 이 두 사람을 결혼시키면 여자의 나이 35세에 일찍 사별을 당하게 됩니다. 특히 여자 쪽의 사주팔자와 얼굴 관상에 95% 확률로 결혼운이 두 번 결혼으로 나타나 있기 때문에 궁합이 좋아도 이 남자와 결혼을 하면 운(運)이 크게 변동을 하는 대운(大運)이 5 숫자이니 35세에 사별을 당하게 됩니다."

"도사님! 그렇다면 우리 딸의 타고난 '평생운명'은 어떠한지 '종합운명진단'을 좀 해 주십시요."

나는 다시 한 번 신통관상법으로 당사자 아가씨의 얼굴관상과 영혼 모습 그리고 사주를 동시에 보면서 그 사람의 ① 전생 ② 핏줄내림 ③ 핏줄동기감응 ④ 풍수지리환경 ⑤ 운기작용 등등과 ⑥ 복(福) ⑦ 운(運) ⑧ 업(業) 그리고 ⑨ 살작용(殺作用) 등등을 종합분석해서 정확하게 타고난 '평생운명'의 핵심을 알기 쉽게 풀어서 가르쳐 줍니다.

"전생에 복(福)을 많이 지어서 금생에 부모 잘 만난 복(福)을 타고났으니 부유한 집안의 외동딸로 태어나 호의호식하고 또한 100억쯤의 재산 상속도 받을 것이며, 운세도 강하여 후계자로 성공하게 됩니다. 하지만 타고난 사주팔자 운명 속에 윽! 하는 격정살과 고독살·재혼살이 들어 있으니 첫 번째 결혼은 반드시 실패를 당하고, 55세에 신경성 화병(火病)으로 쓰러지고 다시 회복이 된 후에는 자선사업가가 되고 75세에 죽게 될 것이며, 자식은 두 명을 두게 됩니다. 결혼운이 나쁜 것은 일찍 홀어머니가 되어 버린 모(母)계 어머니 쪽 나쁜 핏줄운내림 때문이니 결혼은 큰 변화의 대운에 맞춰서 35살에 하면 가장 좋고, 나이가 4살 차이 김씨 성을 만나면 결혼을 잘 하게 되고 더욱 결혼을 잘 하려면 타고난 나쁜 업살(業殺)을 꼭 소멸시켜 주길 바랍니다. 재물복을 타고 났으니 빈부귀천 중에서 부(富)에 속하고 인생진로는 경영학을 더욱 공부해서 어머니 사업의 후계자가 되면 가장 좋습니다."

손님으로 찾아온 귀부인과 아가씨는 나의 점(占)치는 과정을 지켜보면서 점차로 자세와 말씨를 고치면서 태도가 아주 겸손해집니다.

  지금까지 다른 곳과는 비교할 수 없을 만큼 명쾌하고 정확하게 종합분석을 해서 알기 쉽게 '운명점(運命占)'을 봐주니 진심으로 하나뿐인 외동딸의 타고난 운명 속에 들어있는 나쁜 업살(業殺)을 풀어서 개운(改運)을 해달라고 부탁을 해 옵니다.

  "타고난 나쁜 운명을 바꿔주는 개운법(改運法)은 정말로 중요하다."

  자기 전생과 부모로부터 태어날 때 타고난 운명 속에 들어있는 나쁜 운을 개운하는 방법은 원인과 현상 정도에 따라 ① 각종 살풀이 ② 업장소멸 ③ 원한조상 및 낙태아기해원천도 ④ 신(神)끼 제거 ⑤ 나쁜 핏줄운 내림소멸 ⑥ 9수와 삼재풀이 ⑦ 대수대명 ⑧ 새로운 운 맞이 ⑨ 프로그램 재설정 등을 종합적으로 한꺼번에 동시에 행하는 하늘 천제(天祭) 또는 불공(佛供) 그리고 도술부적의 특수처방으로 '종합운명치료'를 통하여 개운(改運)을 할 수 있고, 운명치료의 처방은 각각의 사람과 각각의 운(運)에 따라 방법과 해법이 모두 다를 수 있습니다.

  종합대학병원에서 의사가 질병에 걸린 환자의 원인과 상태에 따라 치료를 해 주는 것처럼 '운명치료'로 개운을 할 수 있는 것입니다.

  이 손님의 경우에는 '특수도술부적' 처방이 가능하다고 판단되기 때문에 나는 손님이 지켜보는 앞에서 '주술진언'을 외우고 정신집중을 하여 신통력(神通力)으로 직접 '도술부적'을 그려줍니다.

  수백억대의 큰 개인회사를 소유하고 있는 부잣집이지만 타고난 사주운명의 불운을 개운(改運)해 주는 '특수운명치료' 비용의 도술부적 값이 30만 원이라고 하니, 귀부인 손님은 기쁜 마음으로 비용을 지불하면서 부적효과가 있으면 성공사례금으로 국사당을 건립하는 데 꼭 시주 헌금하겠다고 약속을 하고는 공손히 인사를 하고 딸과 함께 리무진을 타고 밝은 얼굴로 돌아갑니다.

손님이 보는 앞에서 신통력으로 직접 그려주는 '도술부적'은 그 효험이 분명하다는 진실을 가르쳐 드립니다.

밝은 모습으로 되돌아가는 손님들을 보면서 이것은 '환자를 수술하는 의사처럼' 진짜 활인(活人)이구나 하고 생각을 해봅니다…….

요즈음 생가(生家)가 있는 이곳 시골동네에 외지에서 찾아온 사람들이 점차 많아지고 있습니다.

그러나 나는 하산(下山)을 할 때 하늘 신령님들로부터 천명(天命)을 받았기 때문에 이곳 시골 생가에 계속 머물러 있을 수가 없습니다.

또다시 길을 떠나기 위해 준비를 합니다.

어머님께 인사를 드리고, 하늘의 천명(天命)을 받들고자 우리나라의 신령스런 명산(明山)들을 찾아 남쪽에서부터 시작하여 북쪽으로 올라가면서 산행(山行)을 합니다.

고향의 가까운 유주산·팔영산·조계산·월출산·한라산·무등산·내장산·모악산을 거쳐서 충청도 계룡산의 삼불봉으로 갑니다.

계룡산 삼불봉 바위 앞에서 삼칠일기도를 하고, 마이산을 거쳐서 한반도 남쪽의 제일명산인 지리산의 천왕봉으로 갑니다.

지리산 아랫마을 중산리에서 산을 오르기 시작하여 법계사를 지나 가장 높은 천왕봉에 올라섭니다.

지리산 천왕봉에 실제로 오르고 산기도를 해보니, 지리산에 큰 도사님이 오셨다고 하면서 전쟁 때 죽은 혼령들과 사고로 죽은 혼령들이 구름떼처럼 몰려옵니다. 수많은 원혼의 혼령들이 피를 흘리고 헐벗고 굶주린 너무나도 불쌍한 모습으로 울부짖으며 하소연들을 해옵니다. 저 수많은 불쌍한 혼령들 속에는 먼 친척이나마 내 조상님도 끼어 있을 수 있고, 독자분의 조상님도 끼어 있을 수 있습니다.

억울하고 한 많게 죽고, 죽어서는 원한귀신이 되어 구천세계를 떠돌고 다니는 저 많고 많은 우리민족 동포 조상님들을 모두 다 해원천도시켜 드리고자 반드시 국사당(國祠堂)을 짓고 그리고 이 생명 다할 때까지 지장경·해원천도경 등을 독송하리라고 다시 한 번 더 굳은 각오와 함께 삶의 목표를 또 세웁니다.

하늘 신령님들께서 또 하명(下命)의 공수말씀을 내리십니다.

"백두대간 최고명당 지리산 아래 범왕리(凡王里)에 국사당을 짓거라! 억울한 원혼들의 해원천도와 불쌍한 선조혼령들을 모두 구제하거라! 국사당을 지어 민족과 나라의 '구심점'을 꼭 만들도록 하여라!"

"예! 그렇게 하겠습니다."

나는 지리산의 가장 높은 천왕봉에서 삼칠일기도를 하고, 지리산을 종주 횡단하여 반야봉과 노고단을 지나서 덕유산·가야산·가지산을 거쳐서 대구 팔공산의 갓바위로 갑니다.

팔공산의 정상 갓바위 앞에서 삼칠일기도를 하고, 속리산·월악산·일월산을 거쳐서 소백산으로 갑니다. 구인사를 지나 연화봉에서 특별히 '상월선사'를 만나고, 태백산의 천제단(天祭壇)으로 갑니다.

자연석 돌로 쌓아올린 태백산 천제단에서 삼칠일기도를 하고, 오대산을 거쳐 설악산으로 갑니다.

설악산의 대청봉에 올라 인사를 하고 봉정암에서 기도를 합니다.

하늘 신령님들께서 또 하명(下命)의 공수말씀을 내리십니다.

"백두대간의 이곳 설악산 입구 도문동(道門洞)에 국사당을 짓거라! 국사당을 지어 민족과 나라의 '구심점'을 꼭 만들도록 하여라!"

"예! 그렇게 하겠습니다."

나는 설악산에서 또 하늘의 계시를 받고 그리고 치악산을 거쳐서 드디어 서울의 불암산·수락산·도봉산을 거쳐 주산(主山) 삼각산 백운대로 갑니다.

서울의 자연 국립공원으로 지정된 삼각산 아랫마을 우이동에서 산을 오르기 시작하여 도선사를 지나 가장 높은 백운대로 갑니다. 삼각산의 백운대·인수봉·만경봉의 큰 바위 위에서 사방을 둘러보니 서울 시내가 한눈에 내려다보입니다. 삼각산 가장 높은 산봉우리 백운대의 큰 바위 뒤편 너머로 쇠줄을 타고 내려가 사람들이 다니지 않는 곳의 바위 아래에서 산기도를 합니다.

서울 삼각산의 남쪽 산줄기를 따라 평창동 뒤편의 보현봉 쪽을 둘러보니 기독교를 신앙하는 신자님들 수백 명이 산골짜기마다에서 날밤으로 통성기도(通聲祈禱)를 하고 있습니다. 요즘은 기독교의 기도원들이 산속에 많이 생기고 또한 많은 신앙인들이 산속에서 날밤으로 기도를 많이 하고 있습니다. '하늘의 명기(明氣)가 산(山)을 통해서 땅에 내린다'는 그 비밀진리를 아는가 봅니다. 노자와 석가모니 그리고 모세와 예수님을 포함한 목자와 수도자들이 모두 산도(山道)를 닦고, 산(山)에서 하늘의 계시를 받아 자연 속에서 우주자연의 진리를 깨달았던 사실과 진실들을 이제 아는가 봅니다.

이처럼 산도(山道)의 위력과 진실을 제대로 알게 되니 다행이라고 생각하면서 산(山)속에서 기도할 때는 미친 사람처럼 큰 소리로 하는 통성기도보다는 정신집중의 뇌파기도 또는 명상기도를 꼭 권유하고, 모든 수도자와 신앙인들 그리고 신(神) 제자들에게 신(神)과의 직접 교통은 '산기도(山祈禱)'에 있음을 가르쳐 드리는 바입니다.

그렇습니다.

필자도 과거의 위대한 스승 성자(聖者)들처럼 신(神)의 계시와 산기도(山祈禱)를 통해서 도인(道人)이 되고 도사(道士)가 되었습니다.

오직 나 홀로 도(道)를 닦아서 대각(大覺)을 이루고, 신족통·타심통·숙명통·천이통·천안통·약신통 그리고 누진통까지 '7신통'을 이루어 삼계의 도사가 된 석가모니불처럼 필자도 '독성불(獨成佛)'이 되었습니다.

또한 하느님의 직접 하늘음성으로 신(神)의 '대행자'로서 사람과 영혼들을 구제하고 구원하라는 천명(天命)도 받았습니다.

필자는 이제 모든 사람과 모든 종교를 '큰마음'으로 모두 다 포용을 하면서 방편도술로 참 진리의 가르침을 조용히 베풀 것입니다.

방황하는 사람들에게는 길을 안내해주고, 현대의술로 못 고치는 정신병·귀신병·핏줄내림병·살(殺)맞은병 등등 '각종 불치병'으로 고통받는 사람들에게는 병을 치유해 줄 것입니다.

약사불과 예수님이 권능으로 신통기적을 행한 것처럼…….

기독교 신앙인들이 가장 많이 산(山)기도를 하고 있는 서울의 삼각산 보현봉 산골짜기를 지나서 대통령궁이 있는 청와대의 뒷산 북악산을 살펴봅니다.

주산(主山) 삼각산의 기운(氣運)이 가장 강하게 흐르는 산줄기의 북악산 산신령님으로부터 북악산의 기운과 청와대의 터기운 및 대통령들의 앞날을 알아냈습니다.

그리고 이후 앞으로 5대까지의 대통령 성씨를 알아냈습니다.

하늘 신령님들께서 또 하명(下命)의 공수말씀을 내리십니다.

"훗날에 손도사가 삼각산과 북악산의 산신제 및 청와대 터의 터신제를 꼭 주관을 하거라! 또한 청와대 뒷편에 작은 '원당'을 하나 꼭 짓거라!"

"예! 대통령이 도움을 청하면 그렇게 하겠습니다."

삼각산 백운대에서 삼칠일기도를 하고, 인왕산 선바위와 관악산 연주대를 거쳐서 서울 한복판의 남산(南山)으로 갑니다.

서울의 남산 꼭대기에서 사방을 둘러보고 4대문의 수문장신(守門將神)께 알리고 나서 남산을 내려와 서울 중심가 종로통으로 들어갑니다.

한반도 남쪽 땅 끝 전라남도 고흥의 천등산을 하산(下山)하여 남쪽에서부터 시작하여 금수강산 이 땅의 대표적 영산(靈山)산신령님들께 두루 인사를 올리고 또한 명기(明氣)를 받으면서 드디어 하늘 신령님의 가르침에 따라 서울로 들어옵니다.

지난 젊은 날의 나에게 삶의 실패와 고통 그리고 좌절과 절망을 안겨준 그곳으로 약 10년 만에 다시 나타납니다.

하늘과 신(神)의 계시로 새로운 삶의 가치관을 가지고, 새로운 삶의 목표와 새로운 삶의 방법으로 다시금 삶의 도전을 위해 나를 넘어뜨린 그곳에 또다시 나타납니다.

커다란 희망과 위대한 꿈을 가지고서……

제19장
모습을 바꾸고 '중생구제'의 길로 나아간다

중생구제와 구원의 길로 나아간다…….

오랜 세월 동안의 기도 및 수도생활로 머리칼과 수염을 한 번도 자르지 않으니, 머리칼은 기다랗게 자라서 등허리까지 내려오고 수염도 기다랗게 자라서 앞가슴까지 내려옵니다.

남루하고 이상한 옷차림에 커다란 배낭을 짊어지고 서울 중심가 종로통 뒷골목의 오래된 여관으로 들어섭니다.

서울 종로통 뒷골목의 오래된 여관에 임시 숙소를 정합니다.

다음날 동대문시장에서 어울리는 생활한복을 두 벌 구입합니다.

그리고 다음날은 탑골공원 돌담장 담벼락옆 길바닥에 돗자리를 펴니다.

이상한 모습으로 길바닥에 돗자리를 펴고 앉아있으니, 지나가는 사람들이 이상한 눈길로 쳐다보기만 할 뿐 앉지를 않습니다.

하루 종일 동물원의 원숭이처럼 사람들의 구경거리가 되고 있는데 나의 수호신(守護神)이 거둬치우고 동대문시장으로 또 가자고 합니다.

동대문시장에서 양쪽 팔 길이만큼 길이의 흰색 천을 구입하고, 또 문방구점에서 검정색 매직펜을 사들고 여관방으로 돌아옵니다.

여관방에서 나의 수호신이 가르쳐 주는 대로 흰색 천 위에다 검정색 매직펜으로 직접 사람의 얼굴과 손금그림을 그려 넣고, 얼굴과 손금그림 속에 12궁과 연령 나이 및 여러 가지 명칭과 운(運)을 표시하고, 손님을 끌어 모으고 재수운을 불러들이는 도술 부적(道術符籍)을 함께 그려 넣습니다.

얼굴과 손금 관상도를 완성해 놓고 자세히 들여다보니 상당한 실력의 작품이기도 합니다.

다음날 또다시 탑골공원으로 나가 길바닥에 돗자리를 펴고 등 뒤의 벽에는 내가 그린 얼굴과 손금 관상도(觀相圖) 그림을 걸어 놓으니 지나가는 사람들이 한 사람 두 사람 모여들기 시작하더니 많은 사람들이 모여듭니다.

탑골공원에 길거리 도사(道士)가 출현하여 신통술과 관상술로 '운명점(運命占)'을 잘 맞춘다는 입소문이 퍼지면서 사람들이 모여듭니다.

때로는 내가 나오기 전에 손님들이 먼저 나와 선착순으로 길거리에 줄을 서 있기까지도 합니다.

나는 길거리 도사(道士)로부터 또다시 출발을 하지만, 인생살이는 장거리 달리기와 같기 때문에 계획을 세우고, 지혜를 발휘하면서 현재의 상황에서 최선의 방법과 노력을 해 갑니다.

비록 시험 삼아서 길거리에 돗자리를 펴지만, 매일처럼 똑같은 시간에 똑같은 장소에 똑같은 모습으로 나만의 이미지를 부각시키고 자기 자신을 브랜드화시켜 가면서 고객유치를 합니다.

낮에는 길거리 도사(道士)로 탑골공원에서 점(占)을 봐주고, 밤에는 변장을 하고 동대문시장과 종로통에서 새로운 사업을 시작하며 정말로 열심히 투잡·쓰리잡으로 하루 17시간씩 일을 합니다.

또한 내 자신의 태어난 사주를 가지고 직접 '주술진언'을 말하면서 신통력으로 '도술부적'을 그려 지갑 속에 넣고 다닌 효험으로 귀인과 후원자를 만나고 길거리 점쟁이 생활 1년 만에 태릉지역에 위·아래 2개 층 아파트를 마련해서 임시숙소 여관생활로부터 탈출을 합니다.

다시금 내 집이 생겼으니 아파트 윗층은 살림집으로 꾸미고, 아랫층은 상담실겸 법당(法堂)을 꾸밉니다.

종로 3가 고려만물사에서 금불상과 금두꺼비상을 구입해 옵니다.

큰돈을 들여서 대표적 하늘신(天神)들의 천상도 그림 종합 탱화를 특별주문을 해오고, 그리고 황금불상과 황금두꺼비상에 직접 점안식(點眼式)을 합니다.

아미타불께서 하명(下命)의 말씀을 내려주십니다.

"제자야! 이제 기다랗게 자란 머리칼과 수염을 깎아버려라! 새로운 삶의 큰 목표를 위해서는 장기계획을 세우고, 정확한 미래운을 예측하면서 때로는 신념으로 살고, 때로는 초월자유로 살면서 입산수도할 때의 초심(初心)과 신(神)들과의 약속을 잊지 않도록 하여라!"

"예! 하오나, 이 몸은 종교를 초월해서 종파도 없고 인간스승도 없는데 머리를 깎으려면 누구를 찾아가면 좋겠는지요?"

"제자야! 도사의 머리를 깎아줄 만한 큰 사람이 없으니 신(神)들이 지켜보는 앞에서 본인이 직접 깎도록 하여라!"

"예! 잘 알겠습니다."

밖으로 나가 종로 3가 세운상가에서 가위·전기자동이발기·면도기 등을 사들고 옵니다.

나는 법당에 새로이 청수를 올리고, 향을 사르고, 절 3번을 올리고 나서 아미타불과 신령님들께 말씀을 올립니다.

"오늘 또다시 600년 만에 하늘로부터 천계(天戒)를 받으니 아미타불이

은사(恩師)가 되어 주시고, 여러 신령님들은 증명법사(證明法師)가 되어 주시길 바랍니다."

도(道)를 닦느라고 오랜 세월 10년 동안 한 번도 자르지 않은 기다랗게 자란 머리칼과 수염을 마지막으로 가지런히 빗어봅니다.

그리고 거울 앞에 무릎을 꿇고 앉아 거울 속의 내 모습을 바라보면서 기다란 머리칼을 가위로 싹둑~싹둑~ 잘라버리고 전기자동이발기로 빡~빡~ 깎아버립니다.

기다란 수염도 가위로 싹둑 ~ 싹둑 ~ 잘라버리고 면도기로 쓱싹 ~쓱싹 ~ 깎아버립니다.

나는 많은 신령님들이 지켜보는 앞에서 내 손으로 직접 내 머리를 깎아버렸습니다.

아미타불과 신령님들께서 또 직접 말씀을 내려주십니다.

"이제부터는 과거 전 전생(前前生) 때 나라의 국사(國師)급 큰절의 방장 큰 스님일 때 사용했던 법명 태산(太山)을 그대로 사용하거라!"

"또한 금생의 핏줄인연은 '손씨'성으로 태어났으니 '손도사'를 사용하거라!"

하늘에서 직접 법명과 닉네임을 내려주십니다…….

나는 몸과 마음의 자유 그리고 영혼의 자유를 위해서 외모와 유행·복잡스러움·신경쓰임들로부터 모두 초월을 합니다.

머리칼과 수염을 깨끗이 깎아버리고, 의복도 생활한복을 입으니 생활이 아주 편리합니다. 법당(法堂)을 모시고 살고 있는 아파트가 태릉선수촌과 육군사관학교 화랑대 근처 서울 노원구 월계 3동 930번지 우남아파트 101동 201호이고, 서울 지하철 1호선과 6호선의 석계역 ③번 출구 앞의 큰 도로가에 위치하고 있는데 어떻게든 알아보고 또는 입소문을 들고 매일같이 손님들이 찾아옵니다.

요즈음 필자는 머리를 깎은 모습이고, 생활한복에 먹물색 조끼를 걸치고 염주를 걸고 있으니 처음 찾아온 손님들은 선생님이라 부르기도 하고, 도사님이라 부르기도 하고, 선사님이라 부르기도 합니다.

그러나 나는 호칭을 어떻게 부르든 별 신경을 쓰지 않습니다.

오늘도 어제처럼 법당(法堂)에 청수를 올리고 아침 예불을 올리고 나서 잠시 명상을 하고 있는데, 아미타불께서 오늘은 손님 5명이 올 것이니 상담을 잘 해주고 특히 두 번째 중년남자 손님은 멀리 대구에서 KTX를 타고 서울까지 올라오고, 네 번째 젊은 여자 손님도 멀리 부산에서 KTX를 타고 서울까지 올라오는데, 이 네 번째 젊은 여자 손님을 잘 봐주도록 하라고 하십니다.

오늘의 네 번째 손님은 40세의 젊은 여자 손님이고, 멀리 부산에서 서울까지 필자가 앞전에 저술한 책을 읽고는 만사를 제쳐 놓고 찾아왔다고 말하면서 현관출입문으로 들어옵니다.

얼굴도 미인이고 지성인처럼 보이나, 눈매가 매섭고 웃음이 없는 차가운 인상이 풍기는 모습입니다.

"조용히 들어오시고 편안하게 앉으세요! 커피와 녹차가 준비되어 있는데 어느 걸로 드시겠습니까?"

손님이 커피를 선택하기에 골드커피 한 잔을 건네줍니다. 손님이 먼저 5만 원짜리 한 장을 복채함에 넣으면서 한 사람 보는 데 시간을 얼마나 주느냐고 물어봅니다. 한 사람 또는 한 번 보는데 1시간씩 시간을 드리고 있으니 편안히 커피부터 한잔 드시고 시작하자고 말해 줍니다.

찾아온 손님이 먼저 말을 합니다.

"손도사님은 운명점(運命占)의 최고대가로 영혼과 전생까지 함께 보면서 운명진단을 잘 하신다고 하시니 '운명점'을 좀 봐주세요!"

나는 손님의 얼굴 관상을 먼저 자세히 살펴봅니다.

먼저 얼굴모습과 눈을 보면서 신통관상과 관심법(觀心法)으로 마음씨와 영혼 모습 그리고 전생(前生)을 함께 살펴봅니다.

손님이 무심코 들어올 때의 행동기운과 한마디 말을 건네면서 목소리 기운은 이미 분석되었으니, 영혼모습으로 전생을 분석하고 또 다른 영혼이 붙어 있나 없나 관찰을 합니다.

그리고 항상 하는 방식대로 손님의 나이와 이름을 물어보고, 신통관상술로 동시에 종합분석 진단하여 10여 항목의 '운명진단표'를 적어놓고, 그 사람의 타고난 운명을 알기 쉽게 풀어서 운명점(運命占)을 봐 주는 방법으로 핵심적 종합운명진단을 말해 줍니다.

"얼굴도 미인이고, 공부도 많이 하고, 욕심도 많고, 두뇌로 일하는 전문직을 가진 골드미스이구먼. 그러나 타고난 운명 속에 격정살이 들어 있어 성질이 사납고, 상심살이 들어 있어 마음고생 상심을 계속 당하고, 손재수가 들어있어 어쩔 수 없는 운 막힘으로 두 번씩이나 큰 금전손해를 당하고, 재혼살이 들어 있어 일찍 결혼하여 첫 결혼은 이미 이혼을 당했고 또 이별을 당할 팔자구먼. 지금 올해의 운수는 3년 동안 마음주고 몸까지 주면서 공들이며 사귀어온 남자한테 차일 운수이며, 이미 90% 정도 버림을 받고 있구먼. 여자에게 가장 중요한 결혼운을 나쁘게 타고났어. 자네의 영혼이 지금 불안해하고 아주 슬픈 모습으로 보이는 구먼. 내가 봐주는 운명진단과 올해의 지금 운수가 맞아? 틀려?"

나는 가끔씩 대상의 기운에 따라서 말투가 바뀌기도 합니다.

의사가 환자를 정확히 진단하는 것처럼, 운명진단은 직접 대면을 하고 있는 면전에서 무조건 정확히 잘 맞춰야 합니다.

손님이 맞다고 면전에서 공감을 해야 잘 맞추는 것입니다.

"도사님 말씀이 너무나 정확히 다 맞습니다. 36세에 성격차이로 이혼을 당했고, 현재 투자한 주식이 반 토막이 되어 10억쯤 날리고, 지금까지 3년 동안 마음 주고, 몸까지 주고, 공들이면서 재벌 3세와 서로 재혼을 조건으로 사귀어 왔는데 이제 와서 자꾸 결혼을 미루면서 버리려고 하니 어떻게 하면 좋을까요? 혹시 좋은 해법과 비방이 있으면 좀 가르쳐 주세요!"

사람의 운명은 태어날 때 이미 90% 이상 '프로그램화'되어 진행되고 있기 때문에 이 손님도 눈뜨고 나쁜 운명에 당하고 있는 것입니다.

"자네는 다른 여자와 비교할 때 아내감으로 전혀 부족함이 없어. 다만 타고난 사주 운명에 나쁜 살(殺·煞)이 많아서 운이 나쁠 뿐이야."

"도사님, 개선점과 처방 그리고 지혜를 좀 가르쳐 주시면 가르쳐 주신 대로 다 하겠습니다."

"자네 스스로 할 수 있는 개선점은 자네의 매서운 눈매와 차가운 인상을 언제나 미소 짓는 모습으로 얼굴 표정부터 고치고, 좋은 마누라가 되려면 여우꼬리 3개쯤을 가진 애교짓 좀 하도록 노력을 하고, 그리고 자네의 타고난 운명 속에 들어있는 격정살·상심살·손재수·재혼살 등등을 살풀이와 업장소멸로 운치료를 해주면 성격도 좋아지고, 손해를 당한 주식투자도 회복이 되고, 재벌 3세와 결혼도 할 수 있고, 운(運)이 좋게 개운이 되면 행복하게 잘 살게 될 거야."

"도사님, 사람들의 운명과 운을 나쁘게 작용시키는 나쁜 살(殺·煞)은 모두 몇 가지 정도나 되는지요?"

"사람들의 운명과 운을 나쁘게 작용시켜 해치는 나쁜 살(殺·煞)을 모두 가르쳐 주면 기절초풍할 만큼 놀랄 거야."

"도사님, 사람을 해치는 나쁜 운명작용의 나쁜 살(殺·煞)의 이름들 을 좀 가르쳐 주실는지요?"

필자는 이 책을 읽은 독자분들에게만 사람이 태어날 때 그리고 살아가면서 나쁜 기운작용을 하는 나쁜 살(殺·煞)의 이름들 약 170가지를 여기에 '세계 최초로 공개'를 합니다.

겁살 재살 천살 지살 년살 월살 일살 시살 육합살 육해살 해패살 상극살 중천살 중음살 구천살 황천살 안환살 관물살 독패살 장애살 방해살 장해살 오귀살 객신살 빈천살 멸문살 극부살 상처살 옥녀살 단독살 천궁살 지궁살 비명살 횡사살 산신살 용신살 곡성살 주당살 상문살 원진살 상충살 상파살 상해살 삼형살 자형살 유혼살 절체살 절명살 공망살 복단살 자살살 요절살 단명살 고독살 고립살 공방살 격정살 과격살 관재살 구설살 망신살 칠패살 삼패살 낙휴살 낙방살 삼신살 호해살 팔란살 손재살 실물살 실패살 파산살 군웅살 음양살 황혼살 휴증살 천옥살 지옥살 감옥살 옥갑살 옥추살 모욕살 백마살 사시살 방위살 삼재살 9수살 죄악살 왕목살 동목살 동토살 동법살 천관살 지관살 지패살 구마살 허용살 처첩살 창부살 창녀살 도화살 화개살 병부살 부정살 곡각살 관절살 뇌골살 안질살 비염살 후두살 천식살 신경살 림프살 중풍살 치매살 탕화살 홍염살 부벽살 고초살 마비살 타살살 비명살 급살 충살 병살 객신살 간질살 서낭살 삼승살 적두살 우환살 패사살 원억살 흉신살 모욕살 훼손살 파괴살 행업살 송법살 성육살 호구살 익수살 추락살 범과살 범하살 애환살 암석살 애명살 사범살 삼패살 횡액살 소색살 망고살 귀혼살 식신살 고신살 과숙살 상남살 상녀살 백호살 자궁살 상심살 근심살 비관살 염세살 우울살 조울살 자폐살 중얼살 환청살 영매살 조현살 빙의살 방종살 방탕살 이별살 별거살 이혼살 재혼살 저능살 맹신살 추종살 오구방살 삼살방살 대장군방살 조객방살 원귀살 악귀살 요귀살 수비살 영산살 허주살 좀비살 등등…….

　사람들의 운명과 운을 나쁘게 작용시키는 나쁜 살(殺·煞)이 이렇게도 많은바, 세상살이는 아는 만큼 보이는 법이니 모르면 두 눈을 뜨고 나쁜 운에 당할 수밖에 없는 것입니다. 두 눈을 뜨고 손해를 당하고, 부도를 당하고, 파산을 당하고, 눈 뜨고 이혼을 당하고, 눈뜨고 망신살 및 관재수로 세무조사·검찰수사·감옥살이를 하고, 눈뜨고 정신병에 걸리고, 눈 뜨고 암에 걸리고, 눈뜨고 각종 사고로 비명횡사를 당하고, 또한 설마 괜찮겠지 하다가 두 눈을 뜨고 핏줄내림병에 걸리고 등등 운이 나쁜 사람들은 모두 눈을 뜨고 '날벼락'을 당합니다.

　사람의 운명은 자기영혼의 전생과 자기조상 부모님의 인과응보와 업(業)내림이 하늘 법칙에 따라 태어날 때 사주팔자 운명으로 이미 90% 이상 '프로그램화' 되어 있기 때문에 모든 사람들은 자기 자신의 타고난 '사주운명'을 평소에 꼭 알아두어 준비와 대비 그리고 예방과 치료만이 '최선의 해결책'임을 자신있게 말하는 바입니다.

　손님이 정색을 하면서 계속 묻습니다.

　"도사님, 그럼 어떻게 하면 되는지요?"

　"사람의 타고난 나쁜 운명은 의사가 환자를 먼저 진단을 하고 그리고 치료를 하듯, 반드시 살풀이와 업장소멸 등으로만 '치료개운'을 할 수 있기 때문에 하늘신(天神)들께 천제(天祭) 의식을 통하여 나쁜 '살풀이'와 업장소멸의 '업풀이' 그리고 핏줄적 관계 원한조상과 낙태아기 해원천도의 '원한풀이'와 10년에 한 번씩 걸리는 '삼재풀이' 및 '9수풀이' 등을 한꺼번에 '종합운명치료'로 모두 해결해 버리면 자기전생과 조상의 업(業) 그리고 나쁜 신수까지 함께 해결되면서 운(運)이 열리게 되는 거야."

"도사님, 1년 전에 조상점을 보는 무녀보살님한테서 조상굿만 하면 잘 된다고 하여 구렁이 알 같은 돈을 들여서 나름대로 조상굿을 했는데 좋 아지기는커녕 오히려 나빠졌습니다.

또한 불교를 믿는 불자(佛子)이기 때문에 다니는 큰절에서 스님 권유로 천도재도 올렸는데 역시 아무런 효험이 없었습니다. 그러한 것들과 도사님의 '종합운명치료 천제불공'과는 어떤 차이인지요?"

"질문을 하나 하지, 조상점을 보는 무녀보살이 자네의 운명진단을 나만큼 정확하게 봐주지 못하고 그냥 두루 뭉실 조상 탓만 말을 했을 것이고, 또한 다니는 큰절의 스님은 자네의 사주운명도 볼 줄 모르고 또한 운명진단도 해주지 않고 그냥 조상천도재를 한 번 해주라고 권유했을 것이니, 돌팔이 의사가 큰 병에 걸린 환자를 정확한 진단도 없이 엉터리로 수술을 하는 것과 같은 거야.

분명히 그렇게 했을 거야. 내 말이 맞아? 틀려?"

"도사님 말씀이 다 맞습니다. 조상점을 보는 무녀보살님은 점도 잘못 보면서 조상탈이라고 말하면서 조상굿만 시켰고, 다니는 큰절의 스님은 아예 점도 못 보면서 조상천도재만 시켰습니다."

대다수의 무녀보살님과 일반스님들은 그렇게들 하고 있습니다. 그러나 필자는 손님에게 먼저 정확한 운명진단을 합니다.

"훌륭한 의사 선생님이 먼저 정확한 진단을 하고 질병의 원인을 알아내어 환자를 치료해 주는 것처럼, 나는 각 사람의 타고난 운명을 정확히 분석하여 '종합운명진단'을 하고, 나쁜 운의 원인을 모두 알아내어 '살풀이'와 '업풀이' 및 낙태아기해원천도와 조상해원천도의 '원한풀이' 및 신끼있는 사람의 신끼 제거인 '신풀이'및 칠성줄 수명이음의 '명다리' 그리고 '9수풀이와 삼재풀이' 및 아기가 안 생긴 사람의 '삼신맞이 및 궁합이 안 맞은 사람의 '합궁비방' 그리고 핏줄내림병과 각종 정신병·귀신병·불치병 등의 '특별치유' 그리고 '재수 운맞이'와 새로운 '운명프로그램재설정'까지 등등을 한꺼번에 정확히 '종합운명치료'로 개운(改運)을 해주고 있고, 그렇게 해야 가장 합리적이고 또한 100%까지 정확히 할 수 있는 거야."

(현재 우리나라에서 필자처럼 운명종합진단과 운명치료를 할 줄 아는 능력자가 있으면 필자가 1억 원 현상금을 내걸겠습니다. 아직은 유일하게 필자만 할 줄 알고, 필자의 지적재산권입니다.)

"도사님의 정확한 운명진단이 너무나 공감이 가고 또한 국사당 건립과 칠성당 및 용궁사 불사란 좋은 일을 추진하는 것도 공감을 하니 앞으로는 대도사(大道師)이신 손도사님을 믿고 따르고 가르쳐 주시는 대로 하겠습니다. 반 토막으로 큰 손실을 보고 있는 주식 투자가 화장품과 신약 개발 그리고 반도체 및 4차 산업을 준비하는 IT신기술 등 분야에서 손도사님이 직접 '신통점괘'로 찍어준 기업의 주식이 대박이 나거나 또는 3년 동안 공들인 재벌 3세와 재혼 성사만 잘되면 도사님이 추진하신 신전(神殿) 국사당 건립에 물심양면으로 후원을 하겠습니다. 우선 운치료 개운 목적의 하늘제사 기도날짜부터 잡아주세요."

하늘신(天神)들께 올리는 '특별하늘제사'는 인간으로서 하늘신(天神)들께 올리는 최선의 공양의식이고, 조상님들께 올리는 최고의 효도의식이며, 자신에게는 최고최선의 개운방법의식입니다.

타고난 운명과 운이 나쁜 사람들에게만 적용되는 '운명치료'는 평생에 딱 한 번만 하면 됩니다…….

멀리 부산에서 서울까지 필자를 찾아온 젊은 여자 손님은 하늘제사를 올리는 기도 준비금을 특별히 하늘의 극락왕궁 주재신 아미타불 앞에 올려놓고 소원 3가지를 빌고 여러 번 절을 하고 그리고 활짝 웃는 밝은 표정으로 되돌아갑니다.

혹시나 불교 신도가 아닌 사람들은 절을 하지 않아도 됩니다.

또한 타고난 운명과 운이 좋은 사람은 운치료가 필요 없습니다. 운치료와 개운이 필요한 사람은 손님 10명 중 1~2명 정도입니다.

나는 아미타불을 바라보며 이심전심법으로 말씀을 나눕니다.

저 처자가 재벌 3세와 결혼 성사만 잘되면 배우자 남편감 잘 붙잡아서 상류사회 상류인생으로 신분상승을 할 수 있을 텐데?!…….

아미타불께서 고개를 끄덕여 주십니다.

사업가들이 큰돈 비용을 먼저 쓰면서 로비를 하듯, 아주 지혜로운 사람들은 신령님들께 하늘제사를 올리면서 로비를 잘 할 줄 압니다.

소심하고 어리석은 사람은 로비를 할 줄 모르고 비용을 안 쓸려고 합니다.

비용을 잘 쓰면 큰 이익이 생기고, 비용을 쓰지 않으면 전혀 이익도 생기지 않으니, 이것도 투자효용의 법칙이고 인과의 법칙입니다.

참고로, 독자분들이 가끔 필자에게 '하늘제사'의 방법으로 천제(天祭)의식과 불공(佛供)의식의 차이를 묻는 것에 답을 드립니다.

천제(天祭)의식은 비불교인과 기독교인들에게 해당되고, 불공(佛供)의식은 불교인들에게 해당되지만, 필자는 '대제사장'으로서 당사자에게 가장 적합한 제(祭)의식을 정확하게 대행을 해줍니다.

기독교에도 구약시대부터 5가지의 제사를 지내었는바, 소제·번제·속죄제·화목제·속건제 등이 있고, 그중에서 속죄제는 살풀이와 업장소멸에 해당되는 것입니다.

세상의 모든 종교는 그 나름대로의 '제사의식'을 다 행하고 있습니다.

필자는 치유자 겸 대행자로서의 사명에 충실하기 위해서 국가·민족·인류 차원의 큰일과 그리고 개인의 작은 일을 엄격히 구분을 하면서 사랑과 자비로 죄사함과 운명을 바꿔주고 있습니다.

필자는 이제 영혼들의 스승 영사(靈師)겸 도사(導師)이기 때문에 평생 동안 신용과 명예를 걸고서 직접 '운명진단'을 먼저하고, 그리고 진실되게 인생상담·자문·컨설팅과 제의식 등을 해주고, 병원에서 못 고치는 귀신병과 난치병·불치병 그리고 핏줄대물림병만 '특별치유'를 해주면서, 모든 비용은 부자층·상류층·중산층·서민층으로 '차등적용'을 하고 또한 예방과 치유 그리고 긴급함과 중요함 정도에 따라서 차등적용을 합니다.

오늘 하루도 사전에 '상담예약'을 해 놓고 찾아온 손님 5명은 멀리 떨어진 지방도시에서 서울까지 찾아온 손님들이고, 아주 중요한 문제들을 잘 해결하기 위해서 또는 잘 살기 위해서 등등 각각의 사연들을 가지고 찾아온 손님들이기 때문에 필자는 최선의 노력으로 정성껏 운명진단과 인생상담 그리고 전생과 조상의 업(業)내림으로 발생된 각종 불치병 및 난치병 등을 치유해 주고, 개인들에게 특별한 하늘의 '메시지'를 전달해 주기도 합니다.

필자는 오늘도 필자를 찾아온 사람들이 저마다의 인생과 운명의 문제들 진로와 직업운·취업운·승진운·사업운·재물운·질병과 수명운·궁합과 결혼운·애정운·노년운·선거출마운·출세운·상호작명과 성명작명 및 개명·꿈해몽 그리고 기(氣)치유 등을 잘 해결하고 그리고 밝은 표정으로 되돌아가는 모습들을 보면서 새로운 '삶의 보람'을 느껴봅니다.

이제 오늘 하루일과도 끝났으니, 커피 한 잔을 마시고 잠시 산책과 운동을 하러 법당(法堂)을 모시고 있는 아파트를 나섭니다. 필자가 운명상담을 하고 있는 곳은 서울 태릉선수촌과 육군사관학교 화랑대 근처 서울 노원구 월계 3동 930번지 우남아파트 101동 201호(도로명 새주소 : 서울 노원구 화랑로 355, 101동 201호)이고, 서울지하철 1호선과 6호선의 '석계역' ③번 출구 3m 앞 큰 도로가에 22층 높이로 우뚝 서 있고, 바로 옆에는 '월릉교'다리가 있고, 100m쯤 길이의 '월릉교' 다리를 건너면 지하철 7호선 '태릉입구역'도 가까워 전철교통이 아주 편리한 곳이고 자동차 접근과 주차도 아주 편리합니다.

필자는 대외적 사업관련업무는 서울 종로 3가 '국일관'에서 그리고 호남지역 사람은 한 달에 한두 번씩 전라남도 고흥군 도양읍 비봉로 204 소재의 녹동항구 '녹동용궁사'에서 특별상담을 하고, 서울 노원구 화랑로 355, 우남 아파트 2층과 3층 두 개 층을 사용하고 있는 '서울국사당'은 3층은 살림살이겸 기도실이고, 2층은 상담실이니 일반상담 손님들은 '2층 상담실'로 들어오시면 됩니다.

우남아파트 2층 상담실 서울국사당은 서울 지하철 1호선과 6호선 '석계역' ③번 출구 3m 앞에 있습니다. 또한 바로 곁에는 월릉교 다리를 사이에 두고 지하철 7호선 '태릉입구역'이 있습니다.

필자가 가장 많이 주로 상담을 하고 있는 '서울국사당'은 강남고속버스터미널에서는 30분쯤 걸리고, KTX 등 고속철을 이용할 경우에는 수서역과 용산역·서울역에서도 30분쯤 걸리며, 지하철 연결이 아주 잘되어서 교통이 참 편리합니다.

창문유리창에 '서울국사당'이라고 작게 표시가 되어 있습니다.

평생에 꼭 한 번, 만남예약은 010-5105-5000번입니다.

혹시, 정보를 몰라 고생만 하는 사람을 위해서 공개를 해 줍니다.

종교를 초월한 대한국의 신전(神殿) 국사당이 완성되는 '2040년까지만' 운명상담과 특별치유 등 중생구제를 해줍니다…….

필자는 집 옆에 있는 월릉교 아래로 흐르는 한강의 중랑천변 둑길과 산책로에서 가끔 기공체조와 천천히 걷는 산책을 합니다. 중랑천변 둑길과 산책로 옆에는 나란히 자동차 전용 '동부간선도로'가 서울 강남까지 시원하게 뻥 뚫려 있고, 월릉교 위의 높은 고가도로는 자동차 전용 '북부간선도로'로 서울 강서쪽 경인고속도로와 서해안고속도로까지 연결되고 있으며, 집에서 자동차로 7분만 나가면 '구리IC'로 연결되어 중부고속도로와 경부고속도로·서울외곽순환도로로 바로 연결되니 교통의 접근이 너무나 좋습니다.

필자가 가끔 산책을 하는 서울 시내 동북쪽 '태릉지역' 중랑천변은 풍치도 좋고 물도 깨끗하여 잉어가 많이 살고 있습니다. 서울 도심 중랑천변 양쪽에서 한가로이 물고기를 낚는 낚시꾼들의 모습도 보이고, 물 위에서 헤엄치고 어디론가 가고 있는 어미오리와 어미오리 뒤를 줄지어 따라 다니는 새끼오리들의 모습이 보입니다. 어미오리는 새끼오리들이 성장을 할 때까지 '생존법'을 가르치면서 끝까지 생명을 보호해 줍니다.

"영혼의 스승 영사(靈師)는 모든 영혼들을 잘 인도를 해 준다."

필자는 어두워질 때까지 황혼녘에 나 홀로 산책을 하면서 사색을 하고 또 사색을 합니다.

황혼녘의 산책길에 자신의 그림자를 보면서 길을 걸어갑니다.

하늘의 사명을 받들고 우주자연의 만물과 모든 사람들이 함께 잘 살아가는 희망을 꿈꾸며 계속 나아갑니다.

다 함께 잘 사는 희망을…….

제20장
점술가 및 예언자를 꼭 만나고 모두 부자가 되어라!

쪽집게 점술가 및 예언자를 꼭 만나야…….

비록 새우잠을 잘지라도 희망의 '고래꿈'을 꾸어야 합니다.

필자는 지난 젊은 날 사업실패를 하고 돈 한 푼 없는 거지가 되어 신문지 한 장을 깔고 요를 삼고 또 신문지 한장을 덮고 이불 삼아 새우처럼 웅크리고 잠을 자 보았습니다.

삶이 힘겨울 때마다 나도 모르게 하늘말로 중얼거렸습니다.

"엘로이! 엘로이! 엘로이!……."

유서까지 써놓고 인간 세상을 뒤로 하고 '하늘로 오른다'는 천등산(天登山)에 입산하여 10년 동안 한 번도 산(山) 밖을 안 나가는 두문불출 무문관 토굴기도로 도(道)를 닦으면서 땅을 요로 삼고 하늘을 이불 삼아 새우처럼 웅크리고 잠을 자 보았습니다.

그러나 마지막까지 꿈과 희망을 포기하지 않았습니다.

하산(下山)을 하여 낮에는 서울 탑골공원 담벼락 옆 길거리에 돗자리를 펴놓고 점(占)을 보고, 밤에는 야간 대학원을 다니고 '투잡'으로 사업을 할 때에도 앞날의 희망을 가지고 계속 꿈을 꾸었습니다.

사람은 누구나 반드시 경제적인 현실문제와 정신적인 이상 추구를 동시에 함께 진행해 나아가면서 삶이 점점 '발전'되어야 합니다.

모든 사람은 신분이 무엇이든 간에 경제개념이 없거나 또는 돈을 벌지 못하면 시장경제의 자본주의 사회에서는 생존을 할 수가 없고, 인간 대접을 받을 수가 없고, 진정한 '자유인'이 될 수가 없습니다.

시장경제의 자본주의 사회에서 자기 자신의 이상을 실현시키려면 공부와 노력을 해야 하고, 쓸 만큼의 충분한 돈이 필요합니다.

필자도 젊은 날 한 때는 부동산·주식·펀드·금융 투자를 하여 많은 돈을 벌고, 그리고 더 큰 성공을 위해 분명한 목표와 철저한 계획을 세우고 부동산사업을 키워 전국의 네 군데 대형 상가들의 지분확보를 많이 하고, 특히 서울동대문시장 의류도매상가 '테크노패션몰'의 회장을 하고, 서울 한복판 100년 정통으로 유명한 주먹과 정치 1번지 서울 종로3가 '국일관'의 회장까지 되었습니다.

서울 종로구 수표로 96, 옛날 국일관을 헐고 그 자리 땅 대지 833평에 현대식 건물로 새로 지은 지하 7층 지상 15층 대형건물 국일관의 3개 층에 약 400억쯤 투자하여 서울 종로통에서 최대 크기로 오락게임장 사업을 하면서 종로의 '게임장황제'로 군림을 하다가 대형사건이 터지면서 게임장 사업 정리와 정산을 하고 쓸쓸히 퇴장을 했습니다. 필자는 신(神)의 계시로 입산(入山)을 하고, 도(道)를 닦는 과정에서 7신통을 이루고 '신통도술의 도사(道士)'가 되었고, 또다시 신(神)의 계시로 하산(下山)을 했습니다.

10년 동안의 도(道)닦는 생활로 내 스스로 모든 '업장소멸'을 하고, 많은 깨달음을 얻어 삶의 가치관이 바뀌고, 지금은 새로운 삶의 길을 가고 있습니다.

필자는 젊은 시절에는 멋쟁이 건달들의 로망 서울 종로3가 '국일관'의 회장이 되고 건물 최대지분권을 소유하는 '대주주'가 되었고, 나이가 들어서 현재는 순수 자선 공익사업으로 '전생(前生)연구소'와 '심령학술연구회' 그리고 '천성소질재능연구소'와 '천기신통초월명상수련회' 등을 조용히 운영을 하고 있고, 그리고 동해안 속초 대포항의 '라마다 속초호텔' 및 인천 소래포구의 '라마다 인천호텔' 등과 제주도 함덕해수욕장해변의 '제주비치호텔'과 서귀포의 '데이즈호텔' 등등 전국 각지 네 군데 호텔에 투자를 하고 그리고 부동산임대료 등의 모든 수익금으로 국사당 건축비를 내 스스로 마련을 합니다.

필자가 전국 최적 위치의 휴양지와 바닷가 호텔에 투자를 한 것은 피곤할 때 잠깐씩 '휴식'을 하기 위함과 바다의 '용궁기도'를 계속하기 위해서이고, 젊을 때의 대형집합건물 및 상가운영관리의 회장직 경험과 다양한 사업 등의 경험으로 호텔 경영참여 및 자문을 잘 해서 국사당 건축비용을 얻기 위해서입니다.

또한 각 개인의 타고난 사주+관상+영혼 등을 동시에 분석진단으로 '평생개인미래운명컨설팅'을 해주고, 또한 '운(運)타이밍투자컨설팅'을 운영하면서 부동산·증권·채권·금융·자본투자·사업경영 등등의 컨설팅수익금으로 국사당 건축비용을 마련하고 있습니다.

필자는 현재 약 20만 평 정도의 임야와 땅을 소유하고 있고, '청산영림농장'을 운영하면서 임야에는 목재용 나무와 관상수 및 꽃나무를 계속 심어가고 있으며, 여러가지 약초와 황칠나무·꾸지봉나무·산초나무·밤나무·호두나무를 많이 심고, 특별히 호흡기관지에 좋고 나무수명도 오래가는 모과나무를 7,000그루나 심었습니다.

필자가 애지중지로 가꾸고 있는 관상수와 꽃나무들은 훗날 국사당 신전(神殿)을 아름답게 만들기 위해서입니다.

비록, 내일 지구의 재앙이 올지라도 희망의 약초와 꽃나무와 과일나무 한 그루를 더 심는 마음으로 세상을 '최선'으로 살아갑니다.

필자는 현재 환갑을 넘긴 나이에도 삶을 최선의 노력으로 살아가고 있고, 또한 정확한 미래예측과 '운(運)타이밍기술 재테크'로 투자사업도 직접하면서 스스로 돈을 벌고, 그리고 돈을 가장 가치있게 잘 쓰기 위해서 또한 하늘의 사명과 우리민족국가의 구심점과 조상님들의 해원천도를 위해서 약 500억 원쯤 '공익자선'을 위한 투자계획으로 20년 프로젝트 신전(神殿) '대한민국 국사당'을 완성하여 나라의 국사(國師)가 되고 그리고 사후에는 또다시 하늘나라로 승천을 하고, 하늘나라 '지혜천궁'의 천왕(天王)이 될 것입니다.

이것은 하늘의 뜻이고 예정대로 진행을 하고 있습니다…….

『• 모든 사람과 존재물은 모두가 과거 전생(前生)이 있다.
• 나는 천기초월명상을 통하여 내 영혼의 과거 전생(前生)들 7번까지를 내 스스로 알아내었다.
• 나의 과거 전생(前生)은 칠성장군·국사스님·한의사·천왕승·명상가·천사장·수도사 등등이었고 앞으로 더 알아 낼 것이다.
• 나는 초기 로마 베드로성당의 '최고 수도사'였고, 하늘천국의 '미카엘천사장'이었고, 인도의 '명상가'였고, 하늘 도솔 천궁의 '천왕승'이었고, 신라의 한의사였고, 고려의 '국사스님'이었고, 하늘제석천궁의 '칠성장군'이었다.
• 나는 이제부터 신(神)의 대행자로서 영사겸 도사로 살아간다.
• 나의 다음생(來生)은 하늘지혜천궁의 '천왕(天王)'이 된다.
• 모든 존재물은 인과응보와 인연법의 '하늘법칙'에 따른다.

- 삶에서 가장 중요한 것은 수백년과 수천년의 윤회와 환생을 통해서라도 영혼들은 계속 '영혼진화'의 방향으로 나아가야 한다.
- 그대는 전생(前生)과 미래생(來生)을 알고는 살아가는가?
- 그대는 현생(現生)의 삶을 성공적으로 살아가고 있는가?……』

필자는 만나는 사람들에게 가장 합리적인 인생 3단계 성공 및 인생 삼위일체 성공 등 잘 사는 삶과 성공하는 기술을 가르쳐 줍니다.

돈이 없어 억울함을 많이 당하기 때문에 '재테크'를 가르쳐 줍니다.

어떻게든 큰돈을 벌어서 보람되게 잘 쓰라고 충고를 해 줍니다.

젊은 사람들에게는 성공·출세를 해서 부자가 되라고 하고, 나이 드신 어른과 부자에게는 가지고 있는 돈을 잘 쓰라고 충고를 합니다.

필자는 모든 사람들에게 경제개념을 좀 가지고 '경제공부'를 하라고 말해주고, 그 사람에게 가장 알맞은 '재테크'를 가르쳐 주며 저금리시대에는 '투자'를 잘 하라고 합니다.

현재 21세기는 무한 시장경쟁의 자본주의 사회입니다. 자본주의사회에서 재물과 돈은 물고기의 물과 같습니다. 지금 이 책을 읽고 있는 독자분의 인생 가치관과 신분 및 종교가 무엇이든 간에 21세기 자본주의 사회에서 남보다 그리고 조금 더 잘 살려고 한다면 반드시 '경제개념'을 가져야 하고, 경제활동 및 투자를 잘 해야 합니다.

투자와 대박재테크이론에서 투자시점은 ① 폭락할 때 ② 최악의 불경기일 때 ③ 최저가로 값이 떨어질 때 ④ 모두가 망했다고 할 때 등등입니다.

지금은 글로벌시대이고 인터넷시대이기 때문에 세계 각 나라와 기업체 중에서 '폭락한 곳'만 찾아내어 과감한 투자를 해야 합니다.

모든 위기들은 기회이고, 폭락은 반드시 폭등을 하고, 바닥을 치면 반드시 오르기 때문에 '최저가'일 때의 투자를 권유합니다.

국토가 존재하는 한 결코 국가는 망하지 않습니다. 지나간 과거의 사태들로 그 증명을 제시합니다.

1973년 1차 석유파동 때 신흥국들의 외환위기가 발생했고,

1982년 멕시코 모라토리엄(Moratorium) 때 중남미금융위기가 발생했고,

1987년 미국주식시장 블랙먼데이(Black Monday)로 다우지수가 하루에 23% 폭락하는 사태가 발생했고,

1990년대는 일본 부동산 거품대붕괴로 약 70개 금융회사가 도산되면서 잃어버린 10년이 되었고,

1998년 한국·태국·말레이시아 등에서 외환위기가 발생했고,

2006년 아이슬란드·터키 등에서 외환위기가 발생했고,

2008년 미국 비우량주택대출부실로 미국 발 세계금융위기가 발생되면서 글로벌금융시스템 와해가 발생했고,

2010년 그리스·포르투갈 등에서 재정위기가 발생했고,

2014년 러시아 금융위기로 루블화 폭락이 발생했고,

2017년 미국 트럼프 대통령의 국경장벽설치공약으로 멕시코 페소화 폭락이 발생했습니다.

필자는 본업에 충실하면서 가끔씩 '세계 뉴스'를 듣고, 천기신통초월명상과 꿈의 예시에 따라 지역·분야·방향성과 운때를 '종합분석'을 해서 과감히 '운(運) 타이밍기술'로 투자를 합니다.

그러한 투자법으로 1998년 외환위기 때와 2008년 금융위기 때 그리고 2010년 그리스 재정위기 때와 2014년 러시아 금융위기 루블화폭락 때 그리고 2016년 1월 브라질 헤알화가 사상 최저로까지 폭락 때에 직접

투자를 해서 '큰돈'을 벌었고, 또한 필자를 찾아온 많은 투자가와 증권사들에게까지 '투자자문'을 해주어 '큰돈'을 벌게 해 주었습니다.

필자는 해가 바뀔 때마다 연초 1월에 글로벌 투자 방향과 국가 및 기업을 찍어주는 바, 2016년 1월 필자가 찍어준 글로벌 투자 중에서 미래에셋 자산운용의 '브라질 대표펀드'는 1년 동안의 수익률이 70%였고, 특히 10년 만기짜리 '브라질국채' 투자는 헤알화지수가 지난 수년전부터 1년에 100씩 떨어지면서 2016년 1월 중순경에는 사상최저로 290까지 폭락을 했고, 필자는 알고지내는 사람들에게 자산의 분산장기투자로 적극 '투자추천'을 하면서 필자도 신한금융투자를 통해서 현금 10억 원을 브라질국채에 넣었습니다.

브라질국채투자는 정부간의 '비과세협정'으로 세금이 없고, 2016년도 평균이자는 13%였으며, 헤알화 예상 최고점을 6~7년 후에 600 이상으로 예측을 하고, 예상총수익률은 헤알화가치상승분과 이자를 합치면 투자대비 300% 이상으로 투자원금 10억 원이 6~7년만에 30억 원 이상이 되고, 세금도 한 푼 없으니 세계나라의 국채투자 중에서 안전하고 수익률도 좋은 최고의 국채투자라고 판단을 합니다.

투자는 단기와 장기 그리고 안전과 위험 그리고 국내와 해외 그리고 채권·주식·부동산 등등 '분산투자'가 최선이라고 생각합니다.

특히, 주식투자는 글로벌경제와 경기흐름 및 산업분야별 흥망성쇠예측과 회사상호 및 상품의 '운(運)'예측이 정확해야 하고, 예측도 중요하지만 필자는 예언을 하고 '신통술'로 찍어줍니다.

필자가 10년 전에 장기투자로 '매수추천'을 예언하면서 신통술로 찍어준 회사주식 중에서 2018년 1월 현재 기준으로 시가총액이 애플은 약 13배, 아마존은 약 20배, 특히 중국의 텐센트는 약 40배가 '상승'을 했습니다.

필자의 신통술 점괘투자는 '운(運)타이밍기술재테크'이고 경제와 운(運)원리의 정확한 예언입니다.

필자가 지난 1~3년 동안에 주식투자 상담 및 추천을 할 때 '신통술점괘'로 찍어준 ① 한미약품 등 바이오산업 ② 아모레퍼시픽 등 뷰티산업 ③ 셀트리온 등 헬스케어산업 ④ 삼성전자 등 반도체산업은 폭발적으로 주가상승을 했고, 특별히 찍어준 주식 중에서 2017년도 수익률을 볼 때 삼성전자는 약 50%, 셀트리온은 약 80% 그리고 신라젠은 약 300% 1년 수익률을 올렸고, 헬스케어펀드인 '미래에셋한국헬스케어펀드'는 약 70% 1년 수익률을 올렸고, 특히 한국형헤지펀드 중에서 '트리니티멀티스트레티지 1호'는 1년에 100% 수익률을 올렸습니다.

그리고 필자가 2017년도 1월에 고수익 및 고위험의 한정투자로 특별히 찍어준 가상화폐(암호화폐)인 비트코인·이더리움·리플 등은 약 1,000%까지 1년 수익률을 올렸습니다.

가상화폐는 2017년 연말쯤에는 '광풍'으로까지 투기 바람이 불었고, 운(運)이 좋은 사람은 '대박'을 움켜쥐고, 투기광풍의 꼭지점에서 늦게 들어간 재수 없고 운(運)이 나쁜 사람은 '쪽박'을 차기도 했는 바, 모든 투자는 열풍 및 광풍이 불면 반드시 정부가 규제 및 억제 정책을 내어 놓으니, 투기광풍이 불기 전에 수익만 챙기고 미련 없이 빠져나와야 하는 것입니다.

필자가 예측하건데 가상화폐의 데이터 분산저장 '블럭체인' 기술은 다양하게 사용이 되겠지만, 정부와 중앙은행 등의 개입과 규제 및 견제로 사용가치로서의 화폐기능은 제한을 받게 될 것이라고 '확신'을 합니다. 부동산 및 주식도 투기적 열풍 및 광풍이 불면 반드시 정부와 시장의 개입 및 규제·억제 정책 등으로 질서가 잡혀지게 됩니다.

모든 투자는 당사자 본인이 '책임'을 져야 하기 때문에 잘 모르는 것에는 투자에 '신중'을 해야 합니다.

17세기 네덜란드에서는 튤립 꽃의 근 뿌리 1개에 큰 집 한 채 값이 되었던 '튤립광풍'의 군중심리처럼, 2017년도의 '가상화폐 광풍'은 투기 군중심리가 동반된 미친 바람일 뿐입니다.

그러나 투자수익률 측면에서 볼 때 수개월 또는 1년 동안의 짧은 기간에 최고 약 1,000%까지 수익률 달성은 100년에 한 번쯤의 '횡재 기회'이기도 합니다.

이렇게 정보와 운(運)을 알면 '일확천금'의 대박을 움켜쥐기도 합니다.

2017년도에 주식열풍과 부동산 열풍 그리고 가상화폐 광풍으로 '대박 기회'를 잡은 사람들이 많았는데 그러한 기회를 놓친 사람 중에서 꿈이 잘 맞는 사람은 운때를 잘 맞춰서 '로또복권'이라도 꼭 횡재하시길 바랍니다.

꿈이 잘 맞는 사람은 자신에게 꼭맞은 운 타이밍 '운때'만 잘 맞추면 로또복권 1등 당첨이 분명히 가능합니다.

로또복권 1등당첨금은 약 20억 원 쯤이니, 인생역전 및 진짜 대박으로 1회에 약 10% 이상 수익률입니다.

꿈이 잘 맞는 사람들은 누구나 꼭 '도전'해 보시길 바랍니다…….

가상화폐 광풍 때문에 쪽박을 찬 사람들은 비싼 수업료를 지불한 '인생 공부'를 했다고 생각하면서 훌훌 털어버리시길 충고합니다.

돈 잃고 나서 건강까지 잃고, 인생까지 망치면 바보입니다.

세상과 인생은 아는 만큼 보이고, 운(運)정보는 가장 중요합니다.

운(運)은 약 10년에 한 번씩 크게 움직이는 대운과 약 5년에 한 번씩 작게 움직이는 소운 등의 변화 및 변동의 '운때'가 있으니 반드시 각자 타고난 '사주운명'의 운때와 어느쪽 및 무엇이 가장 적합한지? 등을 꼭 알아야 하고, 인생에서 정말로 큰돈을 벌고 싶으면 경제개념과 재테크 공부를 하고, 경제에 '관심'을 가지시길 바랍니다.

글로벌 시대에서의 기업 경영과 주식투자는 금융과 통화정책 등을 잘 알아야 합니다.

매년 새해가 시작되면 1월에 '다보스포럼'이 열리고, 다보소포럼에는 세계 1%를 대표하는 약 2,000개 기업의 총수와 각국의 정상들이 모여서 '경제 세일즈올림픽'을 개최하면서 경제지표발표 및 이벤트들이 있는 바, 한국금통위원회의·미국 FOMC회의·BOE통화정책회의·BOJ통화정책회의·G20 재무장관회의 등이 있고, 미국 재무부 환율 발표 등도 있으니 기업체의 업무담당자 및 관심있는 사람들은 필요한 '정보입수'를 잘 해야 합니다.

"세상은 아는 만큼 보이고, 노력과 운(運)만큼 성공을 한다."

필자의 재테크 부분의 글 내용들은 필자가 작심을 하고 가르쳐주는 '재테크 방법론'이니 독자분들은 꼭 따라 해 보시길 바랍니다.

지금처럼 글로벌시대에는 뉴스와 정보를 듣고 또한 통찰력과 예시력으로 세계의 각국 나라와 기업체 중에서 대폭락을 한 곳과 그리고 상승할 곳만 찾아서 '글로벌 투자'를 잘 해야 합니다. 금융이 발달한 영국·스위스·네덜란드 사람들은 약 80%가 해외투자를 합니다.

세계 각 나라와 기업체의 '글로벌 투자'와 국채·회사채·주식·펀드·리츠 등에 잘 투자하여 1년 동안에 20~50% 수익률이 많고, 가끔씩 경제 및 외환위기·재정위기·금융위기 등 위기 때의 '폭락장투자'는 1년 동안에 50~100% 수익률도 올릴 수 있는데 우물 안의 개구리처럼 아파트 또는 오피스텔 및 분양형 호텔 등 부동산 분양을 받아서 임대수익률 겨우 4~6%와 비교분석을 해 보고, 이제부터는 '투자방법'을 바꾸시길 공개적으로 가르쳐 드리는 바입니다.

 이처럼 이 책을 읽고 있는 독자분들은 사람대접 받음과 진정한 자유와 행복을 위해서는 경제와 금융 그리고 재테크에 관심을 가지시고 꼭 부자되시길 바랍니다. 이제부터 '관심'을 가지고 시작을 하면 누구나 가능합니다…….

 21세기는 글로벌시대이고, 100살까지 사는 장수시대입니다. 100살까지 자유롭고 행복하게 잘 살려면 계속 '돈수입'이 있어야 합니다.

 돈수입이 계속 되려면 투자와 수익이 계속 발생되어야 합니다. 모든 투자는 '분산투자'를 해야 하고, 금융과 주식 그리고 부동산 등 '비중조절'을 잘 해나가야 합니다.

 특히, 상업용 및 수익용 부동산투자는 처음 투자만 잘 해 놓으면 계속 임대료수익과 자산가치상승수익으로 '2중효과'를 볼 수 있고, 평생 동안 가장 믿음직합니다.

 부동산 임대료수익은 평균 5% 정도입니다. 경제를 잘 모르거나 소심한 사람은 이것이라도 투자를 해 놓아야 '노후보장'이 될 수 있습니다.

 또한 부동산투자를 할 때 대출을 많이 받은 사람은 임대료수익율과 대출이자율의 '비교분석'을 잘 해보아야 합니다.

 만약, 투자한 부동산에 문제가 발생되거나 또는 대출이자가 많이 올라가면 빚쟁이가 되고, 경매처분을 당할 수 있으며, 평생 신용불량자까지 될 수도 있습니다.

 한국은 2016년도에 기준금리를 사상최저 1.25%까지 인하해 주면서 집단대출이자 3~4%로 빚내어 집을 사라고 하였고, 모두가 유행처럼 전국 각지에 부동산개발을 하면서 오피스텔분양과 분양형 호텔 등을 많이 팔았는데 그것이 3~4년 후부터는 고금리와 수요공급의 균형이 깨지면서 많은 사람들의 투자손해와 사회문제가 예상됩니다.

필자는 지난날 대형상가 집합건물 3곳의 '운영관리회장'을 경험해 보았고, 또한 부동산투자도 많이 경험을 해 본 '부동산전문가'였기 때문에 보석을 고르듯 잘 찾아내어 가끔 별장사용겸 바다용궁기도에도 도움이 되는 곳 또한 임대수익까지 얻기 위해 '다목적'으로 그러나 우선순위는 휴양과 바다기도 목적으로 우리나라의 유명한 해변 동해에는 속초 대포항의 '라마다속초호텔' 그리고 서해에는 인천 소래포구의 '라마다인천호텔' 그리고 남해 제주에는 함덕해수욕장해변의 '제주비치호텔' 그리고 서귀포의 '데이즈호텔' 등 네 군데 분양형 호텔에 투자를 해 놓고 이제부터 운영과 수익에 '관심'을 가질려고 합니다.

편안한 휴식목적의 휴양 호텔은 주변경관이 좋아야 합니다.

위 호텔들 중에서 동해바다 일출이 환상적이고, 또한 규모가 가장 큰 '라마다속초호텔'은 동해 속초 대포항 해변에 20층 높이로 객실이 556개이고, 1,200억 원 자산인데 오픈 초기에 위탁운영사의 신뢰성문제가 발생되어 필자는 직접 관리단구성과 총회 개최에 앞장을 서고 그리고 호텔운영관리단의 '경영고문'에 선출이 되어 호텔운영을 '직영운영'으로 바꾸고, 지금은 호텔운영관리의 자문을 해주고 있습니다.

라마다속초호텔은 관리단직영운영으로 오픈 초기부터 2018년도 현재 3년동안에 계속 7% 수익률배당 및 연 30박 무료숙박 혜택까지 해주고 있는 '분양형 호텔'의 성공모델이 되었습니다.

약 500명이 구분소유자인 556실 규모의 집합건물호텔이 너무나 잘되고 있는 결과로 입소문이 나면서 서귀포데이즈호텔과 함덕해변의 제주비치호텔도 '경영고문'을 맡게 되었습니다.

그리고 다양한 문제발생이 되고 있는 우리나라의 크고 작은 호텔들과 집합 건물상가들의 자본투자와 운영관리 '상담업무'가 많아지고 있습니다.

필자는 상법과 집합건물법을 30년이상 직접 다루어 왔습니다.

사고와 문제가 생기면 '해결방법'을 꼭 찾아야 합니다. 수많은 자본투자자들의 '억울한 손실과 피해' 등 사고발생이 많이 예상됩니다…….

이제 우리나라도 경제생활수준이 나아지면서 '호텔이용객'이 참 많아지고 있습니다.

기존의 관광호텔이 많은데 엄청난 분양형 호텔이 더 많이 생겼기 때문에 모두를 위해서 또한 독자분 중에는 '분양형 호텔 구분소유자'도 있으리라 생각하면서 또한 호텔이용자들을 위해서 이 책에 상식적인 '호텔개념'을 간략하게 좀 소개를 해 드릴까 합니다.

호텔의 운영 및 관리자는 호텔경영사·호텔관리사·호텔서비스사·컨벤션기획사 등의 '자격증'과 시설관리 그리고 통합관리 PMS 전산시스템 및 인터페이스 시스템 등 '시스템'으로 운영 및 관리를 하고 있습니다.

특히 호텔 기업의 회계는 카드사용 및 OTA영업망 예약대행업체 등의 후불금입금 확인 등 '여신관리'가 중요합니다.

우리나라에는 현재 약 1,000개 정도의 호텔이 있고, 약 800개 정도의 관광호텔이 있습니다.

호텔은 ① 관광호텔 ② 전통호텔 ③ 가족호텔 ④ 유스텔 ⑤ 의료관광 ⑥ 일반호텔 등으로 나눌 수 있고, 관광호텔은 특1급·특2급·1급·2급·3급 등으로 등급이 있고, 호텔등급표시는 별표시로 표기를 하며, 등급결정은 관광진흥법에 의해 한국관광공사가 시설평가와 서비스평가로 등급평가를 합니다.

호텔은 규모에 따라 150실 이하는 소규모 호텔, 150~300실은 중규모 호텔, 300실 이상은 대규모 호텔 등으로 구분을 합니다.

호텔은 형태에 따라 ① 비즈니스호텔 ② 컨벤션호텔 ③ 리조트호텔 ④ 카지노호텔 ⑤ 스위트호텔 ⑥ 브티크호텔 ⑦ 온천호텔 등으로 분류를 합니다.

호텔은 장소위치에 따라 ① 도시호텔 ② 휴양호텔 ③ 공항호텔 등으로 분류를 합니다.

호텔은 숙박목적에 따라 ① 상용호텔 ② 거주형 호텔 ③ 휴양호텔 ④ 카지노호텔 ⑤ 국제회의용호텔 등으로 분류를 합니다.

참고로, 숙박업은 ① 호텔 ② 콘도미니엄 ③ 펜션 ④ 모텔 ⑤ 여인숙 ⑥ 민박 등으로 분류를 하고, 특히 농어촌 민박은 농어촌지역에 7실 이하의 주택으로 가능합니다.

호텔의 경영형태로는 ① 개별경영 ② 체인경영이 있고, ㉠ 일반체인경영 ㉡ 프랜차이즈경영 ㉢ 위탁경영 등이 있으며, 프랜차이즈 로열티는 객실수익의 3~4%쯤이고, 위탁경영수수료는 총매출 또는 영업이익의 4~5%쯤이며, 로열티와 수수료는 협의사항입니다.

호텔의 경영조직은 소유주가 있고, 호텔경영사 또는 호텔관리사 자격증을 지닌 총지배인이 총괄을 하고, 관리부와 영업부로 크게 나누어서 각 부서장과 팀으로 업무를 맡습니다.

호텔의 관리부서는 ① 인사관리 ② 경리재정관리 ③ 홍보판촉관리 ④ 경비보완관리 ⑤ 시설물관리 등이 있고, 영업부서는 ① 프런트오피스 ② 하우스키핑 ③ 식음료 등이 있으며, 특히 예약담당의 숙박예약과 연회장사용예약은 호텔매출에 매우 중요합니다.

다음은 호텔을 이용할 때의 객실을 위치에 따라 분류를 하면 ① '아웃사이드룸'으로 전망이 좋은 바깥쪽 ② '인사이드룸'으로 안쪽 또는 뒷쪽 ③ '커넥팅룸'으로 객실 사이에 통용문이 있는 가족 또는 단체용 등이 있습니다.

호텔객실을 기능으로 분류를 하면 ① 특별고객용 귀빈층 ② 금연층 ③ 여성전용층 ④ 장기투숙전용층 등이 있습니다.

호텔의 룸을 분류를 하면 ① '싱글룸'으로 1인용 침대 1개 ② '트윈룸'으로 1인용 침대 2개 ③ '더블룸'으로 2인용 침대 1개 ④ '트리플룸'으로 1인용 침대와 2인용 침대 ⑤ '더블더블룸'으로 2인용 침대 2개 ⑥ '온돌룸' 등이 있고, 그리고 ⑦ 스탠다드룸 ⑧ 디럭스룸 ⑨ 스위트룸 등급이 있습니다.

호텔이용의 객실요금은 ① 공시하는 정상요금의 '공표요금'이 있고 ② 단체손님 또는 비수기철의 '할인요금' ③ 시간초과 등의 '추가요금' ④ 13세 미만 부모동행의 엑스트라베드 무료제공 '패밀리플랜' ⑤ 고객특별예우의 '업그레이딩' 등이 있습니다.

호텔숙박예약은 ① 일반공표요금적용의 일반예약 ② 할인요금적용의 회원예약 ③ 할인율이 높은 여행사 및 단체예약 ④ 특별패키지 예약 ⑤ 분양호텔인 경우에 객실소유자 사용시의 소유자예약 등이 있습니다.

호텔숙박을 하고자 할 때는 반드시 사전에 '예약'을 꼭 해둬야 하고, 성수기일 때는 1개월쯤 전에 반드시 예약을 해둬야 합니다.

모든 호텔의 '프론트데스크'는 손님을 영접하고 고객의 문의와 요청을 받고 또한 계산을 하는 곳이기 때문에 절대 친절과 신속 및 정확성 그리고 적절한 대응을 잘 해야 하는 등 호텔의 얼굴입니다.

호텔은 항상 청결함을 유지해야 하고, 편안함과 즐거움을 제공하는 '고객만족'의 서비스정신이 절대필요조건입니다.

호텔기업회계는 특히 봉사료를 임금에 포함시키지 않으며, 영업부분별 1일 결산체계로 매출관리회계를 사용하고, 신용카드와 외상매출 및 예약대행업체 등 '후불금' 입금 확인의 여신관리가 중요합니다.

호텔기업은 고객만족과 경영개선으로 반드시 '수익'을 올려야 합니다. 기업이 수익을 올리지 못하면 투자자들은 손해가 막심합니다. 투자자들도 맡기지만 말고 호텔 영업 및 관리의 '감독'을 잘 해야 합니다.

또한 호텔영업은 약 20개 정도인 여행사에게만 맡기지 말고, 여행사에 지불하는 약 15% 수수료를 자체홍보 및 광고비로 잘써야 더욱 효과와 지속적인 수익률이 오르게 됨을 참고 바랍니다.

속초라마다호텔은 필자가 '관리고문단'이 되어 직접 진두지휘를 해서 총회 및 임원회의 의결이 잘되도록 하여 오픈 1년 이내에 '직영운영'으로 바꾸고, 구분소유자들까지 호텔 홍보를 조금 도와주게 하고 영업이 잘 되게 해서 오픈 3년차에도 계속 총 분양금 대비 7% 수익배당을 지급해 주고, 1년에 30박 무료사용 서비스까지 해주는 등 우리나라 분양형 호텔 약 100개 중에서 최고로 운영관리가 잘되고 있습니다.

그러나 다른 곳의 분양형 호텔은 약 80%가 '사기분양과 위탁운영부실'로 손실 및 피해가 아주 많이 벌어지고 있는 상황현실입니다.

이처럼 자기 재산은 스스로 잘 관리와 감독을 해야 합니다.

필자는 전문가로서 호텔투자의 손실 및 피해를 하나씩 해결을 해주고, 또한 직영운영으로 바꾼 '속초라마다호텔'처럼 위탁운영을 직영운영으로 바꿔서 수익을 끌어올리는 자문 및 컨설팅을 해주고 있습니다.

또한 크고 작은 상가 및 집합건물들의 '컨설팅'도 해주고 있습니다.

문제가 발생하면 누구나 분야별 '전문가'를 찾아가면 됩니다.

몸이 아프면 약사·의사선생을 찾아가고, 송사문제가 생기면 변호사를 찾아가듯, 투자손실이 생기거나 또는 사업이 어려워지거나 등의 각종 문제가 생기면 반드시 '운(運)상담'을 꼭 받아보시길 바랍니다.

인생은 운때를 놓치면 돌이킬 수 없게 될 수가 있고, 운(運)을 모르고 살면 눈을 감고 길을 걸어가는 것과 같습니다…….

필자는 오늘도 언제나처럼, 서울사무실 법당(法堂)에서 새벽 기도를 마치고 잠시 새벽명상을 하고 있습니다.

아미타불께서 오늘은 손님 6명이 찾아오고 3번째 손님은 멀리 부산에서 찾아오고, 4번째 손님은 중국 상하이에서 서울까지 찾아오는 것이니 특히 잘 봐주라고 하시면서 오늘은 맨 마지막 6번째 손님을 잘 봐주라고 하십니다.

오늘의 예약손님 중에서 맨 마지막 순번 손님은 서울의 부자동네 강남구 도곡동 타워팰리스 아파트 한 채에 30~40억짜리에 살고 있는 50대 중반쯤의 남자이고, 성씨는 박 씨입니다.

필자는 여느 때와 같이 찾아온 손님의 마음을 편안하게 해주기 위해 먼저 말을 꺼냅니다.

"마음을 편안히 하고 커피나 녹차 한 잔 드시지요!"

손님으로 찾아온 50대 중반의 남자는 녹차를 마시면서 필자의 탁자 위에 항상 놓여있는 '금두꺼비상'을 유심히 바라보다가 입을 엽니다.

"도사님! 저의 '종합평생운진단'을 좀 봐주십시요."

"손님의 나이와 이름만 말씀해 주실는지요?"

나는 손님의 나이와 이름만 글로 써놓고 목소리 운을 파악하고, 육갑(六甲)을 짚어보고, 그 사람의 전체 얼굴과 그리고 얼굴에서 현재 나이 운때를 가리키는 부위와 말년 운때를 가리키는 부위 그리고 재물운을 나타내는 재백궁(財帛宮)을 살피고, 그 사람의 눈을 들여다보고 영혼모습까지 직접 잘 살피면서 나만의 특이한 방법인 '신통관상술'과 '관심법'으로 10여 항목을 동시에 종합분석 진단하여 '운명진단표'를 속필로 적어놓고 손님의 전생(前生)과 결혼운·재물운·수명운 등등 타고난 운명

(運命)을 알기 쉽게 풀어서 말해줍니다.

"평생 총운은 전강후약이라, 얼굴도 미남이고 최고대학까지 공부도 많이 하고 초년 중년운은 좋아서 부모덕에 빨리 성공을 하고 애정운도 좋아서 행복한 가정을 꾸리고 살았지만, 중년 이후 운이 너무나 나빠지는 것도 모르고 또한 잘 알지도 못하면서 욕심내어 투자한 주식으로 큰 손해를 당했고, 대출을 많이 받아 살고 있는 높은 고층 큰 아파트가 보이는데 집이 사람을 누르는 격이고, 겉만 번지르르하고 돈이 없으니 마누라가 바람을 피우는구먼. 타고난 운명진행대로 그냥 내버려두면 2년 쯤 후에 살고 있는 집을 경매로 빼앗길 것이고, 그 후에는 이혼을 당할 것이며, 파산까지 당하고 그리고 사기죄로 감옥에 들어가게 되고 또한 부계 아버지가 고혈압 뇌졸중으로 쓰러져 죽은 영혼이 보이니 핏줄운내림으로 그 아들인 당신도 너무 화가 치밀어 스트레스 홧병으로 59세 쯤에 뇌졸중으로 쓰러질 것이고 반신불수가 될 겁니다.

초년 중년은 부모덕으로 잘 살아 왔지만 50대 중반에 망하는 변화의 대운에 걸려있고, 큰 손재수과 파산살 때문에 망하게 되고, 이혼살 때문에 이혼을 당하게 되고, 감옥살 때문에 감옥까지 가게 되고, 격정살과 고독살 때문에 홧병으로 쓰러지고 쓸쓸하고 고독하게 될 것이야. 지금은 은행에서 대출상환 독촉을 받고 있을 것이고, 부부 잠자리는 1년 이상 못하고 있을 것이고, 아마 빚 총액이 20억쯤 될 것이며, 영혼이 몹시 불안해하고 슬픈 표정을 짓고 있구먼."

"도사님 말씀이 정확히 맞습니다. 총 부채가 20억쯤 되고, 1년 이상 부부가 각방을 쓰고 있고, 아버지가 뇌졸중으로 쓰러져 반신불수로 고생하다가 죽었는데 혹시 나도 망하고 홧병으로 쓰러지는 게 아닌가 하고 걱정으로 요즈음 죽고 싶은 심정입니다. 이제라도 나쁜 운수를 피할 수 있는 좋은 방법이 있겠습니까?"

"이미 타고난 사주팔자 운명(運命)의 프로그램에 따라서 큰 손해를 당하고 인생실패로 진행을 하고 있지만, 이제라도 60층쯤 초고층아파트에 살고 있는 커다란 집은 정리를 해서 은행 빚을 갚아버리고 남쪽방향으로 줄여서 이사를 해야 해. 그리고 운(運)이란 '움직일 – 운(運)'이니 앞으로는 반드시 자기 운(自己運)에 잘 맞추어 투자를 하고 또한 운때에 잘 맞추어 투자를 갈아탈 줄도 알아야지."

"삶의 고통이 계속되어 교회도 나가 보고, 절에도 다녀보고, 증산진리회 기도도 해보고, 굿까지 해보아도 나아지지 않는 것은 왜인지요?"

"인과응보의 맹신적 신앙하고는 별개라 그렇다네. 이미 잘못한 자기 전생과 조상님의 '업죄(業罪)'를 물려받은 사람은 교회에 다닌들 또는 절에 다닌들 또는 무당굿을 해 본들 다 소용이 없다네…."

"도사님! 앞으로는 무엇을 어떻게 투자해야 또다시 돈을 벌어 재기를 할 수 있을지 또한 어떻게 살아야 잘 살 수 있을지 등 본인에게 가장 적합한 재테크 방법과 삶의 지혜를 좀 가르쳐 주십시오."

"사람마다 각각 전생과 영혼모습이 다르고, 타고난 운명이 다르고 또한 운과 운때도 각각 모두가 다르기 때문에 자기 자신에게 무엇이 가장 잘 맞는지? 또는 언제 시작해야 잘 맞는지? 또는 어떻게 해야 잘 맞는지? 등등을 반드시 알아야 하는 거야.

또한 세계 경제와 분야별 산업의 흐름을 잘 예측하여 영업 및 사업과 투자를 해야 하고, 주식투자를 할 경우에는 투자할 기업의 정확한 재무 제표와 실제의 내재가치 및 내부정보를 모르면 투자 손해를 당할 수 있으니 철저히 조사를 잘 해서 투자를 하고, 금융을 공부하여 국제금융시장의 흐름과 Bond·CP·CD·CB·BW·DR·EB·PB 그리고 RP·L/C·BA 그리고 옵션·역외·헷지 등등을 알고, 모든 것은 '올라가면 언젠가는 반드시 내려가고 또한 내려가면 언제가는 반드시 올라가다'는 변화의 법칙에 따라 정확한 '미래예측'을 해내야 하고 그리고 반드시 자기가 '잘 하는 것'에 투자해야 하며 또한 자기에게 '잘 맞는 것'에 투자를 해야 하는 거야.

이제부터는 세계 각 나라와 기업체의 위기가 있는 곳 폭락한 곳을 내가 신통술로 찍어주는 '운(運) 타이밍기술 재테크' 방법으로 손실 회복을 빨리해야 하는 거야.

당신은 타고난 운명과 후천운(運)을 볼 때 땅이 잘 맞을 거야. 또한 시장 경제원리 수요와 공급의 법칙에서 우리나라는 인구수가 많고 국토가 좁기 때문에 토지투자는 가장 투자 대비 수익성이 좋고 그리고 잘 선택한 좋은 땅은 안전하게 돈을 벌어주고 부를 축적할 수 있으며, 아주 특별한 명당터를 잘 고르면 '즉시 발복'으로 큰 부자가 되고, 자손 대대로 상속까지 해줄 수도 있으니 여러모로 활용가치가 높고 가장 안전한 자산일 수 있는 거야. 이제라도 예정된 운명의 나쁜 프로그램을 바꿔 '개운(改運)'을 해주고, 해외투자와 토지 쪽으로 '투자방향'을 잡으면 또다시 큰돈을 벌 수 있을 거야."

"도사님! 상담이 끝날 때 '도술부적'을 꼭 해주시고, 가장 중요한 부동산 토지투자의 자세한 전략을 좀 가르쳐 주십시오."

"토지투자는 딱 한 번이라도 제대로 잘 하면 평생 동안 먹을 것은 물론이고 가장 안전하며, 대대로 자손에게까지 상속으로 물려 줄 수 있기 때문에 토지의 개념과 함께 부동산 지식을 많이 공부해서 입지분석 및 각종 행위제한 법률을 이해하고 반드시 투자목적이 분명해야 부동산과 토지투자로 큰돈을 벌 수 있는 거야.

돈을 벌려면 반드시 '재테크 공부'를 먼저 해야 해. 공부를 해야 그만큼

'안목'이 생기고 잘 보이기 때문이야.

현재 대한민국의 토지공개념적 국토이용과 도시계획에 따른 토지분류를 살펴보면 토지의 용도구분에서는 ① 도시지역 ② 관리지역 ③ 농림지역 ④ 자연환경보호지역 등등으로 나누고, 도시지역은 또다시 ① 주거지역 ② 상업지역 ③ 공업지역 ④ 녹지지역 등등으로 나누며, 또다시 주거지역은 ① 제1종전용 ② 제2종전용 ③ 제1종일반 ④ 제2종일반 ⑤ 제3종일반 ⑥ 준주거지역 등등으로 세분을 하고, 상업지역은 또다시 ① 중심상업지역 ② 일반상업지역 ③ 근린상업지역 ④ 유통상업지역 등등으로 세분을 하고, 공업지역은 또다시 ① 전용공업지역 ② 일반공업지역 ③ 준공업지역 등등으로 세분을 하고, 도시의 녹지지역은 ① 보전녹지지역 ② 생산녹지지역 ③ 자연녹지지역 등등으로 세분을 하는 거야.

관리지역은 ① 보전관리 ② 생산관리 ③ 계획관리지역 등등으로 세분을 하고, 농림지역은 ① 생산지역 ② 보전지역 등등으로 세분을 하고, 자연환경보호지역은 ① 자연환경 ② 수자원 ③ 해안 ④ 생태계 ⑤ 상수원 ⑥ 문화재보전지역 등등으로 세분을 하는 거야.

그리고 토지의 용도지구지정 행위 제한으로는 ① 경관 ② 미관 ③ 고도 ④ 방화 ⑤ 방재 ⑥ 보존 ⑦ 시설보호 ⑧ 취락 ⑨ 개발진흥 ⑩ 특정용도제한 ⑪ 위락 ⑫ 리모델링지구 등등으로 세분을 하는 거야.

그리고 토지의 용도구역지정 행위제한으로는 ① 개발제한(그린벨트) ② 시가지조정 ③ 수산자원보호 ④ 지구단위계획 ⑤ 개발밀도관리 ⑥ 기반시설부담 ⑦ 도시개발구역 등등으로 세분을 하고 또 다른 행위제한의 규제가 많은 거야. 이상의 국토이용과 도시계획 및 토지개발에 따른 법률과 ① 농지법 ② 산지법 ③ 건축법 ④ 도로법 ⑤ 절대벌채금지 ⑥ 절대전용금지 ⑦ 절대형질변경금지 등등의 수많은 관련 법률에 따른 행위제한 등등을 제대로 알고서 ① 농업용부지 ② 임업용부지 ③ 목장부지 ④ 전원주택부지 ⑤ 근린생활시설부지 ⑥ 휴양시설부지 ⑦ 종교시설부지 ⑧ 공원묘지부지 ⑨ 골프장부지 ⑩ 스키장부지 ⑪ 아파트부지 ⑫ 빌딩부지 ⑬ 공장부지 ⑭ 주택부지 등등을 반드시 계획과 목적에 따라 매입을 해야 하며 그리고 유해시설 및 토양오염이 없어야 하고, 식수와 하수가 해결되어야 하고, 통풍이 좋아야 하고 그리고 방향과 좌향을 잘 살펴서 ① 일조권 ② 조망권 ③ 환경권 등등이 보호되어야 하며, 반드시 일정 폭 이상의 도로(8m 이상)가 확보되어야 하는 거야.

국가 정부에서는 전국의 토지를 '선 계획과 후 개발'이라는 원칙으로 반드시 10년 전에 계획을 세우고 5년마다 조정을 하고 있는 거야.

지금은 도로가 없는 맹지(盲地)이지만 토지이용계획확인서와 도시기본계획 및 도시관리계획 등등을 발급받고 정부의 부동산 정책결정과 개발정보 등등을 입수하여 앞으로 새로운 도로계획 또는 개발계획이 예상되는 곳을 잘 선점하면 그만큼 큰 이익을 얻을 수 있으니 토지투자로 큰돈을 벌고 싶으면 부동산에 대한 관심과 공부를 해야 해!"

나는 부동산과 토지투자의 기본지식과 기본법률 등을 가르쳐주고, 지난날 한때 부동산으로 큰돈을 벌었던 경험 등 나의 '미래예측부동산투자'의 노하우를 가르쳐 줍니다.

부동산투자 및 주식투자 등 모든 투자는 10년에 1~2번씩 반드시 '투자기회운때'가 있는 바, 투자와 대박재테크이론에서 투자시점은 ① 폭락할 때 ② 최악의 불경기일 때 ③ 최저가로 값이 떨어질 때 ④ 모두가 망했다고 할 때 등등이니, 독자분들도 평생 꼭 '참고'하시길 바라는 바입니다.

내가 성의껏 부동산투자 및 경영관리와 사업 등을 자세히 가르쳐주니 손님이 꿇어앉더니 간절히 부탁을 해옵니다.

"도사님! 도술부적을 꼭 한 장만 써 주시고 부적효과로 운이 좋아지면 훗날 영혼의 전생업과 유전인자핏줄운내림업을 모두 풀어서 꼭 속죄와 면죄를 받고 그리고 앞으로는 효행과 선행을 꼭 실천하면서 도사님을 평생 스승님으로 모시고 가르침을 많이 받겠음을 진심으로 약속드립니다."

나는 손님에게 '소원성취 축원카드'를 작성하게 하고 그리고 재수를 불러들이는 '도술부적' 한 장을 직접 그려주고 지갑 속에 잘 넣고 다니라고 꼭 일러줍니다(일반손님과 개운이 필요 없는 손님은 상담만 잘 받고 가시면 됩니다).

나는 정말로 딱한 사람에게는 공짜로 '축원기도'를 해 줍니다.

운치료와 개운이 필요한 사람은 손님 10명 중 1~2명 정도입니다.

오늘 마지막 상담 손님은 도술부적을 지갑에 넣으면서 그리고 얇은 지갑을 손에 들고서 복채가 얼마냐고 묻습니다.

나는 손님에게 '운명진단과 인생상담'까지 받는 총 비용이 서민층과 중산층은 5만 원이고, 상류층은 10만 원이고, 큰 부자 재벌은 100만 원이라고 답해주면서 복채는 '정성껏' 내면 되고 탁자 위에 놓여있는 복채 그릇에 넣으면 된다고 가르쳐 줍니다.

평생운명을 진단받고 상담까지 하는 데는 적은 비용입니다.

손님이 큰 절을 하고 활짝 웃으면서 다시금 꿈과 희망을 가지고 되돌아가는 모습들을 보면서 나는 진정한 도사(導師) 인도자로서 '이것이 중생구제이고 진짜 활인이구나' 하고 보람을 또 느껴봅니다.

"세상은 아는 만큼 보이고, 운(運)만큼 살고, 복(福)만큼 누린다."

보통사람들은 먹고 사는 일이 가장 중요합니다.

태어날 때 복(福)을 타고나거나 또는 살아가면서 운(運)이 좋은 사람들은 잘 살아가니 큰 문제가 없을 것입니다. 그러나 그들도 한 가지씩은

'걱정거리'는 있을 것입니다. 재벌기업인과 부자들 그리고 정치인과 연예인 등 상류층 사람들도 필자를 찾아오지만, 필자에게는 보통사람들이 많이 찾아옵니다.

21세기를 살아가는 현대인들은 100살 이상까지 살아가야 하니, 종합적으로 '인생 포트폴리오'를 잘 세워야 합니다.

성공출세와 부유함 및 무병장수 그리고 행복하려면 먼저 '관심'을 가져야 하고, ① 목표 ② 계획 ③ 준비 ④ 실천이라는 기본원칙과 방법을 따라야 하며, 열정과 끈기로 지속해 나아가야 합니다.

요즈음의 세상은 '날벼락'이 많으므로 미래가 너무나 '불확실'합니다.

교통사고·추락사고·바다침몰사고·화재사고 등이 많습니다. 자기자신과 가족의 타고난 사주운명의 '수명운'을 꼭 알아야 합니다. 사주운명의 수명운을 모르면 눈뜨고 '날벼락'을 당합니다.

타고난 사주운명의 손재수와 손실운을 알고 있어야 합니다. 그래야 가상화폐 반토막 폭락처럼 '손실날벼락'을 안 당합니다. 각종 투자유치사기와 부동산분양사기도 안 당하게 됩니다.

이 책을 읽고 있는 독자분께서는 경제지식을 얼마나 알고 있고 또한 재테크는 잘 하고 계십니까?

장사 또는 사업을 하는 사람들은 '경제문제'가 중요합니다.

돈 때문에 싸우고 돈이 없어서 고생과 고통을 많이 당합니다.

자기 자신의 타고난 사주운명(運命)에 재물운과 금전운·부동산운·직업운·출세운 그리고 건강운과 수명운 등등의 운(運)을 사전에 알아두는 것은 정말로 중요합니다…….

우리는 모두가 사회생활과 경제활동을 하고 있고, 또한 부동산과 반드시 관련이 있기 때문에 부동산의 소유권·등기권·가등기·예고등기·담보·근저당·저당권·임차권·전세권·질권·지상권·유치권·대항권·점유권·대위변제·압류·가압류·가처분·인도명령·명도소송 그리고 손해배상·손실보상·문서공증·내용증명 등등의 '생활법률상식'과 헌법·민법·형법·상법·부동산법·집합건물법·소송법 등등을 반드시 조금씩은 꼭 알아야 합니다.

현시대를 살아가는 사람으로서 위에 열거한 것들을 전혀 모르면 나쁜 친구와 직장상사·거래처·업자와 꾼들에게 당할 수 있고, 임차인이 건물 주인에게, 반대로 건물 주인이 임차인에게 당할 수 있고, 법무사와 변호사에게 돈만 빼앗길 수도 있습니다.

현재, 사회경제생활을 하고 있는 성인으로서 이와 같은 '기본생활법률상식'도 모르는 사람들은 절대로 잘 살 수 없다는 것을 '충고'하는 바이니, 잘 살고 싶은 사람은 이와 같은 기본지식과 상식들을 반드시 배워서 꼭 알아둬야 함을 진심으로 가르쳐드립니다.

"세상은 아는 만큼 보이고, 운(運)이 따라야 성공을 한다."

이러한 것들을 지금까지 잘 몰라서 손해를 당하고 가난한 사람들은 모두가 이 책을 꼭 한 번씩 읽고 많이 배워두시길 꼭 '권유'합니다.

필자의 평생경험지식과 천기누설 내용의 이 책 한 권이면 모두가 만능박사가 되고 부자가 되어 멋지게 삶을 잘 살 수 있습니다.

그리고 현재, 이 글을 읽고 있는 독자분 중에서 혹시나 주식 및 펀드투자의 손실 그리고 영업 및 사업이 안되거나 또는 모든 부동산관련 문제가 있는 사람들은 반드시 '예약'을 하고 필자를 찾아와 자기 자신의 타고난 종합적인 '운명진단'과 '인생상담'을 받으면서 부동산문의까지 꼭 함께 해 가시길 바랍니다.

각종 투자와 재테크를 잘 하고 싶은 사람은 필자를 찾아오세요!!

현재 하고 있거나 또는 하고자 하는 것의 '성공여부?'를 알고 싶은 사람은 필자를 찾아오세요!!

정말로 '인생역전'을 하고 싶은 사람들은 필자를 꼭 찾아오세요!!

또한 누구든 자신의 '타고난 운명'을 정확히 미리 알아두고 싶거나 또는 알고 싶은 사람들은 모두 필자를 꼭 한번 찾아오시길 바랍니다.

누구에게나 대운(大運)은 약 10년 주기이고, 소운(小運)은 약 5년 주기이며, 100살 시대에 아주 어릴 때와 아주 늙을 때를 빼면 10번은 큰 기회가 있고, 작은 기회는 70번이나 있으니 운(運)을 알면 올 베팅으로 '인생역전'도 가능하고 또한 삶의 문제들을 모두 해결할 수 있습니다.

현시대는 경제적 성공을 해야 사람대접을 받고 '진정한 자유'를 누릴 수 있으며, 각종 불치명·난치병·귀신병·핏줄내림병 등을 물리쳐야 고통으로부터 '진정한 행복'을 누릴 수 있습니다.

혹시, 이 책을 읽고 있는 독자분과 가족이 현재 고민과 갈등을 겪고 있거나 또는 절망과 좌절을 하고 있는 사람이라면 이 책이 희망을 향한 강력한 '동기부여'가 되길 진심으로 바라는 바랍니다.

21세기에 가장 성공적인 삶이란 ① 부유함 ② 무병장수 ③ 영혼구원을 함께 '삼위일체'로 성공시키는 방법론의 실천입니다.

필자는 국사당을 완성하는 2040년까지 선행과 공덕 쌓음으로 운명진단과 인생상담을 해주고 특별치유 등을 해 줍니다.

필자가 신통도술과 참 지혜로 '해법'을 다 가르쳐 드리겠습니다…….

비록, 오늘은 새우잠을 잘지라도 내일의 '고래꿈'을 꾸면서 희망과 야망을 품고 살아가길 진심으로 축원하고 기원하는 바입니다.

또한 진실과 진리를 많이 깨달아 행복하시길 축원합니다.

진심으로…….

제21장
이 책을 읽은 사람만 '만남의 기회'를 준다

이제 이 책의 마지막 장이 되었습니다.

필자는 21세기 혼돈의 불확실시대에 세상에 전달하는 글을 써 놓고 독자들의 이해정도와 반응에 대해 조금 염려가 됩니다.

글의 문장이 이중구성이고, 장르가 혼합되어 있고, 영혼과 육체가 함께 하고, 2천년 전 옛날과 지금 오늘날의 시간을 함께 하고, 인간세계와 하늘세계의 공간을 함께하는 아주 '특이한 글'이기 때문입니다.

사람들은 자기 잣대와 자기 눈높이로 세상을 바라보기 때문에 필자의 글을 읽은 독자분들도 나이와 학문지식의 많고 적음에 따라서 또는 종교 및 정신세계의 영적 능력의 높고 낮음에 따라서 이해정도가 다 다를 수 있을 것입니다.

그러나 마지막장까지 필자의 글을 읽은 독자분들은 비록 글 표현과 구성은 자유롭게 섞여 있지만, 필자의 글 전체에서 필자가 무엇을 가르쳐 주려고 하는지에 대한 그 '취지'는 이해하리라 생각합니다.

전체 글에서 메시지 전달의 '취지'를 잘 헤아려주시길 바랍니다…….

필자는 자신의 대서사적 실제 자전 이야기를 펼치면서 때로는 구어체로까지 진솔하게 전개하는 이야기들 속에서 조금이나마 모르는 것은 배우고, 잘못된 것은 개선을 하고, 또한 깨우치고 깨달아서 모두가 각자의 귀중한 인생을 반드시 잘 살고, 또한 함께 이상의 꿈도 실현시켜가고 그리고 인생의 최종목표인 자기주인공 영혼진화와 영혼구원을 잘 하시라는 하늘의 '메시지'를 전하고자 하는 것입니다.

우리 모두의 삶은 저 멀리 과거의 전생(前生)때부터 몸을 바꾸어 계속 살아왔고 그리고 지금의 삶을 또 살아가고 있습니다.

지금의 삶의 모습은 결코 우연이 아니고, 내 몸속의 주인공 영혼이 전생(前生)에 지은 대로의 인과법칙과 인연법에 따라서 유유상종의 부모님을 만나고, 또다시 핏줄유전운내림이 작용하면서 각자의 '사주운명'을 타고나고, 각자의 타고난 사주운명은 이미 90% 정도가 정해진 '프로그램'에 따라 진행되고 있다는 놀라운 '진실'입니다.

각자의 타고난 사주운명은 이미 90% 정도가 '예정된 프로그램'에 따라서 인생진행이 되고 있기 때문에 선천성 장애로 태어나기도 하고, 두 눈을 뻔히 뜨고 각종 사고를 당하고, 각종 불치병과 난치병에 걸리고, 귀중한 돈을 사기당하고, 별거나 이혼 및 사별을 당하고, 평생 동안 가난에서 못벗어 나기도 하는 것입니다.

하늘자연의 법칙은 섭리와 순리 그리고 도리입니다. 또한 과거 전생때부터 뿌리는 대로 거두고, 지은 대로 되받는 '인과의 법칙'입니다.

지금 현생에 살고 있는 모습은 과거 전생의 업(業)내림이고, 자손들의 삶은 조상님의 핏줄유전업(業)내림이며, 그것을 '죄업(罪業)'이라 하고, 과거의 모든 죄업들은 '상속'이 되는 것입니다.

부모와 자식간의 유전자검사는 99.99% 일치하고, 핏줄과 전생의 업(業)내림은 너무나 정확하며, 운명은 90% 정도를 타고납니다.

실력과 능력에 따라서 운명감정 및 진단과 예언은 정확도의 차이가 있을 뿐, 사람의 타고난 사주운명은 놀라울 만큼 정확합니다. 그러나 사람들은 인생에서 가장 중요한 '운명작용'의 진실을 모르고 눈뜬 장님처럼 살아가고 있습니다.

"타고난 사주운명을 모르면 정말로 눈뜬 장님이다."

필자도 젊은 나이때는 앞날과 운(運)을 몰라서 때로는 무시를 해버리고, 때로는 무관심을 하면서 살아오다가 엄청 고생을 많이 했었고, 또한 시행착오도 겪었고 그리고 큰 사업 실패로 큰 손해를 경험한 적도 있었고, 생명의 위험고비도 여러 번 겪었습니다.

필자는 젊은 날 '나는 누구인가?'에 대한 생각을 많이 했고, 그리고 '죽은 후에는 어떻게 될까?'에 대한 생각도 많이 했습니다.

"나는 어디로부터 와서 어떻게 살다가 언제 어떻게 죽을 것이며, 죽어서는 또다시 무엇이 되어 또 어디로 가게 될 것인가???……."

필자는 이것을 알기 위해서 또한 신통술의 초능력을 얻기 위해서 또한 깨달음과 해탈자유를 위해서 '하늘로 오르는 산'이라는 전라남도 고흥에 있는 천등산(天登山)에 입산하여 '천기신통초월명상'으로 10년 동안 도(道)를 닦고 도사(道師)가 되었습니다.

젊은 날 한 시절은 화엄경의 고·집·멸·도(苦集滅道)를 공부하면서 모든 괴로움(苦)의 원인은 집(集)이고, 집착을 없애는 멸(滅)이 진리의 도(道)이니 집착을 초월하고, 깨우치고 깨달으면 자유롭고 행복하다는 진리의 말씀을 오늘 또 다시 가슴에 새겨봅니다. 위대한 스승 '자연현상 진리'를 체득하면서 가슴에 새겨봅니다.

하늘의 가르침에 따라 하산(下山)을 하고 세속에 살면서 세속에 때묻지 않고, 또한 돈을 벌면서 돈에 붙들리지 않고, 또한 일을 하면서 무위법으로 그리고 신(神)의 대행자로 살아가고 있습니다.

현실적으로 표현하면 살아있는 신(神)으로 살고 있습니다…….

(정신적 에너지가 다이아몬드처럼 뭉치면 영생이 가능합니다.)

필자는 그동안 조금씩 글을 썼지만, 이제 이 글을 '마지막'으로 쓰면서 책으로 출간하여 후인들에게 남기고 세상에 전하려 합니다.

필자는 마지막으로 이 글을 쓰면서 세계 최초로 '운명작용이론'과 '천성소질인간계발론'을 공개발표를 하고, 또한 '전생업작용'과 '핏줄유전업내림'을 공개발표를 하고, 또한 '영혼치유'와 '영혼진화론'을 공개발표를 하고, 그리고 '운명종합진단'과 '운명치료'를 공개발표를 하고, 또한 '신통술기도'와 '천기신통초월명상'을 공개 발표를 했습니다.

위의 용어들은 필자의 책에만 '세계 최초'로 용어사용을 했기 때문에 용어의 지적재산권은 필자에게 '권리'가 있음을 공표하면서 필자의 '사용동의'를 받으면 누구나 사용·인용·전재가 가능함도 공표를 합니다.

필자는 현재 영혼들의 스승 영사(靈師)겸 깨달음의 스승 선사(禪師) 그리고 진리의 스승 도사(道師)로 살면서 그 사람의 지식 및 지혜 정도와 영혼의 등급에 따라 1차적으로 현실과 물질적 성공방법을 가르쳐 주고, 2차적으로 정신적 성공방법을 가르쳐 주고, 3차적으로 영적인 성공방법을 단계적 차등법으로 가르쳐 주면서 궁극의 '깨달음과 절대자유 얻음'을 가르쳐 줍니다.

필자는 그 사람의 가장 급한 것부터 문제해결방법을 가르쳐 주면서 지적수준과 영혼의 등급에 따라서 적합하게 가르침을 줍니다. 그리고 사람들에게 가장 먼저 자기 자신의 앞가림부터 반드시 잘 해내면서 함께 '이상 추구'를 하라고 충고를 합니다.

현재, 21세기는 제4의 정신물결 및 제4차 산업혁명의 정신과 산업의 '혁신시대'이고, 고도의 정신수련과 인공지능 등 하이테크 시대이며, 생존과 번영을 위한 무한경쟁시대입니다.

생존경쟁은 세상 만물의 자연스럽고 본능적인 '본질'입니다.

필자는 사람들에게 현재하고 있는 그 일부터 또는 꼭 해야 할 그 일에 충실하면서 동시에 반드시 '경제개념'을 가지고 살고 그리고 재테크를 잘 하면서 평생 동안 죽을 때까지 자기 '자산과 돈관리'를 철저히 잘 해 가라고 가르쳐 주고, 건강을 잃으면 다 잃어버리니 '건강'을 잘 챙기고 그리고 정신·마음·영혼을 위해서 '명상'을 꼭 하면서 자기 자신을 최고로 끌어올려 반드시 삶을 성공시키라고 진심으로 가르침을 줍니다.

필자는 정신 및 마음수련과 뇌능력 및 초능력계발방법으로 '천기(天氣) 기도명상'을 가르치고 또한 권유를 합니다. 천기(天氣)기도명상은 필자가 산(山)속에서 '신통기도초월명상'을 할 때처럼의 준비 및 자세와 방법으로 일상생활을 하면서 누구나 하루 30분 이상씩 계속하면 됩니다.

혹시나 독자분 중에서 전문적 뇌능력 및 초능력을 계발하고 싶은 사람들은 필자에게 별도의 '특별가르침'을 받으면 됩니다.

'천기(天氣)기도명상'을 일상생활에서 계속 수련을 하면 저절로 초능력이 생겨지면서 세상을 잘 '주시'하게 되고, 또한 '통찰력'이 계속 상승하게 되면서 스스로 자기계발 및 성공과 행복이 따르게 됩니다.

천기(天氣)를 통달하게 되면 엄청난 '초능력'이 생기게 됩니다.

필자는 현재 정확한 운명진단과 함께 신통도술의 '초능력'으로 온갖 불치병과 난치병 그리고 핏줄내림병과 귀신병들을 정성껏 치유를 해줍니다. 대학병원에서 못 고치는 병만 고쳐 드립니다. 주술진언 말씀의 권능과 기(氣)사용으로 환자치유를 해줍니다. 환자를 한 사람씩 고칠 때마다 내 자신의 생명에너지가 조금씩 소멸해가지만, 하늘에서 생명을 살려주라고 할 때는 어쩔 수 없이 하늘의 명에 따라서 생명들을 구해 줍니다.

필자는 현재 자선공익사업으로 대한민국 신전(神殿) 국사당 건립을 준비해 가면서 이 책을 읽은 사람만 만나주고 있습니다. 이야기를 전해들은 사람도 반드시 필자의 책을 읽고 '직접 방문'을 해야 만나주고 있습니다.

종교를 초월한 대한국의 신전(神殿) 국사당이 완성되는 '2040년까지만' 운명진단과 인생상담 그리고 특별치유 등을 해 줍니다.

필자는 현재 아무런 구속의 굴레가 없이 자유롭게 살면서 대외적 큰사업업무는 가끔 서울 종로3가 '국일관' 사무실에서 사람을 만나고, 상담업무는 남해바다 고흥군 녹동항구의 '녹동용궁사'와 서울 태릉지역의 '서울국사당'에서 상담을 합니다.

필자를 찾아 올 때는 반드시 '전화예약'을 하고, 필자가 있는 곳으로 직접 본인 또는 당사자가 찾아오셔야 더욱 정확합니다.

필자가 주로 상담과 치유를 해 주고 있는 곳은 서울 노원구 화랑로 355, 101동 201호(월계동, 우남아파트)입니다.

서울 지하철 1·6호선 석계역 ③번 출구 3m 앞입니다.

평생 꼭 한 번, 만남예약은 010-5105-5000번입니다.

글내용 속에다 '정보제공'을 해주는 것은 필자의 도움이 꼭 필요한 사람들에게 도움을 주기 위해서입니다.

필자는 이 글을 볼펜으로 조금씩 '육필'로 썼고, 사실과 진실 그리고 진리만을 기록하였습니다. 하늘의 순리를 따르다보니 필자도 이제 환갑을 훌쩍 넘겨 버린 나이이기 때문에 후인들을 위해 그리고 고통받는 사람들을 위해 그리고 영혼들을 위해서 이 글을 썼습니다.

혹시나 지난날 필자의 글을 한 번이라도 읽었던 독자분은 두 번씩이나 필자와 깊은 '인연'이라 생각해 주시길 바랍니다. 사람과의 만남은 전생으로부터의 인연 때문입니다.

끝으로, 필자가 평생 동안 직접 체험으로 얻은 경험지식을 바탕으로 기록한 이 '보물책' 내용을 학술연구자료로 대학도서관과 삶의 정보전달로 공공도서관 등에 '기증용'으로 전달하면서 함께 절반 정도는 전국의 유명서점과 온라인 서점에도 공급을 하는 바이니 참고를 바랍니다.

필자는 마지막으로 펴낸 이 책이 사람들에게 많이 전달이 되고 또한 읽혀지고 그리고 모두가 함께 잘 살기를 진심으로 희망합니다.

이 책을 읽어주신 독자님께 진심으로 감사를 드립니다…….

명상실 겸 글방에서 필자가 전함.

책 마무리 글

인생은 영혼들의 나그네 길인가?!……

어느날 잠깐 TV를 켰는데 방영하는 내용이 가난한 집에서 태어나 평생 동안 어렵고 불행하게 살다가 늙어서는 질병까지 걸리고 그리고 외롭고 쓸쓸하게 홀로 죽음을 맞이하는 '고독사망'을 다루고 있었습니다.

한 사람의 생·로·병·사(生老病死) 다큐프로그램입니다.

21세기 무한경쟁의 자본주의 현실에서 점점 부익부와 빈익빈이 되어가고, 가난하고 고통받는 사람들은 왜 자기 자신이 가난하고 고통받으며 살아야 하는지?의 원인과 이유도 모르고 부자들에 대한 시기질투와 불평을 많이 합니다.

사람이 잘 살고 못 살고는 모두가 전생(前生)에 착한 일 또는 나쁜 일을 얼마나 했는가?에 따라서 태어날 때 각자 타고난 사주운명에 따라 복(福)과 업(業)으로 나뉘고, 그리고 살아가면서 죽을 때까지 운(運)이 작용하게 됩니다.

삶은 이전의 과거와 전생(前生)에 자기 자신이 지은대로 받게 되고, 이것은 영원토록 진실이고 섭리이며 진리입니다.

가장 큰 깨달음은 우주자연의 실체와 실상을 있는 그대로 볼 줄 알고,

그리고 인생을 실용으로 잘 살아야 함을 '선언'합니다.

한번쯤 조용한 시간에 모든 것을 멈추고, "나는 전생에 어디로부터와서 현생을 어떻게 살다가 언제 죽을 것이며, 죽어서는 또다시 무엇이 되어 어디로 가게 될 것인가?"를 생각해 보시길 바랍니다…….

"인생과 세상은 아는 만큼 보이고, 운명은 개선 및 개운할 수 있다."

운명은 90% 타고나지만, 생각과 마음에 따라 개선할 수도 있습니다.

가난하고 고통스럽고 불운으로 불행한 사람이 자기 자신의 타고난 사주운명과 앞날의 운(運)을 모르면 '나쁜 운명'에 계속 끌려갈 뿐입니다.

한번밖에 살 수 없는 현생의 귀중한 인생을 반드시 성공시키고 부자가 되어 행복하길 바라고, 진정한 마음의 평화와 행복을 바라거든 '집착 없는 마음'을 가지시길 충고합니다.

무슨 일이든 집착을 하면 주인이 못되고 노예가 되어 버립니다.

삶이 고통스럽고 불행한 사람들에게 전달합니다.

혼자 힘으로 세상을 살아가는 것은 풍랑속의 큰 바다를 홀로 헤엄치는 것과 같고, 스승의 가르침과 도움을 받는 것은 큰 배에 올라타는 것과 같습니다.

필자는 大도사이고 예언자이며 깨달음과 구원의 인도자입니다.

모두가 나의 큰 배에 오르고, 고통의 인생바다를 안전하게 건너고 그리고 몸이 즐겁고 마음과 영혼이 행복하길 진심으로 기원하고 또한 축원합니다!…….

한국 최고의 점술가 國師堂 손도사 전함.